dtv

Ally Kennen

BULLET BOYS

Thriller

Aus dem Englischen
von Heike Brandt

Deutscher Taschenbuch Verlag

Das gesamte lieferbare Programm
von dtv und viele andere Informationen
finden sich unter www.dtv.de

MIX
Papier aus verantwortungsvollen Quellen
FSC® C006701

Deutsche Erstausgabe

Titel der englischen Originalausgabe: ›Bullet Boys‹,
2012 erschienen bei Marion Lloyd Books,
an imprint of Scholastic Children's Books, London

Umschlagkonzept: Balk und Brumshagen
Umschlaggestaltung: Isabelle Hirtz, Inkcraft, München
Lektorat: Susanne Stark
Gesetzt aus der Scala Pro
Satz: Fotosatz Amann, Aichstetten
Druck und Bindung: CPI – Ebner & Spiegel, Ulm
Gedruckt auf säurefreiem, chlorfrei gebleichtem Papier
Printed in Germany · ISBN 978-3-423-71535-5

Für Arthur

INHALT

»Einer für alle, alle für einen …«

Alexandre Dumas
Die drei Musketiere

ALEX

Alex schoss nie Hasen. Er hatte schon Hunderte Kaninchen, Dutzende Füchse, ein paar verwundete Rehe, ein blindes Mutterschaf und einen Schwarm wild gewordener Wespen ins Jenseits befördert. Außerdem hatte er Tauben, Raben, Krähen, Ratten, Moorhühner, Maulwürfe, Nerze, eine angefahrene Katze, einen Lurcher, der die Schafe bedrohte, und einen hustenden, Schaum spuckenden Dachs abgeknallt. Er hatte Schlingen und Fallen gestellt, Gift ausgelegt und kleine pelzige Wesen aufgespannt. Er hatte gerupft und ausgenommen, abgehäutet und enthauptet. Aber er konnte sich nicht überwinden, einen *Lepus* zu schießen, denn seine Mutter hatte gesagt, das bringe Unglück.

Alex lag lang ausgestreckt im Heidekraut, die Sonne brannte ihm in den Nacken. Er richtete das Zielfernrohr seines Luftgewehrs aus und legte den Finger an den Abzug. Unter ihm, im vor Hitze flimmernden Tal, huschte verstohlen ein graubrauner Fleck durch den Stechginster auf die Schlucht und den Fluss zu. Im Hochsommer bekam man Hasen im offenen Gelände selten zu sehen. Vielleicht war dieses Tier krank. Es war in Schussweite, direkt im Fadenkreuz. Alex' Finger verkrampfte sich. Dad sagte, nichts sei grausamer als die Natur. Wenn es Wildhüter wie ihn nicht gäbe, wäre das ganze Land voller Schädlinge.

Alex nahm den Finger vom Abzug, sicherte das Gewehr und legte es zur Seite. Hasen richteten keinen Schaden an. Das Tier unten im Tal nahm Witterung auf, ahnte vielleicht Gefahr. Dann verschwand es im Gras. Alex setzte sich auf und wischte sich mit dem Handrücken übers Gesicht. Helena, seine Mutter, hatte außerdem gesagt, Hasen hätten Zauberkräfte und könnten die Zeit zum Stillstand bringen.

Alex reckte sein Gesicht der Sonne entgegen. Er mochte es, wenn ihm die Hitze in die Haut drang. Seinem Vater Tim wurde von zu viel Sonne schwindelig und flau. Alex hingegen konnte stundenlang still auf einem Felsen liegen und in der Sonne braten, er saugte die Hitze auf wie ein Reptil. Aus den Augenwinkeln nahm er eine Bewegung auf dem gegenüberliegenden Hügel wahr. Alex legte das Gewehr an und guckte durchs Visier. Es waren Jungs von der Armee, die wie kleine Tupfer im Heidekraut zwischen den Felsbrocken hintereinander an der Irishman's Wall den Belstone Hügel hinunterliefen. Seit dem frühen Morgen war eine kleine Gruppe Soldaten auf einem mörderischen Lauf durchs Moor unterwegs. Ein zehn Meilen langer Rundkurs führte von der Kaserne über das offene Moorland von Rowtor, am Strangeways-Hof vorbei, auf den mit Felsbrocken übersäten Belstone Hügel hinauf und auf der anderen Seite wieder hinunter. Dann ging es etwa eine Meile lang am Fluss entlang, durch Sumpf, Farngestrüpp und Mastviehherden und schließlich über die Schafspfade um den Hügel herum zurück zur Kaserne. Das Militär durfte die verlassenen nördlichen Gebiete des Moors für Truppenübungen nutzen. Es gehörte ebenso zum Dartmoor wie die Felsen, die Hügel und die verstreuten Schafe.

Alex zählte die Soldaten. Eins, zwei, drei, vier. Wo war der fünfte?

Am Morgen hatte sich Alex hinter den gewaltigen Steinen der prähistorischen Siedlung auf den Hängen des Cosdon Hügels versteckt und sein Visier auf den alten Bergbaukanal gerichtet. Da sah er fünf Soldaten, einen nach dem anderen, im Entwässerungsrohr von Cosdon verschwinden. Dieses riesige Rohr lief unterirdisch durchs Tal, die Männer mussten durch Nässe und Dunkelheit auf- und abwärtskriechen.

»Eine gefährliche Übung.« Das hatte Hauptfeldwebel Furzey gesagt. Alex' Dad traf ihn manchmal in der Kneipe. Furzey sagte, die Rekruten kämen als große Jungs in Uniform in die Kaserne und verließen sie als menschliche Waffen. Er sagte, je härter er sie schliff, desto größer seien ihre Chancen zu überleben. Das 8. Bataillon, »Pfeilgewehre« oder »Bluthunde«, wie man sie in der Umgebung nannte, war eine kleine Einheit aus dreihundert Soldaten, die erst kürzlich – um elf Mann reduziert – von einem zwölfmonatigen Einsatz in Afghanistan zurückgekehrt war. Dort waren die Soldaten in einer entlegenen Gebirgssiedlung stationiert gewesen und unter anderem zur Bekämpfung von Aufständischen eingesetzt worden. Die Kaserne der »Bluthunde« befand sich auf dem nächsten Hügel und wurde auch von Einheiten aus dem ganzen Land als Basis für Manöver benutzt. Dartmoor war ein raues Pflaster. 368 Quadratmeilen Moorlandschaft mit Buschwerk, steilen Hügeln, Flüssen, Schluchten, Seen, Sümpfen, Felsbrocken und Wäldern. Alex hatte gesehen, wie sich Soldaten, gebeugt von schwerem Gepäck, durch Schneestürme kämpften, bei denen Schafe eingeschneit worden waren und von Alex hatten befreit werden müssen. Vor einigen Wintern waren zwei Soldaten zu Tode gekommen. Einen jungen Soldaten hatte es bei einer zweiundsiebzigstündigen Übung erwischt. Er hatte sich bei Minustemperaturen in gefrierendem Nebel verlaufen und war an Unterkühlung gestorben. Nur wenige Wochen zuvor war ein Obergefreiter während seiner vierundzwanzigstündigen Wache von einem Baum heruntergefallen und hatte sich das Genick gebrochen.

Auch heute kannte Hauptfeldwebel Furzey offensichtlich keine Gnade. Es dauerte eine ganze Stunde, bevor der erste durchnässte Soldat aus dem Rohr in die brütende Moorhitze taumelte. Er ließ sich ins Heidekraut fallen und rieb sich den Schlamm aus den Augen. Etwa eine Minute später erschienen keuchend und hustend der zweite und dann der dritte Soldat. Beide halfen dem vierten Mann aus der Öffnung des Rohres. Er blinzelte ins Licht und erbrach sich auf seine Stiefel.

Alex wartete. Minuten vergingen. Er sah, wie einer der Männer in die Röhre brüllte. Alex konnte ihn bis hinauf auf den Hügel hören.

»BAZ.«

Und dann war Furzey in seinem Jeep da. Eine Tür knallte, ein Funk-Gerät knatterte, doch nach wie vor kein fünfter Soldat. Alex blickte auf das gelbbraune Gras und das dunkle Schilf im Tal. Irgendwo darunter, nicht weit von der Oberfläche, kämpfte sich ein Mensch zum Ausgang vor. Alex wurde unruhig. Das Rohr hatte einen Durchmesser von etwas über einem Meter und das Wasser stand oft mehr als einen halben Meter hoch.

Dann endlich, eine Viertelstunde nach seinen Kameraden, tauchte der fünfte Soldat auf, rot wie ein Teufel. Er fiel mit dem Gesicht in den Morast, das weißblonde Haar klebte ihm am Kopf, er hustete und kotzte. Alex sah, wie einer der Soldaten ihn stützte, ihm einen Schluck aus seiner Feldflasche gab und ihm auf den Rücken klopfte, sobald er wieder hustete.

Minuten später hatte Furzey sie wieder losgeschickt und alle fünf stapften weiter über die Schafswege ihrer Trainingsstrecke.

Manchmal stellte sich Alex vor, wie es wohl sein mochte, Soldat zu sein. Er war nur ein oder zwei Jahre jünger als manche der Soldaten. Er trug ähnliche Sachen, grünbraune Tarnkleidung. Bei der Arbeit hatte er ein Gewehr dabei. Seine Haare waren immer sehr kurz geschnitten. Er interessierte sich für Schusstechniken und geschicktes Pirschen. Aber damit hatte es sich mit den Ähnlichkeiten. Der wesentliche Unterschied war: Jene Männer wurden ausgebildet, andere zu töten. Klar, einige Soldaten waren als Ingenieure oder Logistik-Experten tätig, andere als Kommunikationsspezialisten oder Mechaniker. Aber das änderte nichts daran, dass Gewalt und Blutvergießen zu ihrer Arbeit gehörten.

Inzwischen waren die Soldaten im Dickicht des Farns verschwunden. Die Luft flirrte vor Hitze.

Alex ging um den Hügel, wich vorsichtig morastigen Stellen aus, schlängelte sich durch langes Gras und wand sich um Steine herum. Im Vorbeigehen pflückte er Heidelbeeren, zerdrückte sie im Mund und genoss den süßen Geschmack. Als die Moorlandschaft in verlassene Felder mit Mauern aus großen grauen Steinen überging, hörte Alex über sich ein heiseres Krächzen. Drei schwarze Krähen jagten einen Bussard. Sie würden ihn töten, wenn sie ihn zu fassen bekämen. Krähen waren brutal. Sie griffen Lämmer an und töteten junge Fasane. Sie stahlen den Fasanen riesige Mengen von ihrem Futter und sie vermehrten sich wie verrückt. Tim sagte, er habe noch nie so viele Krähen gesehen wie in diesem Jahr; sie waren mittlerweile so zahlreich, dass sogar das abendliche Vogelgezwitscher rings um ihre Kate nachgelassen hatte. Alex hatte beobachtet, wie ein Krähenpaar ein Nest überfiel und mit den geraubten Jungvögeln die eigene Brut fütterte. Er hatte gesehen, wie Krähen, bevor die Gehege mit Netzen geschützt wurden, Küken stahlen und wie die kleinen Flaumknäuel in der Luft gequiekt hatten. Alex prüfte, ob sein Gewehr geladen war, legte an, zielte auf den ihm nächsten Vogel und drückte ab. Der Gewehrkolben schlug gegen seine Schulter, und als Alex die Krähe fallen sah, spürte er einen Kick. Sauberer Treffer. Er wünschte, Tim hätte ihn sehen können. Die anderen Vögel stoben auseinander und Alex lief den Hügel hinab, um das tote Tier zu bergen.

Die Krähe war zwischen die großen Bäume gefallen, die den Fluss säumten. Das war Golden Combe, die Grenze zwischen dem 200 Hektar großen Gut Stonebridge, wo Alex und sein Vater arbeiteten, und dem Moor. Angeblich gab es in diesem Tal Gold, das vor Jahrhunderten vor marodierenden Wikingern versteckt worden sein sollte. Als kleiner Junge war Alex mit seinem Hund Gaffer und einem Spaten hierhergekommen und hatte nach dem Gold gegraben, hatte im Flussbett glitzernde Steine umgewälzt und im Schlamm gewühlt.

Die Sonne brannte Alex auf den Kopf, als er das Schilf

nach dem toten Vogel absuchte. Wegen der brutalen Hitze floss der Fluss träge. Und da lag die tote Krähe. Sie sah so vollkommen aus, als könnte sie jeden Moment lebendig werden. Es war ein riesiger Vogel mit langem, scharfem Schnabel, noch glänzenden schwarzen Augen und gebogenen Krallen, schärfer als jedes Messer. Die blauschwarzen Federn schimmerten.

Alex erinnerte sich an eine Passage aus einem der Briefe seiner Mutter.

Krähen sind wie Wesen aus einer anderen Welt, aus der dunklen Märchenwelt. Sie fliegen ohne Weiteres aus der Menschenwelt in andere Welten voll Zauber und Dunkelheit. Ob Unterwelt oder Frühlingstag: Für sie ist das eins.

»Deine Mutter hatte jede Menge Phantasie«, hatte Tim gesagt. »Sie sah die Dinge anders als alle anderen.«

Alex konnte das nicht wissen. Seine Mutter war gestorben, als er fünf Jahre alt war. Ihm waren nur das Fotoalbum und die Briefe zu seinen Geburtstagen geblieben. Er ließ die schlaffe, fiedrige Vogelleiche in einen Jutesack fallen, den er mit einer Schnur zusammenband. Dann legte er Tasche und Gewehr auf einen flachen Stein am Flusssaum und zog Stiefel und Socken aus. Er steckte die Füße ins kalte Wasser. Winzige braune Fischchen flitzten um seine Zehen herum. Hier unten, geschützt vom Wind, der übers Moor fegte, waren gewaltige Bäume, Buchen, Eichen und Eschen herangewachsen. Das Gras, von den Schafen zu einem perfekten Rasen kurzgefressen, war weich und angenehm. Zwischen zwei älteren Buchen, die sich auf beiden Seiten des Flusses gegenüberstanden, hing ein dicker

Efeuvorhang. Die gewaltigen Wurzeln der Bäume wanden sich vom Ufer herab und umschlangen sich im glitzernden Wasser. Alex schloss die Augen und lauschte den Tönen des Moorlandes: dem Wind, der in den Blättern spielte, den Bienen, den Schafen, dem rauschenden, gurgelnden Fluss – aber dann war da noch etwas anderes. Ein Schnaufen und Stöhnen wie von einem Tier, flussabwärts. Alex lugte durchs Buschwerk, fand aber nicht heraus, was es war. Er nahm die Füße aus dem Wasser und zog sich Socken und Stiefel an. Das Ächzen und Platschen kam näher. Was immer es war, es bewegte sich im Wasser. Ein großes Tier – ein Hirsch? Ein verletztes Tier? Es klang wie ein verdammter Bär! Alex wollte gerade hinter einen Baum springen, als unter einem niedrig hängenden Zweig ein japsendes, schlammverschmiertes, sonnenverbranntes Gesicht auftauchte. Es war ein Soldat und er weinte. Erschrocken wich Alex zurück, bückte sich und griff nach seinem Gewehr. Wenn er durch den Efeuvorhang schlüpfte, würde er vielleicht unentdeckt bleiben. Alex zog sich vorsichtig zurück, vermied sorgfältig jedes Geräusch. Der Soldat trug ein Sturmgewehr mit einem starken Zielfernrohr. Er schnaufte und stöhnte, gab raue tierähnliche Laute von sich, die Alex an die Krähe in seinem Beutel erinnerten. Der Mann klang verzweifelt; er atmete schwer, hustete und schnaubte und kratzte sich im Gesicht. Sein Stahlhelm war mit Spinnweben, Gras und Schilf überzogen. Seine Tarnhosen waren nass und voller Schlamm, sein weites T-Shirt feucht und fleckig. Er trug einen großen, offenbar schweren Rucksack mit Trinkvorrichtung. Plötzlich blieb der Soldat stehen, sagte: »O je, o je«, dann brach er zusammen und blieb mitten im Fluss sitzen.

Alex wagte kaum zu atmen. Den Mann kannte er. Das war der fünfte Soldat, derjenige, der ewig lange nicht aus der Röhre herausgekommen war. Den sie »Baz« gerufen hatten. Er war noch jung, vielleicht achtzehn oder neunzehn. War sein Gewehr nass geworden? Das würde er doch zu verhindern gewusst haben, oder? Auf dem Gewehrlauf funkelten Tropfen. Der Junge befand sich ein ganzes Stück flussabwärts von der Trainingsstrecke.

Alex schob sich um den Stamm der Buche herum und überlegte, ob er seine Hilfe anbieten sollte. Aber kein Soldat würde gerne in so einem Zustand gesehen werden. Der Mann richtete sich auf, sein Körper tropfte und dampfte. Er war in einem fürchterlichen Zustand. Offensichtlich war er völlig erschöpft und überhitzt. Der Fluss war genau der richtige Ort für ihn. Er musste von seinen Kameraden getrennt worden sein. Im Moor verlor man sehr leicht die Orientierung, besonders wenn man dehydriert war, und nach der morgendlichen Tortur in dem Rohr war dieser Junge wahrscheinlich ohnehin mit den Nerven am Ende. Er nahm seinen Helm ab und fuhr sich mit den Fingern durchs blonde Haar. Als er die Arme hob, wehte ein übler Geruch zu Alex rüber und auf dem Handgelenk kam ein tätowierter Dolch zum Vorschein. Der Mann beugte sich zum Wasser runter und spritzte sich immer wieder das Gesicht nass, das Wasser lief ihm über Nacken und Schultern und über die Brust. Tarnfarbe und Schlamm tropften ihm von den Fingern. Der Soldat schüttelte sich und schrubbte sich das Gesicht. Er schniefte erneut. Alex wartete ab. Der Soldat nahm einen Kompass aus der Tasche, doch als er ihn aufklappte, rutschte er ihm aus der Hand und fiel in den Fluss. Der Mann fluchte und warf seinen

Rucksack von sich. Er fischte den Kompass aus dem Wasser, setzte sich auf den flachen Stein und schniefte. Dann tauchte er seinen Helm ins Wasser und spülte die Tarnung ab. Blätter, Ranken und Farnkraut schwammen den Fluss hinab.

Der Soldat blickte sich um, als nähme er seine Umgebung erst jetzt wahr. Dann erstarrte er. Irritiert folgte Alex seinem Blick.

Im hellen Sonnenschein lag der Beutel mit der Krähe.

Der Soldat stand vorsichtig auf und blickte sich gründlich und langsam um, so wie es ihm beigebracht worden war. Alex schauderte es. Von diesem Blick wollte er nicht eingefangen werden. Durch den Efeuvorhang betrachtete er das Gesicht des Jungen. Er hatte ein langes Kinn und Glupschaugen. Seine Hände waren sonnenverbrannt und dreckverschmiert und am Ellbogen klaffte eine Schnittwunde.

Der Soldat angelte mit dem feuchten Kolben seines Gewehres nach dem Beutel, hob ihn hoch und zog ihn zu sich heran. Als er sah, was drin war, ließ er ihn fallen und die Krähe fiel heraus.

Eine tote Krähe war natürlich nicht das ideale Geschenk für einen Angehörigen der Armee Ihrer Majestät und dazu war der Vogel noch warm. Der Gesichtsausdruck des Soldaten veränderte sich, er weinte nicht mehr, war nicht mehr verzweifelt, sondern jetzt guckte er genauso bösartig wie diese finstere alte Krähe.

»Wo steckst du?«, knurrte der Soldat mit vor Bosheit triefender Stimme.

Alex biss sich auf die Wangen und rührte sich nicht. Unter diesen Umständen würde er keine Hilfe mehr anbieten.

»Komm raus!«, brüllte der Soldat.

DAS 8. BATAILLON: DIE BLUTHUNDE

Zwei Schüsse knallten durchs Tal. Der Soldat fluchte. Weitere Schüsse folgten. Schimpfend und hustend griff er nach Helm und Rucksack und stolperte durchs Wasser zum Ufer, krabbelte hoch und schob sich durchs Gestrüpp. Alex blickte ihm nach, bis er nur noch eine Silhouette war, die sich taumelnd durch Heidekraut und über Felsgestein hinauf zur Kuppe des Hügels bewegte. Alex kam hinter dem Efeuvorhang hervor. Er vermutete, dass die Schüsse eine Art Code der Armee waren. Alex wollte nicht mehr länger bleiben, er schnappte sich den Beutel mit der Krähe und machte sich auf den Heimweg. Doch da entdeckte er etwas zwischen den Pflanzen am Ufer.

Der Soldat hatte sein Gewehr liegen gelassen! Er musste völlig den Verstand verloren haben. Das war doch etwas, was einem von der Armee auf überhaupt gar keinen Fall passieren durfte. Was für ein Soldat war der nur? Alex starrte auf die Waffe. Ein Heckler & Koch-Sturmgewehr. Das würde eine saftige Strafe geben. Alex zog an seiner Lippe. Auf der anderen Seite des Flusses gab es einen Fußweg. Da gingen Leute lang. Wenn der Soldat das Gewehr nicht holte, würde es bald jemand finden. Aber das durfte nicht sein, dass einfach irgendjemand ein Gewehr fand. Für ein Gewehr brauchte man einen Waffenschein und ein Gewehr musste sicher aufbewahrt werden. Wenn nun ein Kind es fand?

Aber wenn Alex es mitnahm und abgab, dann würde der Soldat wissen, dass er, Alex Jebb, ihn bei seinem Zusammenbruch beobachtet hatte. Alex war Zeuge dieser Blamage und hatte zudem gesehen, dass der Soldat sein Gewehr liegen gelassen hatte. Man konnte schon für geringere Vergehen aus der Armee fliegen. In jedem Fall wäre der Ruf des Soldaten für immer ruiniert.

Tim würde wissen, was zu tun war. Alex konnte das Gewehr seinem Dad geben. Der würde es dann in die Kaserne bringen, es Hauptfeldwebel Furzey mit einem Kopfnicken in die Hand drücken und Alex würde aus dem Spiel bleiben. Dieser verzweifelte Typ sollte nicht einmal wissen, dass Alex überhaupt existierte. Alex nahm das Gewehr hoch und öffnete das Magazin. Die Kammer war leer, der Lauf total zerkratzt, das Holz des Kolbens glatt vom vielen Gebrauch. Auf einer Seite war die Seriennummer eingestanzt, auf der anderen Seite war etwas herausgebrannt worden. Alex schloss das Magazin und legte das Gewehr an. Er blickte durchs Visier den Hügel hinauf. Das Zielfernrohr war stärker als seines, obwohl die Linse zerkratzt war. Da war wieder dieser Hase! Was machte der bloß am helllichten Tage da draußen? Alex beobachtete den Hasen, bis er im Stechginster verschwand. Dann wandte sich Alex um, verlor den Halt und stolperte ins Wasser hinter sich. Als er sich am Ufer aufrichtete, sah er, wie sich ein Helm die Steinmauer entlangbewegte, kaum hundert Meter entfernt. Und schon kam eine zweite Gestalt an der Mauer heruntergejagt, auf Alex zu. Alex überlegte fieberhaft. Wenn er nach Hause liefe, würde er auf dem Hügel zu sehen sein. Aber wenn er flussaufwärts floh, würden sie ihn wahrscheinlich aufspüren.

Er musste sich verstecken, das war seine einzige Chance.

Drei Männer tappten auf die Lichtung. Einer war der blonde Soldatenjunge mit den rot umränderten Augen. Die beiden anderen waren genauso durchnässt und schmutzig wie er, hatten erhitzte, müde Gesichter, trugen Helme und Rucksäcke und die gleichen Gewehre.

»Hier war's«, schnaufte der blonde Soldat. Ihm lief der Schweiß wie Tränen von der Stirn in die Augen und die Wangen hinunter. »Verdammter Mist!«

»Ganz ruhig, Baz. Wir haben noch Zeit.« Ein großer, dunkelhaariger Soldat, der in einem besseren Zustand als die beiden anderen zu sein schien, suchte das Ufer ab. Er war der Einzige, der ein Funkgerät mit einer Sprechmuschel am Gürtel trug. Seine Stimme bebte: »Also, wo hast du es liegen gelassen?«

»Ich weiß es nicht mehr.« Baz guckte erschrocken. »Das war's jetzt. Ich fliege raus, oder?«

Der dunkelhaarige Soldat legte ihm die Hand auf die Schulter. »Jetzt beruhige dich und guck dich um.«

»Wegen dir kriegt die ganze Truppe Ausgangssperre«, murmelte der dritte Soldat, während er durchs Wasser watete. Er war klein und muskulös und hatte eine barsche Stimme. »Die werden uns allen grobe Fahrlässigkeit anhängen. Ich schäme mich, dein Bruder zu sein.«

Der jüngere Mann erstarrte. »Ich bin bald umgekippt, Riley«, klagte er. »Im Moor kann man bei so einer Hitze sterben.«

»Sich vier Stunden im Moor verlaufen ist gar nichts im Vergleich zum Verlust eines Gewehrs, Baz. Nichts ist schlimmer, als sein Gewehr zu verlieren. Sogar wenn man erschossen wird, soll man noch im Fallen sein Gewehr im Arm behalten.« Riley schob mit seinen durchnässten Stiefeln missmutig das Schilf zur Seite. »Schlimm genug, dass du in dem verdammten Rohr schlappgemacht hast. Und jetzt das noch.«

»Reiß dich zusammen und such das verdammte Ding«, sagte der dunkelhaarige Soldat.

Aber nach ein paar Minuten Suchen brach Baz am Ufer zusammen.

»Ich bin erledigt«, sagte er. »Ich bin absolut total erledigt. Wir finden das Ding nie. Ich weiß jetzt, wo ich es liegen gelassen habe – auf dem Stein da.« Er zeigte auf den flachen Stein. »Und da ist es nicht mehr.«

Sein Bruder fluchte. »Hör endlich auf mit diesem Schwuchtel-Getue. Hilf uns suchen.«

Der dunkelhaarige Soldat mit dem Funkgerät schlug vor, eine Reihe zu bilden und das Gelände systematisch zu durchkämmen. Baz hievte sich hoch und suchte wieder mit.

»Was ist das?« Riley, der muskulöse Soldat, schob mit der Fußspitze die tote Krähe übers Gras.

»Das hab ich euch noch nicht erzählt«, sagte Baz. »Ich glaub, es war noch jemand hier, gerade eben. Der Vogel muss geschossen worden sein, kurz bevor ich hierherkam. Ich glaube, ich hab den Schuss gehört. Ich hab gedacht, es war Riley.« Er blickte den dritten Soldaten an. »Deshalb bin ich überhaupt bis hierher gelaufen.«

Seine Begleiter tauschten Blicke aus.

»Du hast eine Armeewaffe einem Zivilisten in die Hände fallen lassen?«, fragte Riley. »Na super. Kein Ausgang, kein Extrafutter, keine Veranstaltungen.« Er nahm seinen Helm ab, eine schimmernde Glatze kam zum Vorschein. »Vielleicht kommst du sogar vors Militärgericht.«

»Der kann noch nicht weit sein«, sagte der ältere Soldat. »Bis zur Straße sind es zwanzig Minuten und sonst ist hier nichts weiter. Du warst vor, sagen wir, zehn Minuten hier? Dann muss er noch in der Nähe sein.«

»Aber wer kommt denn hierher, Saul?«, fragte Riley.

»Wanderer, Bauern, Kinder«, meinte Saul. Er tippte mit dem Fuß an den toten Vogel. »Wenn wir ihn finden, bevor er das Gewehr abgibt, sind wir aus dem Schneider. Sucht Fußspuren, aufgewühlte Erde, zerbrochene Zweige.« Er deutete auf den Stein. »Wir fangen hier an. Wir haben noch dreißig Minuten, bevor wir zurück sein müssen.«

»Aber was ist mit den anderen? Mit der Übung?« fragte Riley und rieb sich den blanken Schädel.

»Wir stecken sowieso schon in der Scheiße«, sagte Saul. »Jetzt geht's um Schadensbegrenzung.«

Er nahm ein Fernglas zur Hand und suchte die umliegenden Hügel ab.

Die anderen beiden schwärmten aus, mit leisen Schritten, die Augen auf den Boden gerichtet. Baz hatte immer noch Probleme mit dem Atmen, aber die neue Angst schien ihn wiederzubeleben.

Riley blieb am Stamm der großen toten Buche stehen. Mit der Spitze seines Gewehres schob er den Efeu auseinander.

»Hier ist was«, sagte er. Er hob ein Stückchen trockenen Schlamm auf, das aussah wie ein Stück Waffel. Ein Abdruck von Alex' Stiefel.

Die anderen kamen herangewatet.

»Der ist noch nicht weit«, sagte Saul.

Alex stand zum Greifen nah in einem hohlen Baum versteckt, presste die Arme an den Körper und atmete so flach und leise, dass er fürchtete, ohnmächtig zu werden. Rings um ihn war weiches, bröseliges, vergammelndes Holz, nur links von seinem Gesicht befand sich ein winziges Guckloch. Wie schnell hatte dieser Tag eine völlig unerwartete Wendung genommen. Alex konnte den Fluss sehen und nun auch die Spitze von Sauls Gewehr. Als die Soldaten den Hügel runtergeschlichen kamen, hatte er nicht viel Zeit zum Nachdenken gehabt, sein Gefühl hatte ihm gesagt, er müsse sich verstecken. Diesen Baum kannte Alex schon seit Ewigkeiten. Er hatte ihn als kleiner Junge entdeckt, als er mit Gaffer Eichhörnchen gejagt hatte. Er war in den toten Baum hineingekrochen und hatte sich aufgerichtet. Wenn er den Kopf in den Nacken legte, konnte er den Himmel sehen. Als stünde er in einem Schornstein.

Jetzt kamen ihm Zweifel, ob es richtig gewesen war, sich in dem Baum zu verstecken. Wenn ihm hier drinnen irgendwas zustieß, würde ihn niemand je finden. Zum Glück hatte Tim heute Gaffer mitgenommen. Mit Hund konnte man nicht verborgen bleiben.

»Hallo?« Saul rief so laut, dass Alex die Luft durch das tote Holz schwingen spürte. »Wir wollen bloß das Gewehr zurück. Weiter nichts.«

Alex glaubte ihm nicht.

Dann hörte er Saul fluchen. »Guckt mal, hier.« Alex erhaschte einen kurzen Blick auf Sauls Schulter und Arm, als der nach oben griff und das Gewehr vom Ast nahm. Alex hatte es nicht am Ufer liegen lassen wollen. Jetzt wünschte er, er hätte es getan.

Er spürte die Vibrationen der Schritte, das erleichterte Aufatmen.

»Wie kommt das hierher?«, rief Baz.

Saul trat vom Baum zurück, sodass Alex Riley deutlich sehen konnte.

»Du machst mich wahnsinnig«, sagte Riley.

»Ich komm doch gar nicht so hoch«, sagte Baz, ohne auf seinen Bruder einzugehen. Er nahm die Waffe in die Hand und überprüfte sie. »Gott sei Dank.«

Alex spürte, dass er husten musste. In seiner Kehle kratzte und brannte es, was durch den Staub und die knappe Luft noch verstärkt wurde. Alex schnürte es die Kehle zu, gleich würde er explodieren.

»Scheiß drauf, los, gehen wir«, sagte Saul. »Wenn wir jetzt aufbrechen, lässt uns der Spieß das vielleicht durchgehen.«

»Du meinst, du willst nicht per Funk durchgeben, was passiert ist?«, fragte Baz mit versagender Stimme.

»Los jetzt«, sagte Saul.

Der Husten wollte raus, er kribbelte in Alex' Kehle. Ihm tränten die Augen. Eilig hob er die Hand und stopfte sich die Faust in den Mund. Doch er konnte nicht verhindern, dass ihm ein leises Ächzen entfuhr.

Baz hörte ihn. »Was war das?«

Die anderen blickten ihn an.

»Komm schon«, fauchte Riley.

»Das kam von da drüben«, sagte Baz und ging zum Baum zurück. Er legte die Hände an den Stamm und schaute hoch zu den Blättern.

»Ist doch scheißegal, wir haben die Waffe und gut ist«, sagte Riley und stieg hinter Saul aus dem Flussbett auf das Gras dahinter.

Baz entdeckte das Loch und kam zu Alex' Schrecken mit einem Auge ganz nah heran. Alex verspürte ein tiefes, lähmendes Entsetzen, als Baz sein Auge aufriss.

Die beiden starrten sich an. Die Zeit schien stillzustehen.

»Beweg dich, Soldat!«, tönte eine Stimme aus weiter Ferne.

»*Du bist tot!*«, formte Baz tonlos mit den Lippen.

Er trat zurück und verschwand. Die Minuten vergingen, aber nichts passierte.

Alex blickte hinauf zu dem hellen Kreis über sich und überlegte, ob er hinaufklettern und oben durch das faulende Holz durchstoßen könnte. Er wollte nicht einfach darauf warten, was die vielleicht mit ihm anstellen mochten. Aber da hörte er Wasser platschen, raues Keuchen und davoneilende Schritte. Dann war es still.

Alex schloss die Augen. Die Stille war heftig, bedrückend. Alex zählte bis hundert und erst dann erlaubte er sich, einmal ganz tief durchzuatmen. Der Hustenreiz war verschwunden. Alex wartete volle fünf Minuten, bevor er sich auf den Boden hinunterließ. Wenn nun Baz auf ihn wartete? Das konnte eine Falle sein. Aber seine Beine fingen an zu kribbeln. Er musste raus. Er kniete sich hin und schob sich dann ganz, ganz vorsichtig auf die Öffnung zu. Der Schweißgeruch der drei Männer hing schwer in der Luft. Alex verharrte an der Öffnung, wagte nicht, den Kopf hinauszustrecken. Genauso mussten sich die Scheiß-Karnickel fühlen. Dann sah er einen Bussard ganz niedrig über den Hügel fliegen und unter ihm drei Männer, die sich sehr schnell bewegten. Alex kroch aus seinem Versteck und ließ sich ans Flussufer rollen.

MAX

Ich, Max Cosgrove, kann von Glück sagen, wenn ich das hier lebendig überstehe. Meine Ohren dröhnen noch von den Trompetenstößen und ich bin eingekeilt zwischen lauter aufgeblasenen Marionetten in ihren schicken Ausgeh-Uniformen. Mein Bruder steht wie Koloss persönlich unter dem riesigen Kristalllüster in der Mitte des Raumes. Er trägt eine schwarze Uniformjacke aus Serge mit goldenen Knöpfen, dazu Hosen mit roten Streifen, eine Schirmmütze und spiegelblank gewichste Stiefel. Wie aus dem Ei gepellt. Der Raum ist vollgestellt mit solchen wie ihm, alle kippen sich Wein hinter die Binde und mühen sich, bei ihren Müttern und Freundinnen mit ihrem frischgebackenen Offiziersgehabe Eindruck zu schinden.

Eigentlich bin ich in meinem nagelneuen marineblauen Anzug, meinem weißen Hemd und dem gelben Schlips meines Bruders recht angemessen gekleidet, trotzdem komme ich mir als Einziger lächerlich vor. Ich bin mir ziemlich sicher, dass jeder der Soldaten hier weiß, was ich getan habe, und mich deswegen verabscheut.

Bestimmt wird unter jedem geschorenen Schädel, hinter jeder geschniegelten Augenbraue darüber nachgedacht, wie man mich noch mehr demütigen könnte, und hier am Geländer, ohne einen einzigen Freund, stecke ich in der Falle. Selbst die Kellner verachten mich. Eben kam einer mit einem Tablett voller Weingläser vorbei und ich wollte ihn um eines erleichtern, aber er hat einfach über mich hinweggesehen, auch dann noch, als ich ihm sagte, er sehe aus wie der Sprössling eines Pinguins und einer Wurst. Echt, ich schwöre, ich sehe doch mindestens aus wie zwanzig.

Nachher gibt's eine fette Party, mit Band, Feuerwerk und noch mehr Alkohol, aber im Moment wird nur höflich Konversation betrieben.

Ich hasse höfliche Konversation.

Ich lehne mich an die Treppe, fingere an den Holzarbeiten herum, was auf dem blitzblank polierten Geländer Spuren hinterlässt, und beobachte meine Mutter, die auf der anderen Seite des Raumes steht und tratscht. Ihre Kinnlade bewegt sich so heftig, dass die Federn auf ihrem Hut zittern wie ein Pfau in einem Tornado. Neben ihrer braungrauen, aufgebrezelten Gestalt steht mein Furcht einflößender Vater, dessen stocksteifer Rücken seinen militärischen Hintergrund verrät. Blöder alter Trottel. Er trägt seine paar Auszeichnungen, als würde das hier irgendjemanden beeindrucken.

Meine Eltern blicken inniglich zu meinem Bruder Simon hinüber, glanzvoll in seiner Uniform, die Offiziersknöpfe förmlich bis zum Anschlag geschlossen. Simon beeindruckt mich, obwohl ich das nicht gerne zugebe. Ich kann mich nur schwer an den Gedanken gewöhnen, dass mein großer, sanftmütiger Bruder, der eine ganze Wanne voll Eiscreme essen konnte und bis zum Alter von vierzehn Jahren behauptet hat, die Babys kämen aus dem Poloch der Mütter, dass mein Bruder Simon nun ein Offizier der Britischen Armee ist und hier im Kreise seiner Bewunderer Hof hält. Wir befinden uns nämlich in Sandhurst, dem legendären Ort, an dem sich alle Träume unserer Eltern erfüllen. Natürlich ist auch Andrea, Simons Freundin, dabei. Genau wie meine Mutter trägt sie massig Federn, weswegen jetzt wahrscheinlich eine ganze Kolonie Strauße nackt rumlaufen muss. Andrea hat eine unangenehme, hohe Stimme und eine viel zu große Nase, aber ich muss sagen, sogar sie sieht heute gut aus. Sie trägt ein eng sitzendes rotes Kostüm, das ihre Beine betont, und ihr langes, glänzendes blondes Haar verdeckt ihr hässlich-schönes Gesicht. Sie steht da und blickt bewundernd zu Simon auf. Ich glaube, ich muss mich bald übergeben. Zwölf Gläser Orangensaft habe ich in einer Stunde getrunken, weil sonst nichts los war und mir niemand Wein gab. Ich würde ja in die Küche gehen und mir dort selber eine Flasche holen, aber ich will auf keinen Fall auffallen. Ich gebe mir große Mühe, mich außerhalb des Radarschirms zu bewegen. Ich möchte diese neu herangewachsene Militärmacht nicht provozieren. Ich möchte mir keine weiteren Feinde machen.

Das Streichquartett auf der anderen Seite des Raumes spielt wieder das neoklassizistische Stück, das sie schon dreimal zum Besten gegeben haben, aber außer mir sind alle zu beschwipst und glücklich, als dass es ihnen auffällt.

Ich spüre eine Hand auf meiner Schulter und stoße erschrocken mit dem Kopf ans Geländer.

»Du bist als Nächster dran, was, Max?«

Ich blicke hoch ins gruselig alte Gesicht von Oberst Proctor, einem alten Kameraden meines Vaters.

»Ich weiß nicht, ob die Armee mein Ding ist, Herr Oberst«, sage ich in bester Risings-Schule-Manier.

»Unsinn«, sagt der alte Mann. »Das hast du im Blut. Dein Vater war ein hervorragender Soldat, bevor er sich verletzt hat, und es sieht so aus, als würde sich dein Bruder auch gut machen.«

Wir blicken hinüber zu Simon, der gerade ordentlich salutiert, weil ein Vorgesetzter auf einen Plausch zu ihm herangesegelt kommt.

Oberst Proctor hat offensichtlich noch nichts über mich gehört. »Wie alt bist du denn überhaupt? Schon mit der Schule fertig?«

»Ich bin mit der Schule fertig«, antworte ich. »Oder sagen wir: Die Schule ist mit mir fertig. Ich wurde von der Schule verwiesen.«

»Was?« Proctor lehnt sich vor und bläst mir seine Whiskeyfahne ins Gesicht. »Ich kann dich nicht verstehen.«

Plötzlich ragt vor mir mein Vater aus der Menge heraus, sein grauer Eierkopf schlägt nervöse Falten. Vater wirft mir einen scharfen Blick zu, begrüßt Proctor jovial, nimmt ihn am Ellbogen und führt ihn von mir weg.

Die Menge wogt zurück und spült mich an die Wand. Als sich mir mein alter Feind – der Kellner – nähert, fährt mein Fuß von ganz alleine heraus und schickt dessen Tablett mit Getränken zu Boden. Roter Wein sickert zwischen Glassplittern in den blassgrauen Teppichboden. Für einen Augenblick wird es still im Raum (ich vermute, Soldaten werden bei plötzlichem Lärm nervös) und der Kellner wirft mir einen hasserfüllten Blick zu. Die Pause ist kurz, aber aller Augen sind auf mich gerichtet, und mir ist, als kehrte sich mein Innerstes nach außen. Ich hatte das nicht geplant. Ich bücke mich und will dem Kellner helfen, aber der sagt, ich solle mich verpissen.

Innerhalb von Minuten sind Legionen von frisch herbeigeholten Lakaien mit Auftupfen und Wegräumen beschäftigt. Ich stehe hilflos daneben. Ich weiß nicht, wohin mit meinen Händen, ich habe kein Glas oder sonst was, mit dem ich herumspielen könnte. Ich lasse die Arme an den Seiten herabbaumeln und sehe bestimmt aus wie ein Affenbaby.

»Max«, stößt meine Mutter durch ihre polierten Zähne. Ihre Federn zittern vor Empörung.

»Das war ein Versehen.« Ich höre den flehenden Ton in meiner Stimme. Wie schön wäre es, wenn ich nicht immer alles falsch machen würde.

»Warum musst du immer alles verderben?«, bricht es aus ihr heraus. Ich widerstehe dem Drang, eine Feder herauszuziehen und meine Mutter damit unterm Kinn zu kitzeln. Ich weiß, dass ich kindisch bin. Ich geb's ja zu, ich bin eifersüchtig auf meinen Bruder Simon. Der Grund ist ganz simpel. Ich hab ihm nie das Wasser reichen können. Er ist Scooby-Doo, ich bin Scrappy. Er ist Jesus, ich bin Johannes. Ich hab nie in derselben Liga gespielt wie er. Und die Tatsache, dass mein Bruder ein ziemlich netter Kerl ist, einer, der alles kann, der einen besseren Bruder als so einen Fiesling wie mich verdient hat, macht es auch nicht leichter.

Ich hatte darum gebeten, zu Hause bleiben zu dürfen, aber das stand überhaupt nicht zur Debatte. Mutter hat sich völlig verausgabt, sie hat darauf bestanden, dass zur Feier des Tages der Herd dampfgereinigt und die Fenster geputzt wurden, obwohl das völlig sinnlos war, denn unser

Haus liegt am Rande vom Dartmoor und ist über 180 Meilen von Sandhurst entfernt.

Mutter ist total durchgeknallt.

»Du solltest stolz auf deinen Bruder sein«, sagt sie.

Ich bin auf Simon stolz, aber auf meine kleine fiese Weise. Ich weiß, wie schlimm mein Bruder die Armee anfangs fand und was für ein Heimweh er hatte. Trotz der militärischen Tradition in unserer Familie (Dad war zwölf Jahre beim Rifles-Regiment und hat sich dann in die militärische Verwaltung zurückgezogen) waren die ersten Monate der Grundausbildung ein echter Schock für Simon.

»Sie schreiben dir sogar vor, wie du duschen sollst«, erzählte er mir auf seinem ersten Urlaub.

»Tja«, sagte ich Schlauberger. »Deinem Geruch nach zu urteilen, hast du's ja wohl trotzdem nicht richtig hingekriegt.«

Aber Simon hat sich verändert. Sein Körper hat sich verändert. Seine Haut sieht fester aus. Selbst die drei Barthaare auf seinem Kinn scheinen spitzer zu sein. Am auffälligsten aber ist sein neues ungezwungenes Selbstvertrauen. Selbst unser Vater behandelt ihn mit gewissem Respekt (das muss man sich mal vorstellen!).

Aber mich hat er jetzt wirklich abgehängt und ich werde wohl nie wieder zu ihm aufschließen, nicht nach dem, was ich in der Schule angestellt habe. Ich werde für immer der schräge kleine Bruder mit den komischen Klamotten sein. Das Kind, nach dem sich die Leute lieber nicht erkundigen. Mein Leben lang werde ich als der Junge im Gedächtnis bleiben, der eine ganze Schule in Angst und Schrecken versetzt hat.

Neben mir taucht Simon auf. Er sieht größer aus als je

zuvor. Vielleicht tragen frisch ernannte Offiziere Stiefel mit Absätzen.

»Alles klar?«, grinst er. Seine Haare sind so kurz geschoren, dass von seinen Locken kaum was zu ahnen ist. »Mutter ist selig.«

Ich lächle ihn an. »Herzlichen Glückwunsch«, sage ich und das meine ich auch. »Leutnant Cosgrove, Sie werden ein großartiger Soldat sein.«

Wenn Simon und ich alleine sind, ist alles ganz leicht.

»Bei dir alles okay?«, fragt Simon. »Bist du schon auf der neuen Schule?«

Typisch Simon. Es ist sein Ehrentag und er erkundigt sich nach meinem kleinen, schäbigen Leben.

»Montag geht's los.« Ich ziehe eine Grimasse. »Kann nicht sagen, dass ich mich drauf freue.«

»Mädchen!«, sagt Simon und nickt aufmunternd. »Auf der Hammerton-FOS gibt's wenigstens Mädchen.«

Ich lächle höflich. Mädchen sind nun wirklich mein geringstes Problem. Ich werfe einen Blick auf Andreas Beine. Mal abgesehen von diesem einen Mädchen.

»Ist wirklich alles in Ordnung?«, fragt Simon. Ich sehe nicht ein Staubkörnchen auf seiner schwarzen Uniform mit den roten Streifen.

»Na ja.« Ich will gerade meine Sorgen aufzählen, da stößt mein Vater wie ein Hai zwischen uns, beugt sich vor und zieht Simon zu sich heran.

»Proctor, du erinnerst dich doch an meinen Sohn Simon ...«

Ein weiterer Glückwunsch-Tsunami nimmt seinen Lauf. Mein heiliger Bruder wird von einer Flut von Bewunderern davongetragen und ich bleibe allein zurück.

Verdrossen greife ich nach meinem dreizehnten Orangensaft. Wenn ich mich übergebe, dann in fröhlichem Orangeton.

Die Abschlusszeremonie vorhin war fantastisch. Auf dem Kasernenhof exerzierten Hunderte von jungen Offizieren mit ihren Zeremonienschwertern und Bajonetten. Fehlerlos. Erstaunlich, dass keiner stolperte oder über seinen Vordermann fiel.

Die Freunde, Freundinnen und Verwandte schauten von der Tribüne aus zu, wie die Offiziersanwärter ihre Rangabzeichen angeheftet bekamen. Die Damen wedelten mit ihren Fächern und alle waren wie zu einer Hochzeit gekleidet. Als ich in einer der Reihen das Gesicht meines Bruders entdeckte, spürte ich ein lästiges Brennen in den Augen. Simon! Mein Bruder, mein Kampfpartner, Elternablenker und Furzkumpel. Zwölf Jahre hatten wir gemeinsam ein Zimmer. Jetzt ist er Soldat und gehört der Armee. Ich schaute zu meinem Vater rüber, der einen stolzen, aber doch strengen Blick aufgesetzt hatte. Das passte. Frank Cosgrove ist kein Mensch, der aus sich herausgeht. Meine Mutter war trunken vor Glück, schoss wie wild Fotos und starrte ihren Sohn so intensiv an, dass ich fürchtete, ihr würden die Augen aus dem Kopf fallen. Ich brannte darauf, irgendwas zu tun, zum Beispiel »NIEDER MIT DER MONARCHIE« zu brüllen oder nackig runter auf den Platz zu flitzen und mit baumelndem Schwanz durch die Reihen der Offiziere zu rennen. Aber die Angst war größer. Diese Männer sind mächtig.

Als Simon sein Rangabzeichen angeheftet bekam, hat mein Vater mir ganz kurz in die Augen geguckt, dann aber den Blick wieder fest auf seinen ältesten Sohn gerichtet.

Ich krieg's nicht hin / es hat keinen Sinn / bin nicht von der Art / die mein Dad so mag

Es wird keine zweite Abschlusszeremonie mit Parade geben, ganz egal, wie sehr meine Eltern sich das wünschen. Ich könnte in dieser perfekt laufenden menschlichen Maschinerie genauso wenig mitmarschieren, wie ich auf den Mars fliegen könnte. Ich bin völlig falsch geraten.

Später, auf dem Heimweg, als das Feuerwerk den Himmel hinter uns erleuchtet und ich wie ein zu groß geratenes Kind angeschnallt auf dem Rücksitz sitze, höre ich meine Mutter leise schnarchen. Der Hut auf ihrem Schoß zittert, ihre Finger umklammern das offizielle Programm.

Major Dad räuspert sich: »Harter Tag für dich, was, alter Freund?«

Ich richte mich überrascht auf. Sollte dies Zuwendung und Verständnis bedeuten? Ist das mein Vater, Mr Frank Cosgrove, seit mehr als zwanzig Jahren Verwalter militärischer Verteidigungsanlagen und vermutlich der Erfinder der Redensart »die Haltung bewahren«? Derselbe Vater, der nicht einmal mit mir im Garten Ball gespielt hat, der mir nie etwas zu essen gemacht hat, mich nie zu etwas anderem ermutigt hätte als zu einer militärischen Karriere? Der, als ich den begehrten Kunstpreis der Schule gewonnen hatte, bemerkte, dass Malen »eher ein Hobby für Offiziersfrauen« sei?

Ich sage nichts. Es war wirklich ein harter Tag. Ich werde nie tun, was ich in den Augen meiner Eltern tun müsste. Mein Leben ist vertan und ich bin noch nicht mal achtzehn.

»Für deine Mutter ist ein Traum wahr geworden.«

Ich nicke. Obwohl er mich gar nicht sehen kann.

»Es besteht immer noch die Möglichkeit, dass du es schaffst«, sagt Dad entschieden und ich lasse mich zurück in die Lehne fallen.

»Streng dich an in der neuen Schule, bring Bestnoten nach Hause, und wenn du erkennen lässt, dass du aus deinen Fehlern gelernt hast, nimmt dich Sandhurst vielleicht trotzdem. Es gibt viele Offiziere, die von der Schule geflogen sind.« Er blickt mich an. »Sogar welche, die sich so danebenbenommen haben wie du.«

Ich kann nicht verhindern, dass mir ein Stöhnen entfährt. Der Moment herzlichen Einverständnisses war kurz. Dad wollte mich nur mürbe machen, bevor er zum tödlichen Schlag ausholt.

»Daraus wird nichts«, sage ich leise und mag kaum glauben, dass ich mich wirklich traue, das auszusprechen.

»Doch, das wird es«, sagt Dad, die Augen unverwandt auf die Straße gerichtet, die Knöchel am Lenkrad leuchtend weiß. »Ich werde nicht zulassen, dass du dein Leben wegwirfst.«

Der Motor brummt laut. Ich bin wie benommen. Mir schießt der Gedanke durch den Kopf, ich könnte einfach die Wagentür aufmachen, mich herauskippen und meinem Schöpfer gegenübertreten. Vielleicht ist der Seitenstreifen weich. Dann fällt mir die Kindersicherung ein. Ich sitze fest.

»Es ist mein Leben«, sage ich mit zur Schau gestellter Tapferkeit, während mein Vater mich im Rückspiegel scharf anguckt.

Mutter hustet im Schlaf.

»Das war der schönste Tag meines Lebens«, murmelt sie.

Ich vergrabe den Kopf in meinen Armen.

DIE KATE DES WILDHÜTERS

Die Sonne stand schon hoch am klaren blauen Himmel über dem Moor. Im Wetterbericht wurde vor gefährlicher Hitze gewarnt. Alex stand in der Tür der Kate und beobachtete drei wilde Ponys, die beim Toilettenhäuschen grasten.

Er lebte mit seinem Vater Tim in der Kate, die zwischen Weißbirken an einem ausrangierten Eisenbahngleis stand. Sie war nicht groß, etwa wie ein kleines Reihenhaus, und hatte einen kleinen Garten, in dem Gras und Nesseln wucherten. Im hinteren Raum war gerade mal Platz für das gewaltige Sofa an der Wand, einen Fernseher und einen Holzofen, der immer bollerte, abgesehen von Tagen wie heute, an denen es so heiß war, dass sogar der Schieferboden schwitzte. In der Küche standen ein kleiner Tisch und zwei rissige Holzstühle. Einziger Schmuck war ein altes Bild mit einem Fasan über dem Kaminsims, das schon dort gehangen hatte, als die Familie vor fünfzehn Jahren eingezogen war. Alex trat in den Flur und zog die Tür der Treppenverkleidung auf. Dahinter war ein großer grauer Metallschrank an die Wand geschraubt. Alex nahm einen kleinen Schlüssel aus der Tasche und steckte ihn ins Schloss. Die Tür quietschte beim Öffnen.

Im Schrank hing eine Reihe glänzender Gewehre. Im Gegensatz zum übrigen Haus roch es hier nach Öl und Poliermitteln. An den Griffen der Gewehre war nicht ein Fleck und die Läufe glänzten, weil Tim sie poliert hatte.

»Du musst deine Waffen sauber halten«, hatte er gesagt. »Sonst kann es Fehlzündungen geben.«

Alex fuhr mit dem Finger über die Gewehre. Es waren fünf. Tims 5.6-mm-Luftgewehr, eine Beretta Silver Pigeon, ein 7-mm-Mauser-Jagdgewehr, ein alter Schlachtschussapparat, ein Erbstück von Alex' Großvater, und Alex' eigenes Luftgewehr, ein 4.5-mm-Crosman, das er zu seinem zwölften Geburtstag bekommen hatte.

Hin und wieder kam jemand von der Polizei vorbei und verglich die im Register verzeichneten Waffen mit denen, die im Schrank standen. Es wurde überprüft, ob die Waffenscheine noch gültig waren und ob der Waffenschrank verschlossen gehalten wurde.

Alex nahm die Flinte herunter und spürte ihr Gewicht in seinen Händen. Er legte an und zielte durch den Flur aus der offenen Tür hinaus. Die Flinte war nicht geladen. Tim war ein totaler Sicherheitsfanatiker. Durch das Visier konnte Alex das Moor sehen, das sich in der Ferne blau-violett auftürmte. Wenn Alex die Flinte herunternahm, blickte er auf Wald und Wiesen. Am Himmel flogen zwei Holztauben.

»Du hast Köpfchen«, hatte Mr Goulders, sein Geschichtslehrer, zu ihm gesagt, bevor Alex abgegangen war. »Mach was draus. Du willst doch nicht den Rest deines Lebens hier in der Provinz verbringen, oder? Du würdest dich zu Tode langweilen. Dir stehen alle Türen offen. Du brauchst nicht dein Leben lang Fasane zu züchten. Du kannst zur Uni gehen und dann steht dir die Welt offen.«

Alex hatte nicht geantwortet. Wie hätte er erklären können, dass er nichts weiter wollte, als Vögel zu züchten und draußen an der frischen Luft für das Stonebridge-Gut zu arbeiten? Und er machte überhaupt nicht immer dasselbe. Im Winter war Jagdsaison, da hatten sie alle Hände voll zu tun, und im Sommer drehte sich alles um die Aufzucht der Jungvögel. Und dann gab es noch die Arbeit an den Hecken und auf dem Feld.

Was sollte er auf der Universität?

Er spürte eine kalte Nase an seiner Hand. Gaffer, sein schwarzer Spaniel, hatte sich zu ihm gesellt. Gaffer war alt geworden, war schon fast sechzehn und konnte Alex nicht mehr auf langen Wegen durchs Moor oder auf die Jagd begleiten. Alex fing einen Floh vom alten, breiten Rücken des Hundes und zerknackte ihn zwischen den Fingernägeln.

»Na, Lust auf ein Kaninchen, du alter Flohfänger?« Alex kraulte ihn am Hals und der Hund grunzte vor Freude. Früher waren die beiden unzertrennlich gewesen. Wo immer Alex hinging, war Gaffer ihm gefolgt. Seine ganze Kindheit über war Alex mit seinem Hund auf dem Gelände des Guts herum und durchs Moor gestromert.

Stonebridge war ein riesiges Anwesen, zu dem über 200 Hektar Moor und Ackerland gehörten. Der Eigentümer, Tony Delaney, lebte außerhalb der Jagdsaison fast das ganze Jahr über im Ausland und überließ es dem Verwalter Jason Slaker und Alex' Dad Tim, den Betrieb am Laufen zu halten. Jason kümmerte sich um die Schafe und Tim managte die Vogelzucht. Sie zogen Fasane, Moor- und Rebhühner. Und im Winter wurde geschossen. Das Gutshaus, ein großes, imposantes Gebäude unten am Fluss, wurde im Sommer für Hochzeiten und Konferenzen vermietet. Im Winter richtete sich Delany dort häuslich ein und beherbergte die Jäger. In dieser Zeit hatten Alex und sein Dad jede Menge zu tun, sie arrangierten die Jagdausflüge, besorgten die Treiber, kümmerten sich um die Gewehre und die Hunde und bereiteten zweimal am Tag riesige Mahlzeiten für alle. Alex gefiel das alles sehr, aber ein Jahr, nachdem er von der Schule abgegangen war, hatte sein Dad darauf bestanden, dass er auf die Fachoberschule in Hammerton ging, um zumindest die Fachhochschulreife zu erlangen. Tim sagte, wenn er das nicht jetzt tun würde, dann nie. Inzwischen hatte Alex nur noch ein Jahr vor sich, aber er konnte es kaum erwarten, dass es vorbei war. Auch wenn die Fachoberschule besser war als seine alte Schule – es gab weniger Rumgeprahle und blöde Anmache –, freute er sich, bald fertig zu werden. Dann würde er frei sein für das Leben hier oben. Wozu er Erdkunde, Mathe und Technologie auf dem Niveau der Hochschulreife brauchte, war ihm ein Rätsel.

»Herzlichen Glückwunsch zum Geburtstag!« Sein Vater stand in der Tür, auf der Wange hatte er einen kleinen Ölfleck. Er grinste seinen Sohn an. »Endlich achtzehn.«

»Hurra«, sagte Alex. Sein Geschenk hatte er schon bekommen. Ein gebrauchtes Apache Quad, das jetzt im Schuppen stand. Das war einfach nur super.

»Willst du zur Feier des Tages ein bisschen Speck?«, fragte Tim.

Alex schüttelte den Kopf. Tim zog die Stiefel aus und ging zum Ausguss, um sich die Hände zu waschen. Alex' Vater war ein großer schlanker Mann mit kurz geschorenen grauen Haaren und freundlichen Augen.

»Solltest du nicht in der Schule sein?«, fragte er. »Du hast doch Bio in der ersten Stunde, oder? Und ich dachte, ihr hättet heute euer Geografie-Projekt.«

»Da geht's nur um Datenerfassung«, sagte Alex. »Dafür muss ich nicht in die Stadt. Wir sollen uns auf die Überführung stellen und Autos zählen.«

Die schreckliche Begegnung mit den Soldaten am Fluss steckte ihm noch so in den Knochen, dass er Tim nicht davon erzählen konnte.

Du bist tot.

Alex stellte sich immer wieder vor, was hätte passieren können. Wenn der Soldat ihn verletzt hätte – in dem Baum hätte ihn niemand gefunden. Alex hatte Tim nichts gesagt, weil er wusste, dass sein Vater alles ganz genau wissen wollen würde und Alex ihm die Geschichte immer und immer wieder erzählen müsste und dass diese am Ende höchstwahrscheinlich im Miner's Arms, der Dorfkneipe, bei einem Glas Ale die Runde machen würde. Und bald würden alle im Tal wissen, dass Alex Jebb, Sohn des Wildhüters, sich in einem hohlen Baum vor einem weinenden Soldaten versteckt hatte, der sein Gewehr verloren hatte – was das schlimmste Vergehen eines Soldaten war.

»Komm schon«, sagte Tim. »Ich fahr dich. Du darfst nicht fehlen.«

Alex stieß einen tiefen Seufzer aus.

»Deine Mutter würde mich umbringen, wenn ich nicht dafür sorgen würde, dass du einen ordentlichen Abschluss bekommst.«

Alex dachte, dass das höchst unwahrscheinlich war, denn seine Mutter war schon seit dreizehn Jahren tot.

»Da wir gerade davon sprechen«, sagte Tim. Er ging zur

Küchenschublade, nahm einen blassblauen Umschlag heraus und gab ihn Alex. »Der Letzte«, sagte er und musste den Blick abwenden.

Es war nicht irgendein beliebiger Geburtstagsgruß. Er war von Alex' Mutter. Sie hatte ihrem Sohn noch kurz vor ihrem Tod dreizehn Geburtstagsbriefe geschrieben. An jedem Geburtstag bekam Alex einen Umschlag in einer anderen Farbe und einer anderen Form, adressiert an Alexander Jebb, in der vertrauten ordentlichen Schrift seiner Mutter. Sein Dad hatte alle verwahrt und händigte Alex jedes Jahr einen aus.

Alex schob den Umschlag in die Tasche. Er wollte den Brief jetzt nicht lesen, vor allem, weil es der letzte war. Tim hatte ihm gesagt, dass Helena erst ganz kurz vor ihrem Tod auf die Idee mit den Briefen gekommen sei und nicht mehr die Kraft gehabt habe, über Alex' achtzehnten Geburtstag hinaus zu schreiben.

»Komm schon, Alter«, sagte Tim und unterbrach Alex' Gedanken. »Raus ins Leben.«

Alex schloss die Waffe weg und drehte bedauernd den Schlüssel herum.

»Hast du keine Lust, deine Kumpels zu treffen?«, fragte Tim. »Wie geht's Levi?«

»Gut«, nickte Alex.

»In der Schule müsste es doch ein paar nette Mädchen geben?«, bohrte Tim.

»Es gibt da ein paar wunderbare Mädchen«, antwortete Alex. Er grinste. »Aber keine von denen findet *mich* wunderbar.«

»Auch wenn du es mir nicht glauben magst«, sagte Tim, »aber du hast mein gutes Aussehen geerbt.«

Alex streifte sein T-Shirt ab und wusch sich über dem Ausguss. Er trocknete sich mit einem Geschirrtuch ab und zog ein trockenes T-Shirt von der Leine über dem Kamin. Immerhin bekäme er heute Sasha zu sehen. Die von ihm natürlich keine Notiz nehmen würde.

»Okay«, sagte er. »Ich geh hin.«

LEVI

Die Bushaltestelle entspricht voll dem Klischee: Graffitis (hab ich selber vor zwei Jahren angebracht), Uringestank (ich glaube zumindest nicht, dass ich das war) und jede Menge Einwickelpapier von Süßigkeiten (die gibt's doch überall auf der Welt, oder? Liegen wie riesige Staubflusen auf dem Globus rum). Ich zieh mir den Filzhut runter in die Stirn und rücke meine Ohrstöpsel zurecht. Ich höre Hip-Hop. Nichts anderes ist es wert, an mein Ohr zu dringen.

Ich werd dich nicht beißen / dich auch nicht bescheißen
kann selber denken, mich muss keiner lenken
ich bin nicht artig / aber auch nicht abartig
lasst mich grooven, yeah,
ich will Spaß
ohne Hass

Ich rucke mit dem Kopf im Rhythmus, als hätte ich einen Anfall. Mein bester Rap bei 180 bpm. Er heißt: »Ich will Spaß« und klingt, als würde ich auf einen Presslufthammer rappen. Gerry Fisher und ich haben das Teil bei mir zu

Hause an meinem Computer mit meiner Beatbox und dem unsagbar coolen Mikrofon, das ich mir zu Weihnachten gewünscht hatte, auf meinem Computer aufgenommen. Ich hatte schon fast eine Band zusammen, aber dann bin ich von der Schule geflogen. Und das ist echt ätzend, denn ich brauche Gerry für die Computermusik (ich habe noch nicht mal das Handbuch gelesen – ich bin der Künstler, die untergeordneten Tätigkeiten überlasse ich ihm), aber ich habe ihn seit über einem Monat nicht gesehen.

Der Bus fährt vor und spuckt meine Nachbarin aus der Hölle, Mrs Simson, aus, die mich bis heute für meine kindischen Streiche aus vorsintflutlichen Zeiten verachtet und immer so tut, als sähe sie mich nicht. Ich klettere in den Bus und zeige dem mürrischen Fahrer meine nagelneue Monatskarte. Ich hoffe, er ist nüchtern, mein Leben liegt in seiner Hand. Vorne ist kein Platz frei, deshalb muss ich an allen vorbeigehen. In der ersten Reihe sitzen zwei Mädchen, dahinter eine Mutter mit einem rotznasigen Kleinkind und ein Mann, der aussieht wie der Zeitenvater persönlich und jeden Moment aufwachen könnte oder auch nicht. Ich glaube, die Leute haben Angst vor mir, denn sie geben sich große Mühe, mich nicht anzugucken. Meine neuen Lackschuhe, schwarz und sehr spitz, wie die von einem Kobold auf einer Hochzeit, scheuern an den Fersen. Sehen aber cool aus. Ich schwinge mich dankbar auf einen freien Platz, schiebe meinen knochigen Hintern zum Fenster rüber und lehne mich an die Scheibe. Ich drehe meinen Player lauter. Hinter mir sitzt ein dicker fetter Mann. Ich spüre, wie sich seine Glupschaugen in meinen Nacken bohren. Ich ziehe den Kragen hoch, sodass sein Röntgenblick nicht meine Haut verletzt.

Es ist Mittag. Benji, Francisco und Gerry werden sich wohl gerade den Schulfraß reinschieben. Das Essen auf der Risings ist erstaunlich schlecht, wenn man bedenkt, was für eine astronomische Summe Schulgeld meine Eltern bezahlen mussten. Das ist vorbei. Da ich nun auf eine staatliche Schule gehe, sparen sie viele tausend Pfund. Wenigstens dafür sollten sie dankbar sein. Ich starre aus dem Fenster, tue so, als interessierte ich mich fürs Moor, das wie ein Kopfschmerz hinter den Hügeln lauert. Ich glaube, die Mädchen vorne flüstern über mich. Ob die auch auf die Hammerton gehen? Ich halte mich äußerst ungern in geschlossenen Räumen wie diesem Bus auf. Alle tun so, als interessieren sie sich überhaupt nicht für die anderen. Wir sind wie Wespen, die in einer Schachtel stecken und entspannen sollen. Ich bin total kribbelig. Ich hätte nicht übel Lust, denen meinen nackten Arsch zu zeigen, wenn da nicht dieses Ungeheuer hinter mir wäre.

Vor einem Monat, als das alles passiert ist, hatte ich gehofft, ich wäre danach total angesagt. Immerhin war ich seit fünf Jahren der Erste, der von der Schule geflogen ist. Aber leider kam es anders. Meine Freunde scheinen sich immer weiter von mir zu entfernen. Als wollten sie mich abschütteln. Ist schon komisch, wenn man im Klassenzimmer hockt, möchte man unbedingt raus in die Welt. Aber wenn man erst mal draußen ist, ist alles nur grau. Von der Schule fliegen ist nur für Idioten paradiesisch.

Ich versuche, meiner Mutter aus dem Weg zu gehen, weil sie meine Gegenwart nicht erträgt. Erst hat sie entweder geweint oder sie war wütend oder beides und hat mir ohne jede Vorwarnung vorgelabert, was für eine Enttäuschung ich sei. Doch seit dem Offiziersball und Simons Abschlusszeremonie ist sie wieder in Form. Sie lässt umbauen, nicht zum ersten Mal. Unser Haus wimmelt von blasierten Architekten und staubigen Stuckateuren und abgedrehten Elektrikern. Das Klopfen und Kratzen und die eklektischen Kommentare der Architekten dringen bis in jeden Raum. Es gibt kein Entkommen. Zum Glück hat mich die FOS trotz meiner üblen Reputation angenommen. Wahrscheinlich hat Dad den Direktor bestochen. Seit zwei Tagen bin ich dort und habe noch keine Freunde. Niemand redet mit mir (wissen die denn schon Bescheid?). Ist schon okay. Das bedeutet, dass ich alles beobachten, abwägen und die nächsten Schritte planen kann.

Meine alte Schule – die Risings – ist nur zwei Meilen von zu Hause entfernt. Simon und ich sind früher nebeneinander auf unseren Mountainbikes die schmalen Alleen langgedüst. Jetzt muss ich mit dem Bus in die aufregende Marktstadt Hammerton fahren, zwölf Meilen eine belebte Straße entlang. Ich bin in jeder Hinsicht degradiert worden.

Endlich bleibt der Bus vor dem flachen grauen Schulgebäude stehen. Ich betrete den Bürgersteig und halte mich vorsichtig hinter einer Schar weiblicher Menschen, die alle in hellen, engen Sachen stecken und sich mit Lippenstift und Parfüm aufgebrezelt haben. Ich trage nicht die richtigen Klamotten. Auch das ist komisch (ha, ha), denn die Sachen, die ich in der Schule – also in einer richtigen Oberschule – tragen musste, den silbernen Schlips und das blaue Jackett, die gebügelten weißen Hemden, die schwarzen Hosen mit der exakten Bügelfalte, die auf meine schwarzen, sauber geputzten Slipper stieß (das alles Dank

Mum), habe ich gehasst. Aber dass meine neuen Baggyjeans nicht zu den Leuten hier passen, weiß ich sofort. Auch meine Schuhe sind viel zu cool. Mein rosa gestreiftes Hemd sitzt eng und ist absolut angesagt. In jeder Londoner Schule wäre ich total hip. Aber hier, in einer kleinen Stadt am Rande von North Dartmoor, sehe ich aus wie ein Volltrottel.

»Sasha Tavey ist wieder auf der Schule«, zirpt ein kleingewachsenes, molliges weiblichen Wesen in Zebrahosen.

»Und was ist mit ihrem Kind?«, erwidert ihre Freundin, eine wohlgeformte Blondine in einem schleimfarbigen Pulli.

»Ihre Mutter passt auf«, antwortet Zebra.

»Die wird nicht mehr die alte sein«, warnt Sexy Schleim weise. »Keine Partys mehr. Dafür Hängetitten und Sabberlätzchen.«

Die Mädchen kichern gemein.

Auch das ist neu. Das klingt, als hätte sich außer mir noch jemand schändlich verhalten, obwohl das hier natürlich Fachoberschul-Schande ist, nicht zu vergleichen mit meiner Eliteschulen-Schande.

Zebra kriegt mit, dass ich lausche, also lasse ich mich zurückfallen und meine Beetle-Black-Schuhe aufs Pflaster knallen. Als ich an ein paar Jungs vorbeigehe, die auf der Mauer vor dem Schulgebäude hocken, setze ich meine extra gelangweilte Miene auf. Sie verstummen. Ich vermeide den Augenkontakt mit ihnen, um die Wahrscheinlichkeit zu verringern, die Aufmerksamkeit des Feindes zu erregen. Ich habe schließlich nicht umsonst meine ganze Kindheit auf militärischem Terrain verbracht.

Für Dad war mein Schulverweis die reinste Apokalypse.

Ich sei mehr als eine Enttäuschung, hat er gebrüllt. Er sagte, mein Benehmen sei *teuflisch* und ich könne von Glück sagen, dass sie mich nicht in eine psychiatrische Klinik sperrten. Ich ließ alles über mich ergehen, ziemlich sicher, dass er sich bald beruhigen würde, wie sonst auch. Aber diesmal heizte er sich wie ein havarierter Atomreaktor immer weiter auf und dann beschloss er, sich meiner Bestrafung höchstpersönlich anzunehmen. Ich werde das jetzt nicht weiter vertiefen, sonst schaffe ich es nie durch diese Schwingtüren, von denen die Farbe abblättert.

Ich bin drin. Ich laufe tatsächlich über den geriffelten Teppichboden.

Ich gehöre nicht hierher. Das will ich herausschreien. Ich will allen, dem mausgrauen Mädchen in den blauen Shorts und dem kleinen Menschlein da vor dem Schwarzen Brett, dessen Hals aussieht wie ein leicht zu knickender Pflanzenstiel, und der behaarten Bibliothekarin, die wie eine Königin über den Korridor schreitet, all denen will ich erklären, dass ich EIGENTLICH mit der ersten Elf nach SÜDAFRIKA fahren, eisgekühlte Limo schlürfen und mich über Schweißflecken auf meinem weißen Hemd ärgern sollte.

Ich donnere mit dem Fuß gegen die Wand, meine Knochen knirschen.

Außer dem mausgrauen Mädchen hat das niemand bemerkt und die zupft sich am Damenbart und trippelt eilig den Korridor entlang. Jetzt tut mein Fuß weh. Humpelnd gehe ich weiter. Ich hoffe, ich sehe aus wie John Wayne, der nach hundert Meilen im Sattel ganz heiß ist auf einen Kampf.

Der Schmerz pocht in meinen Zehen, aber er macht mir den Kopf frei. Ich bin schon den dritten Tag hintereinander in dieser Schule. Bislang wollte mich niemand umbringen oder mir Nachhilfe anbieten, niemand hat mich überfallen oder in die Arme schließen wollen.

»Max Cosgrove.« Ein klotziger schwarzer Junge mit kurz geschorenen Haaren steht breit vor mir. Er grinst, als wäre er mein Lieblingsneffe. »Ich dachte doch, ich hätte dich gestern hier gesehen. Jetzt bist du wieder hier. Wieso?«

Ich bleibe stehen, und da ich ein Mann mit Manieren bin, nehme ich meine Ohrstöpsel raus. Ich habe keine Ahnung, wer dieser aufdringliche Mensch ist. Er sieht nicht gewalttätig aus; er hat ein freundliches, offenes Gesicht. Aber wieso kennt der meinen Namen?

WIESO KENNT DER MEINEN NAMEN?

Was weiß der sonst noch?

Der Junge lässt sich von meinem Schweigen nicht irritieren.

»Ich bin Levi Jones. Wir haben uns vor fünf Jahren getroffen, im Jugendcamp von der Armee. Du warst nur eine Woche da und wir beide waren Partner an der hohen Wand. Du hattest Höhenangst. Und bist da oben zu einem Klotz erstarrt.« Der Junge nimmt eine theatralische Pose ein. »Ich hab dir gut zugeredet, damit du dich runtertraust. Weißt du noch?«

Ja, ich erinnere mich an die entsetzliche Angst vor dem Abstürzen und an die damit verbundene Demütigung. Über das irre Geschrei und Gebrüll hinweg hatte jemand mit mir geredet, mich aus meiner Starre erlöst und mich von dieser Horrorwand runtergekriegt. Es war nicht der Ausbilder; vor dem hatte ich eine Heidenangst. Der hier war offenbar der Typ, der mich beruhigt hatte.

Fantastisch. Eine weitere Demütigung.

»Du bist nicht mehr wiedergekommen«, fährt Levi fröhlich fort. »Ich war noch einen Monat da und dann bin ich von genau der Wand gefallen und habe mir den Arm gebrochen, an drei Stellen, guck!« Er hebt den rechten Arm, der wie ein Bumerang nach hinten gekrümmt ist. »Danach hat meine Mum mich nicht mehr hingelassen.«

Levi hat einen leichten West-Country-Akzent und stämmige, muskulöse Arme. Er trägt ein graues T-Shirt, blaue Jeans und abgelatschte Turnschuhe. Also kein Dandy.

»Und?«, fragt Levi. »Warum bist du hier? Bist du nicht auf der Risings?«

WAS WEISS ER?

»Ich vergesse nie ein Gesicht«, sagt Levi zuvorkommend. »Vor allem nicht das von einem, dem ich das Leben gerettet habe.«

»Ich bin rausgeflogen«, antworte ich. Das kann ich genauso gut jetzt gleich sagen. Er weiß das wahrscheinlich sowieso schon.

»Klasse«, sagt Levi, offensichtlich erfreut. »Was hast du gemacht?«

Ich mustere Levi sorgfältig. Ich möchte unsere kleine Begegnung nicht versauen.

»Du musst es mir nicht sagen«, sagt Levi und legt den Kopf schief. »Muss aber ganz schön heftig gewesen sein.«

»Ich habe Essen geklaut«, wage ich mich vor. »'ne ganze Menge.«

»Oh.« Levi kneift die Augen zusammen und muss zur

Seite blicken, um der Lüge auszuweichen. »Und deswegen haben sie dich rausgeschmissen?«

»Ich habe mehr als einmal geklaut«, erkläre ich und komme langsam in Fahrt. »Ist so was wie 'ne Gewohnheit geworden. Ich bin in die Küche gegangen und hab Essen aus den Regalen genommen. Ich habe jede Menge Verwarnungen bekommen, aber ich konnte einfach nicht aufhören. Ich hatte auf das Wappen der Schule geschworen, dass ich es nicht wieder tun würde, also blieb ihnen keine Wahl.«

»Du musst mächtig Hunger gehabt haben«, sagt Levi und kratzt sich die Nase. Jetzt kann er mich wieder ansehen. Er durchschaut mich langsam. Weiß, was ich für ein Typ bin. Ein. Lügner.

»Ich hab immer Hunger«, sage ich. »Guck doch, wie dünn ich bin. Ich hab eine Stoffwechselstörung.« Ich halte zur Begutachtung meinen dürren Arm hoch.

Levi nickt. »Mehr hast du nicht geklaut?«

Nö. Mein Hirn ist leer. Meine Lippen sind verschlossen. Es kommt nichts mehr raus. Levi hätte mich genauso gut bitten können, unser Sonnensystem mit Hilfe einer quadratischen Gleichung zu berechnen.

Zu meiner Erleichterung hört Levi mit dem Kreuzverhör auf und guckt stattdessen auf sein Telefon. Ich nehme an, so ein kumpelhafter Typ wie er hat im Gegensatz zu mir Freunde, die ihm Nachrichten schicken.

»Egal. Ich hab in zwei Minuten Geografie. Wo musst du hin?«

»Geografie«, sage ich im Brustton der Überzeugung. »Heute gehen wir doch auf Exkursion, oder?«

»Folge mir«, sagt Levi, als wäre er so eine Art Kultfigur.

Wir gehen über Betonstufen, auf gummiartigen Fußböden durch Korridore, in denen schlechte Kunst hängt. Levi schiebt sich durch die Menge und bahnt mir den Weg.

Irgendwann wird die Wahrheit rauskommen, aber ich habe wenigstens etwas Zeit gewonnen. So kann ich mir überlegen, wie ich es am besten drehe.

Was soll ich tun?

ERSTES BLUTVERGIESSEN

Aus unerfindlichen Gründen kommt es im Laufe der Schulzeit immer wieder zu demütigenden Situationen wie dieser: Fünfzehn Schülerinnen und Schüler, ausgestattet mit an den Ecken gepolsterten Klemmbrettern, müssen Autos zählen, als wären sie fanatische Verkehrshüter. Alle tragen gelbe reflektierende Warnwesten.

Ich habe auf der Überführung Posten bezogen, gemeinsam mit Levi und einem großen, schlaksigen Jungen, der so richtig finster guckt. Er trägt unter der Warnweste ein ausgeblichenes schwarzes T-Shirt mit Löchern in den Schultern, einen schmuddeligen Kampfanzug, aus dessen einer Tasche ein Knäuel orangefarbener Schnur rausguckt, und schmutzige Stiefel mit Stahlkappen. Er sieht aus wie der böse dritte Sohn eines renommierten Schweinezüchters. Sein ältester Bruder ist der Erbe, der zweite der Reservemann und der hier ist der Psychopath.

»Max, das ist Alex«, sagt Levi, als wäre er Gastgeber einer Cocktailparty. »Lass dich von seinem unschuldigen Äußeren nicht täuschen. Der Typ ist tödlich. Er kann auf tausend Schritt einem Fasan den Kopf wegpusten.«

Ich wusste es!

Alex verzieht kaum merklich das Gesicht. Er ist einer dieser dunklen Typen, auf die bescheuerte Mädchen wahrscheinlich abfahren. Er hat graue Augen und ein spitzes Kinn. Allerdings scheint er nicht sprechen zu können.

»Und das ist Max Cosgrove, ein hungriger Typ und Ex-Insasse von der Risings«, fährt Levi fort. Alex zieht eine Augenbraue einen Viertelmillimeter hoch. Ich warte drauf, dass er wissen will, was passiert ist, aber er sagt gar nichts. Boah! Der Eismann kommt!

»Pass auf dein Essen auf«, rät Levi Alex. »Wenn ich Max richtig verstanden habe, dann isst er sogar seiner darbenden Großmutter das Frühstück weg, wenn er Hunger hat.«

Ich spüre, wie ein unangenehmes Erröten von meinem Hals aufsteigt und sich auf meinem Gesicht verteilt. Ich hatte nicht damit gerechnet, dass meine kleine Lüge so bald verbreitet werden würde. Ich verfluche meine verräterischen Wangen. Simon wird auch ständig rot, also muss das genetisch sein. Mein Bruder läuft schon rosa an, wenn ihn nur ein weibliches Wesen anspricht, das weder Andrea noch meine Mutter ist. Schon komisch, dass ein so sensibler Mensch jetzt zum Killer ausgebildet wird.

»Hast du Geschwister?«, erkundige ich mich leutselig.

»Nein«, sagt Alex und wendet sich mannhaft wieder seinem Klemmbrett zu.

Ich lehne mich ans Brückengeländer. Unter uns sind Schrebergärten und der Radweg, der in die Stadt führt. Auf der anderen Seite erstrecken sich Felder bis zu einem Waldgürtel und dahinter kommt das verfluchte Moor. Ich beobachte aus den Augenwinkeln, wie Alex die vorbeifahrenden Autos notiert. Er ist nicht gerade gesprächig, aber das ist schon okay, denn Levi kann überhaupt nicht die Klappe halten. Als hätte er tausend Tassen Kaffee getrunken. In den ZWEI STUNDEN, die wir auf dieser Brücke ausgesetzt sind, redet er über:

Mädchen im Geografiekurs.

Mädchen in seinem Mathekurs.

Mädchen in seinem Chemiekurs.

Das bevorstehende Spiel zwischen Barcelona und Chelsea.

Die eigenartigen Furchen im Kinn des Geografielehrers.

Ehen von Leuten verschiedener Hautfarbe.

Das Siegtor, das er gegen die Risings schoss, als er noch Fußball spielte.

Die Neunzehnjährige, die er in der Schuldisco aufgerissen hat.

Die Tatsache, dass er genau genommen keine Jungfrau mehr ist.

Dass man von Bananen Verstopfung kriegen kann.

Warum seine Mutter immer noch an Gott glaubt.

Dass sein Dad der erste schwarze Feuerwehrmann Hammertons war.

Die Vorzüge von Mars gegenüber Snickers.

Warum wir bald von Geburt an mit dem Internet verkabelt werden.

Scheidung.

Die Stadt Lincoln.

Den Ehering, den er mal beim Wühlen im Abwasserkanal von Hammerton gefunden hat.

Nach zwei Stunden habe ich das Gefühl, ich weiß mehr über Levi als über meine sogenannten Freunde auf der

Risings. Aber es wird immer heißer und da trocknet sogar Levis Sprachfluss ein. Wir benutzen unsere Klemmbretter als Fächer und denken uns irgendwelche Zahlen aus. Der Verkehr kommt derweil fast zum Stillstand. Ich erfinde gerade ein Gedicht mit dem Titel »Ich fühlte mich wie ein Gott auf der Hammerton Brücke«, da sehe ich auf dem Hügel einen Armeelaster auftauchen. Es ist ein altes dunkelgrünes Gefährt, wie aus einem anderen Zeitalter. Es gibt keine Möglichkeit, sich zu verstecken. Als der Laster wie eine riesige Kröte an uns vorbeikriecht, sehe ich hinten drauf etwa zehn Typen sitzen. Ich finde plötzlich die Anordnung der Kleingärten unter mir äußerst fesselnd und drücke mir das Klemmbrett wie einen Schild vor die Brust. Dann fliegt ein silberner Gegenstand durch die Luft. Er trifft Levi im Gesicht und ritzt ihm die Wange auf. Ein Verpflegungspäckchen.

»Wir geben euch einen aus!«, ruft einer vom Laster und zieht eine Grimasse.

»Guckt euch das an!« Levi zeigt uns seine Hand, an der Blut klebt. »Idioten«, brüllt er ihnen hinterher und ich höre es vom Laster lachen. Bis jetzt habe ich meinen Kopf mutig gesenkt gehalten, doch jetzt platzt es aus mir heraus: »NA LOS! LASST EUCH DOCH EURE BIRNEN WEGPUSTEN!«

Die Soldaten johlen, Levi und Alex gucken mich verblüfft an.

Aber das ermuntert mich nur.

»WANN WERDET IHR TYPEN ENDLICH MAL SIEGEN?«

Dieser Satz ruft einige heftige Antworten der Soldaten hervor. Ihr Wagen bewegt sich langsam weiter.

»VERSAGER.«

»Halt die Klappe, Max«, Levi packt meinen Arm. »Du tickst wohl nicht ganz sauber.«

Ich bemerke, dass Alex die weiterfahrenden Soldaten genau betrachtet.

»O je. Waren das Freunde von dir?«, frage ich, als der Laster endlich von der Brücke fährt.

»Nein, nein«, beeilt sich Alex zu sagen. Er blickt Levi an: »Alles okay bei dir?«

»Sauberer Treffer«, sagt Levi und deutet auf das Päckchen am Boden. Er wirkt ein bisschen schockiert. Er hebt das Päckchen auf und liest laut: »Mohrrübeneintopf mit Fleisch und Kartoffeln.«

Er lässt es fallen, spuckt auf seine Finger und wischt sich die Wange ab, aber es hört nicht auf zu bluten.

»Hast du ein Problem mit denen?«, fragt mich Levi.

»Die haben dich angegriffen«, quieke ich. »War meine Reaktion unangemessen?«

»Ja«, sagt Levi. »So 'ne Art von Unterstützung kann ich nicht brauchen.«

»Tja, mein Bruder ist in der Armee«, sage ich fröhlich. »Glaub mir, die Typen finden ein bisschen Schmerz geil.«

»Ich aber nicht«, sagt Levi. Er dreht mir den Rücken zu und fummelt an seinem Gesicht herum.

»Hey«, sage ich. »Willst du mir jetzt die kalte Schulter zeigen, oder was?«

Levi kann meinem Charme nicht widerstehen und fängt an zu glucksen. »Du bist verrückt.«

»Ja, das haben andere auch schon gesagt«, antworte ich.

Noch zehn Minuten. Ich kritzle auf meinem Erhebungsblatt herum. Bei Levi scheint die Luft raus zu sein, als wäre mit dem Blut auf der Wange sein ganzer Elan aus ihm rausgeflossen. Wir beschließen, der Sache ein Ende zu machen und zu den anderen aus unserem Kurs zu gehen. Als wir hintereinander von der Brücke hinunterlaufen, biegt ein marineblauer Minibus mit goldener Aufschrift aus dem Kreisverkehr ab und kommt uns entgegen.

Ich fluche und ziehe mir die Kappe ins Gesicht. Es ist der Schulbus von der Risings.

Gerade jetzt kommt der Verkehr vollkommen zum Stehen. Was soll das? Ist das der Alle-auf-Max-Cosgrove-Tag? Ich stoße meine Faust gen Himmel und hoffe, dass ich Jesus oder das Schicksal oder wer sonst immer zuständig sein mag treffe. Ich schiele unter meiner Mütze hervor zum Bus hinüber. Diesmal sind es sechs Jungs. Noch hat mich niemand entdeckt; sie gucken alle aus dem Fenster zur anderen Seite. Ich erkenne Ben Robinson und Frodo Tomms und ganz hinten sitzt wie immer feixend Francisco Lennox. Vor drei Wochen habe ich mit ihm noch gemeinsam ein Kunstprojekt gemacht. Wir waren die besten Künstler der Schule. Es war ein gewaltiges Projekt, auf eine große Mauer im Schulfoyer sollte ein Bild von jedem Schüler der Schule. Es war das Beste, was ich je gemacht habe. Da ist mein Talent so richtig zur Geltung gekommen. Ob das wohl jemand fertiggestellt hat?

Der Bus bleibt direkt uns gegenüber stehen. Jeder, der drinnen sitzt, könnte mich verraten. Mein Gesicht wird wieder heiß. Ich blicke über die Brücke. Zu tief zum Springen. Ich wäre Mus. Auch wenn die Kleingärten da unten nett und weich aussehen, ich möchte lieber nicht auf einer Bohnenstange aufgespießt enden.

»Guck mal, man kann gerade so die rote Fahne sehen.«

Ich drehe mich erstaunt um. Das ist der längste Satz, den ich Alex bis jetzt habe sagen hören.

»Guck, da!«, drängt er und zeigt zum Moor, zum Horizont. Ich wende meinen Blick dankbar in die Richtung, sehe aber nicht genau hin. Bin nur froh, dass ich einen Grund habe, nicht zur Straße schauen zu müssen.

»Siehst du die Warnflagge für Schießübungen?«, fragt Alex. »Kennst du die Flaggenzeichen der Armee?«

»Ja«, sage ich gelangweilt. Der Motor des Busses jault auf. Bei dem Geräusch wird mir schlecht. Ich habe eine Trillion Male in diesem Bus gesessen, auf der Fahrt zu irgendeinem Spiel oder sonst wohin. Der Bus gibt sein unverwechselbares Tschaka, Tschaka von sich, einen tiefen Sound, den andere Autos nicht haben. Deswegen nennen wir ihn den Donnerwagen. Die Jungs sind jetzt wahrscheinlich auf dem Weg nach St. Ives.

»Hast du die Flagge gesehen?«, will Alex wissen.

»Nein«, murmle ich.

»Da drüben«, zeigt Alex. Und tatsächlich, ganz in der Ferne, meine ich eine militärische Flagge flattern zu sehen.

»Wenn du die siehst, darfst du nicht ins Moor«, sagt Alex. »Das heißt, es wird scharf geschossen. Die Soldaten ziehen die Flaggen auf, damit keine Zivilisten in ihr Kreuzfeuer geraten.« Er hält inne. »Nachts warnen rote Leuchten und am Tag rote Flaggen. Merk dir das. Könnte dein Leben retten.«

Natürlich weiß ich das alles. Ich lebe seit zwei Jahren am Rande des Moores und kenn mich in Sachen Armee besser aus als die meisten. Trotzdem bin ich dankbar für die Ablenkung, denn jetzt fährt der Donnerwagen mit seinen verräterischen Passagieren weiter.

Aber als ich auf mein Klemmbrett gucke, verschwimmen alle Kritzeleien und Zahlen vor meinen Augen. Denn aus dem wegfahrenden Bus dringt Gebrüll und ein dumpfes Poltern. Sechs große Jungs schnallen ihre Gurte ab, drehen sich um und glotzen mich durchs Rückfenster an.

»MAX MAX MAX MAX MAX.«

»DER VERFOLGT UNS!«

»BITTE, BRING UNS NICHT UM, MAX!«

»EINSTEIGEN! SCHNELL EINSTEIGEN!«

»DER TERRORIST VON DER RISINGS SCHLÄGT WIEDER ZU!«

Ich schleudere mein Klemmbrett in ihre selbstgefälligen Affenfressen, aber der Bus beschleunigt plötzlich und meine Blätter platschen stattdessen an die Windschutzscheibe vom Punto einer alten Dame, die wütend auf ihre Hupe steigt.

Levi packt mich am Ellbogen und führt mich den Bürgersteig runter. Alex bildet die Nachhut. Ich spüre seinen Atem im Nacken.

»Ich hab's versucht«, murmelte Alex.

»Ich weiß«, sagt Levi. Er blickt mich an. »Mann, du stehst ja total unter Strom.«

»Ich hab so meine lichten Momente«, erwidere ich und ziehe meine Warnweste aus. In einem Akt extremer Selbstbeherrschung werfe ich weder die Weste noch sonst irgendwas von der Brücke.

»Darf ich fragen, was die gemeint haben?«, fragt Levi.

Ich zucke die Achseln. »Typischer Risings-Humor.«

Wir verlassen die Überführung und gehen über den Grünstreifen zurück in die Stadt. Die beiden haben von mir abgelassen und laufen vorneweg. Ich beobachte Alex.

Er hat mir vorhin geholfen. Er hat gemerkt, dass ich irgendein Problem mit dem Donnerwagen hatte, und hat mir einen Grund gegeben, woanders hinzugucken. Warum hat er das für mich getan? Wir sind doch gar keine Kumpels?

Egal. Das merke ich mir. Ich bin ihm was schuldig.

SASHA

Eigentlich hätte Alex in der Schule Bevölkerungsstatistiken analysieren sollen, aber er ging nicht hin. Einen Tag wie diesen konnte er nicht in einem Gebäude verbringen. Es wehte ein sanfter Wind, der Himmel war blitzblau, er konnte unmöglich in einem stickigen Klassenzimmer schmoren, in dem es nach Fürzen und billigem Parfüm stank und wo durch die Klimaanlage gelegentlich noch Schwaden vom Frittierfett der Pommes aus der Cafeteria hereinströmten.

Alex' Dad arbeitete bei den Fasanen. Die Küken wurden in diversen großen Gehegen auf einer Wiese direkt hinter dem Haus gehalten.

Alex ging mit Gaffer auf den Fersen den Weg entlang, der an der Hütte vorbei durch eine Allee aus Buchen, Eschen, Eichen und Brombeeren führte. Sein neues Quad hatte plötzlich Öl verloren. Jason reparierte es unten auf dem Stonebridge-Gut, also musste Alex laufen, wenn er irgendwohin wollte.

»Meinst du, du kannst mithalten, alter Knochen?« Alex kraulte den Hund.

Um ihn herum sangen Vögel. Alex brauchte zwanzig Minuten, bis er oben war. Hier lichtete sich der Wald. Er gelangte auf eine Weide voller Swaledale Schafe mit ihren Lämmern, die schon kräftig gewachsen waren und in der Sonne dösten. Alex erinnerte sich, wie diese kleinen Wesen im März bei bitterer Kälte unten auf dem Gut geboren worden waren, jeden Tag etwa fünfzig von ihnen. Wenige Stunden nach ihrer Geburt mussten sie hier hoch auf die eisige Weide, weil der Eigentümer des Guts, Tony Delaney, den Hof nicht auf den neuesten Stand gebracht hatte. Ihn interessierten nur die Fasane.

Alex summte vor Freude, dass er einem Tag Paukerei entronnen war. Er hatte sein Gewehr umhängen und war auf der Suche nach Saatkrähen. Gaffer hatte Gewehrschüsse nie gemocht, was für einen Jagdhund etwas problematisch war. Aber er hatte im Laufe der Jahre dazugelernt. Den blechernen Knall eines Luftgewehrs konnte er inzwischen gut ertragen, doch sobald eine stärkere Waffe abgefeuert wurde, fing er nach wie vor an zu zittern. Alex vermutete, dass der alte Hund taub wurde und ihm die Befehle von den Lippen ablas.

Es waren nirgends rote Fahnen zu sehen. Alex beschloss daher, den weiten Weg über den Belstone Hügel zu nehmen und unterwegs die Rabenfallen zu checken. Der Tag war so klar, dass er meilenweit würde gucken können.

So fühlte er sich wohl, allein mit Gaffer und seinem Gewehr. Keine Scheiß-Schule. Die interessierte ihn einfach nicht. Alex guckte schon seit Jahren kein Fernsehen mehr und machte sich auch nicht die Mühe, Dads Zeitung zu lesen. Er interessierte sich weder für Kriege in anderen Ländern noch für die Höhe der Einkommenssteuer oder für die Anzahl der Schulen, die geschlossen wurden.

Er wollte einfach nur in Frieden gelassen werden und

seine Arbeit machen. Kein Wunder, dass Dad ihn »Alter« genannt hatte.

In seiner Tasche steckte der Geburtstagsbrief. Seit dem Geburtstag hatte Alex ihn drei oder vier Mal gelesen. Die Briefe waren immer bittersüß. Seine Mutter schrieb über Tim und darüber, was sie sich vorstellte, was Alex vielleicht gerade täte. Sie erzählte ihm Geschichten aus ihrer Vergangenheit. Und jedes Mal, in jedem Brief, sagte sie Alex, wie sehr sie ihn liebe.

Alex setzte sich auf einen Granitbrocken und faltete den Brief auseinander. Gaffer stromerte derweil schwanzwedelnd durch den Ginster, schnüffelte und schnaufte. Der Brief war drei Seiten lang, gespickt mit Witzen, einem Rezept für Zitronenkuchen (dazu die Erklärung, dass Alex damit Mädchen würde beeindrucken können) und mit der Geschichte, die er immer und immer wieder lesen musste:

Dein Dad hat über meine Hasengeschichte immer gelacht, aber glaube mir, Hasen haben wirklich Zauberkräfte. Als ich meine Diagnose bekam, gaben mir die Ärzte sechs Monate. Du warst erst zwei Jahre alt. Ich machte einen langen Spaziergang, alleine, und da sah ich einen Hasen, unten in Golden Combe. Er kam ganz nahe an mich heran und ich schwöre, die Zeit stand still. Ich schwöre, der Wind hielt die Luft an und die Vögel schwiegen. Es war wie ein Zauber. In dieser kurzen Starre bat ich den Hasen laut um mehr Zeit, und ich bin so verrückt zu glauben, dass das der Grund ist, warum ich dir jetzt, drei Jahre danach, immer noch schreiben kann. Der Hase hat mir meinen Wunsch erfüllt. Ich habe lange genug gelebt, dass du dich an mich erinnern kannst, und das ist ein Geschenk.

Alex seufzte und Gaffer stellte eines seiner tauben Ohren auf. Als Alex' Mutter starb, war Alex erst fünf. Er erinnerte sich an sie, aber manchmal wusste er nicht mehr, ob die Erinnerung echt war oder ob es nicht eher die Fotos und Briefe und Geschichten seines Vaters waren, die sein Bild von ihr bestimmten. Sie war mit achtundzwanzig gestorben, an Lungenkrebs, obwohl sie nie geraucht hatte. In einer Schublade im Wohnzimmer lag ein Fotoalbum mit Bildern von seiner Mutter. Sie würde ewig jung bleiben. Alex atmete tief durch. Er war doch darüber hinweg, oder? Alex fand, dass er im Grunde ganz gut klarkam, aber dennoch hing die Trauer an jedem Tag, in jeder Stunde wie eine dunkle Wolke über ihm. An einigen Tagen größer und kälter als an anderen. Alex faltete die Seiten zusammen und steckte sie weg. Dieser Brief zu seinem achtzehnten Geburtstag war der letzte, den sie geschafft hatte. Danach war es ihr zu schlecht zum Schreiben gegangen. Jetzt würde er nichts Neues mehr von ihr bekommen. Sie war endgültig weg. Alex war wirklich auf sich gestellt.

»Erinnerst du dich an deine Mutter?«, fragte Alex Gaffer. Der Hund antwortete mit einem tiefen Wuff.

»Also ja«, sagte Alex. Er richtete sein Gewehr auf einen dunklen Fleck am Himmel und schoss. Daneben. Als der Rabe über seinen Kopf flog, sicherte Alex seine Waffe und ging weiter. Egal. Er war sowieso nicht mit ganzem Herzen dabei.

Er war etwa eine Stunde lang gelaufen, als er auf der Schotterstraße oberhalb von ihm ein kleines weißes Auto fahren sah. Das Auto hielt an einem Rastplatz, die Leute stiegen aus. Wenn Alex Touristen oder Wanderer sah, verschmolz er normalerweise einfach mit der Landschaft, aber der Rastplatz lag direkt an seinem Weg und Alex hatte keine Lust, einen längeren Umweg zu machen. Er biss die Zähne zusammen, machte den Reißverschluss seiner Gewehrhülle zu und hängte sich das Gewehr über die Schulter. Als er näher kam, sah er, dass es zwei Frauen waren, eine von ihnen hatte ein Kind auf dem Arm. Die andere winkte.

»Hey, Alex, bist du das?«

Alex blieb stehen, dann winkte er zurück. Es war Sasha aus seinem Geografiekurs. Sie hatte ein Kind bekommen (es musste dieses hier sein). Offenbar schwänzte auch sie die Schule. Er hatte noch nicht oft mit ihr gesprochen, obwohl sie eine gute Freundin von Levi war. Sasha war eine, die man einfach andauernd angucken musste.

Und jetzt hatte Alex keine Wahl, er musste sie begrüßen.

»Geht's gut?«, grinste Sasha, als er näher kam. »Das ist meine Mama und DAS ...« Sie nahm ihrer Mutter das Kind ab und hielt es ihm stolz entgegen. »... das ist Sammy-Joe.« Das Kind trug einen blauen Anzug und einen riesigen Sonnenhut.

»Niedlich«, nickte Alex. Er wusste nicht, was man in so einer Situation sagen sollte. Er betete, dass sie ihn nicht bitten möge, es auf den Arm zu nehmen. Sasha trug einen braunen Rock, der sich im Wind blähte, und ein eng sitzendes gelbes T-Shirt. Sie hatte ein hübsches sommersprossiges Gesicht und kräftig aussehende Beine.

»Warum bist du nicht in der Schule?«, fragte sie neckisch. Sie hatte eine Million Sommersprossen und große Augen.

Alex zuckte die Achseln. »Mir war nicht danach.«

Sasha lachte. »Das ist keine Entschuldigung. Wir mussten heute mit Sammy-Joe zum Impfen. Und weil so ein schöner Tag ist, wollten wir hier oben noch ein bisschen frische Luft schnappen.« Sasha reckte das Kind zum Himmel hoch und der Kleine kicherte.

»Willst du ihn mal nehmen?«, fragte Sasha.

Alex erstarrte.

»Lass doch den Jungen«, sagte ihre Mutter. Alex lächelte ihr dankbar zu. Sashas Mutter sah beinahe so aus wie Sasha, hatte ebenfalls Sommersprossen und guckte genauso fröhlich. Sie trug Jeans und Turnschuhe, ihre Haare waren zu einem Pferdeschwanz zusammengebunden. Sie war bestimmt nicht älter als fünfunddreißig Jahre.

»Tut mir leid«, murmelte Sasha. »Ich denke immer, alle müssten ihn so unwiderstehlich finden wie ich.«

»Na ja, um drei Uhr früh findest auch du ihn nicht gerade unwiderstehlich«, sagte ihre Mutter und schraubte eine Thermosflasche auf. »Kaffee?« Sie bot Alex eine Tasse an.

Alex schüttelte den Kopf. »Nein danke.« Er erinnerte sich an das, was Levi über Sasha gesagt hatte: dass sie das Kind mit siebzehn bekommen hatte, dass der Vater des Kindes sich abgesetzt hatte und dass ihre Eltern ihr das Kind abnahmen, damit sie zur Schule gehen konnte. Levi schwärmte für Sasha. Sie strahlte Lebensfreude aus, ihre Haut glänzte und sie konnte genauso wenig die Klappe halten wie Levi. Alex fragte sich, wie das wohl für sie sein musste, so jung ein Kind zu haben.

»Netter Hund«, sagte Sasha, als sie sah, wie Gaffer an den Reifen des Autos schnupperte. »Und ich hab immer gedacht, du hättest ein ganzes Rudel Bluthunde.«

»Die sind zu Hause und fressen Rehkitze«, sagte Alex todernst.

Sashas Mutter grinste und guckte zur Seite.

»Was machst du eigentlich hier?«, fragte Sasha. »Verfolgst du irgendwen? Bist du einem flauschigen Biest auf der Spur, um es an deinen Galgen zu hängen?«

»Krähen schießen«, sagte Alex. Was würde sie wohl dazu sagen? Mädchen wie sie mochten keine Gewehre, kein Totschießen, da war er sich sicher.

»Oh, du hast ein Gewehr? Steckt das da drin?« Sie deutete auf sein Luftgewehr. »Darf ich das mal ausprobieren?«

Alex schmunzelte. Das sollte er lieber nicht erlauben: Sie hatte keinen Waffenschein und in Gegenwart von kleinen Kindern hantierte man nicht mit Gewehren.

»Sie macht nur Spaß«, sagte ihre Mutter.

»Gar nicht wahr«, sagte Sasha. »Aber egal. Ein andermal.«

»Wohnst du hier in der Nähe?«, fragte Sashas Mutter.

»Ja«, sagte Alex. »Ungefähr fünf Meilen von hier, in der Richtung.« Er zeigte hinunter ins Tal.

»Ist das nicht sehr einsam?«, fragte sie. »Hier oben gibt's doch nichts für Jungs in deinem Alter, oder?«

»Mir gefällt's hier«, sagte Alex.

»Und mir erst«, seufzte Sasha und klemmte sich eine Haarsträhne hinters Ohr. Sie grinste Alex an: »Was hältst du von dem Neuen, diesem Max? Ich nenne ihn Mad Max. Ich glaube, der ist ein bisschen durchgeknallt.«

Alex zuckte die Achseln. Für seine Begriffe war Max mehr als ein bisschen durchgeknallt, aber das wollte er lieber nicht sagen.

»Möchtest du was essen?«, fragte Sasha. »Wir haben mehr, als wir schaffen.«

»Nein danke«, sagte Alex, obwohl sein Magen knurrte.

»Komm schon«, sagte Sasha. »Wir haben Brote mit Schinken, Käse oder mit diesem ekelhaften Hummus. Der Kleine mag das. Nicht wahr, du kleiner Teufel?« Sie küsste das Kind, kramte in einer Kiste und holte ein Brot heraus, alles in einer einzigen Bewegung. »Hier ist eins mit Schinken. Du siehst aus, als würdest du gern Fleisch essen.«

Alex wollte schon wieder ablehnen, aber dann dachte er, warum eigentlich nicht?

Er nahm das Brot und biss hinein.

»Warum können wir nicht hier wohnen, Mum?«, fragte Sasha. »Da zum Beispiel?« Sie zeigte auf einen einsamen Hof tief unten im nächsten Tal.

»Da würde es dir nicht gefallen. Das ist der Strangeways-Hof«, sagte Alex.

»Warum nicht?«

»Das ist Militärgelände. Die Armee macht da Übungen. Bis vor zwanzig Jahren war der Hof noch in Betrieb. Aber die Bauern haben Pleite gemacht und haben an die Armee verkauft.«

»Was du alles weißt«, sagte Sasha, setzte das Kind auf den Boden und schaute zu, wie es durch das Heidekraut wuselte.

»Der Hof hat früher meinen Großeltern gehört«, sagte Alex zu seiner eigenen Überraschung. Normalerweise redete er darüber nicht.

»Das ist traurig«, sagte Sasha.

Nach drei Broten, einem Stück Kuchen und einer Plastiktasse Kaffee stieg Alex weiter den Hügel hinauf und hörte Sashas Mutter sagen: »Oh, Sash, der Junge ist ja hinreißend.«

Alex zog eine Grimasse. Tim würde sich totlachen. Zwanzig Minuten später, als er auf dem Rowtor stand und ihm der Wind in die Kleidung fuhr, sah er den weißen Wagen hügelabwärts fahren. Es war bestimmt nicht leicht für Sasha, schon so jung Mutter zu sein, und doch sah sie immer so aus, als liebte sie das Leben, auch wenn sie öfter als die anderen Mädchen müde wirkte.

Das Moor breitete sich vor ihm aus, Höhen und Täler streckten sich so weit er sehen konnte. Die Hügel waren von einem stumpfen Lila und Braun und in der Ferne flatterte eine Reihe roter Fahnen. Aus dem nächsten Tal rollten das Getöse und Donnern der Waffen zu ihm hinauf.

FREITAG

Wir gucken Mädchen an, Levi und ich. Wir sitzen auf der Mauer vor der Schule, trinken Cola und hängen ab. Es sieht so aus, als hätte ich tatsächlich einen Freund gefunden. Das ist gut. Ich hatte schon gedacht, mit mir stimmt was nicht, vor allem weil Gerry, mein ehemaliger Gefolgsmann, auf keinen meiner Anrufe reagiert. Erst habe ich gedacht, Levi und ich hätten wenig gemein. Levi sagt, er wohnt mit seiner Mutter in einem kleinen kastenartigen Haus am Stadtrand. Er hat sein Leben lang öffentliche Bildungseinrichtungen besucht. Er ist beliebt, schreibt immer irgendwelche SMS, klatscht sich mit Kumpels auf dem Flur ab. Seine Mutter ruft ihn dauernd an. Das scheint Levi überhaupt nicht peinlich zu sein, er sagt einfach, sie macht sich Sorgen, weil er »zu Unfällen neigt«. Er mag Fußball und redet gerne über diese Sasha Tavey, die gerade ein Kind bekommen hat. Er lachte laut los, als ich zugab, meine Mutter besitze ein Pferd, und gerade jetzt will er sich zu mir nach Hause einladen lassen, damit er mal reiten kann.

»Gerne«, sage ich. »Aber meine Eltern sind unerträglich.«

Levi wirft mir einen Blick zu, den ich inzwischen als Forschenden Levi-Blick (FLB) identifizieren kann.

»Wie das?«

»Überhaupt«, antworte ich und schlucke meine Cola runter. »Meine Mutter ist eine totale Zicke.«

Levi guckt erschrocken, der Gute. »So was sagt man nicht über die eigene Mutter. Wo bleibt dein Respekt?«

»Sie respektiert mich nicht, also respektiere ich sie nicht«, erwidere ich. »Je früher ich von zu Hause wegkomme, umso besser.«

»Die schlagen dich doch nicht, oder?«, fragt Levi sachte.

»Nein, nein, natürlich nicht.« Bei der Vorstellung muss ich lachen.

»Sie ignorieren dich?«

»Nein.«

»Bekommst du genug zu essen?«

»Doch, klar, hör mal, darum geht's nicht.«

»Ich seh schon, Geld ist nicht das Problem«, sagt Levi und lässt seinen Blick über meine goldenen Turnschuhe, meinen iPod und mein Designer-T-Shirt schweifen.

»Klar, ihren Judaslohn, den geben sie mir.«

»Also, worum geht's? Seelische Grausamkeit? Sagen sie zu dir, du bist scheiße?«

»Nicht so direkt. Manchmal deuten sie an, dass ich mir nicht genug Mühe gebe ...«

Levi guckt nachdenklich. »Das tut meine Mutter auch. Aber deswegen sage ich nicht, dass sie eine Zicke ist.«

»Die verstehen mich einfach nicht, die mögen mich nicht mal. Ich bin einfach nur eine riesengroße Enttäuschung für sie.«

»Haben sie dir das gesagt?«

»Aber ja!« Jetzt habe ich endlich ein bisschen Boden unter den Füßen.

»Sie haben dich dein ganzes Leben lang auf teure Privatschulen geschickt, stimmt's?«

Ich nicke. Das stimmt.

»Motorrad, Klavierstunde, Skireisen, coole Klamotten, den neuesten Technikkram. Du siehst so aus, als hättest du alles.«

Das Gespräch nimmt einen Verlauf, der mir nicht gefällt.

»Und dann fliegst du von dieser Schule, machst alles kaputt, weil du wiederholt Kekse klaust! Mann, ich sag dir, wenn du mein Sohn wärst, wäre ich auch ganz schön enttäuscht«, sagt Levi.

Dafür sollte ich ihm einen überziehen, aber stattdessen kichere ich wie wild, um ihm zu signalisieren, dass ich das ertragen kann. Kann ich das? Levi berührt mich an der Schulter und ich zucke zurück, murmle was von: Ich steh nicht so auf Körperkontakt.

»Tut mir leid. Ich weiß ja nicht, was passiert ist. Ich will dich nicht ärgern. Ich will nur verstehen, wo du herkommst.« Er wirft mir noch einen FLB zu. »Hey, bleib cool. Alles gut. Ich hab bloß eine große Klappe. Meine Mutter sagt, ich wäre immer so direkt, ich sollte mal lernen, ein bisschen charmanter zu sein.«

Er sieht ganz bekümmert aus. Wenn jemand so ehrlich zu mir ist, sollte ich das sportlich nehmen. Ich beschließe, ihm zu vergeben.

»Schon gut«, sage ich schließlich. »Du hast wahrscheinlich recht.«

Und dann lächle ich Levi in aller Unschuld an. »Trotzdem ist meine Mutter eine Zicke.«

Levi verdreht die Augen. »Komm doch mit am Freitag«, sagt er. »Ich geh mit ein paar Kumpels in die Stadt.«

Ich zögere. Levi ist okay, aber von seinen Freunden behagt mir eigentlich keiner.

»Das wird cool«, sagt Levi, der meine Gedanken zu lesen scheint. »Ich gebe zu, dass noch was anderes dahintersteckt. Ich werde die wunderbare Mini-Mama Sasha bitten mitzukommen, aber ich will sie nicht verschrecken, also brauche ich eine Gruppe, klar?«

»Klar«, sage ich. »Ich bin dabei.« Ich kann an Sasha nichts finden: Sie ist ziemlich laut und nervig und vor allem hat sie ein Kind! Ich würde eher eine Million Meilen rennen, als mich mit so einer einzulassen.

»Und Alex, den werde ich auch fragen«, sagt Levi und lässt sich von der Mauer runter. »Er sieht so aus, als könnte er ein bisschen Spaß gebrauchen.«

Ich kratze mich am Kopf. Ich weiß nicht, was ich von Alex halten soll. Levi ist geradeheraus und locker, aber Alex, der hat so was Wachsames an sich, als würde er was verbergen. Irgendwie mag ich ihn nicht, auch wenn er mir neulich auf der Brücke einen Rettungsring zugeworfen hat. Er beherrscht nicht mal die einfachsten Umgangsformen. Er lächelt nie und guckt einem nicht in die Augen. Vielleicht ist er bloß schüchtern. Ich rutsche auf der Mauer hin und her. Oder Alex mag mich genauso wenig wie ich ihn.

Sein Spiegelbild im Wasserhahn der Küche war verschwommen, die Nase wirkte riesig. Alex rubbelte über das Chrom, um den Schmutz zu entfernen. Im ganzen Haus gab es nicht einen Spiegel.

»Was machst du da?«, fragte ihn Tim leicht amüsiert.

Alex rieb sich die Augen. »Ich geh mit ein paar Kumpels weg.« Er gab es auf, sich im Wasserhahn zu spiegeln. Was für eine Rolle spielte es, wie er aussah? Er konnte ja doch nichts dran ändern. Sein Gesicht war sauber, seine Zähne waren sauber, seine Klamotten waren sauber. Er runzelte die Stirn. Klamotten. Was zieht man an, wenn man am Freitagabend in die Kneipe geht? Er hatte erst nicht zusagen wollen, als Levi ihn gefragt hatte, aber Levi hatte nicht lockergelassen. Außerdem mochte Alex Levi. Und als der erwähnte, dass Sasha auch komme, dachte Alex, warum eigentlich nicht? Normalerweise saß er lieber in einem kalten Fluss als in einer Kneipe in Hammerton, aber er dachte, er könnte Levi ja mal entgegenkommen.

»Ist jemand dabei, den ich kenne?«, fragte Tim leichthin. Beide wussten, dass das eigentlich gar nicht zu Alex passte.

»Levi und ein Junge, der Max heißt.« Alex wusste, sein Dad hoffte, er würde den Namen eines Mädchens nennen.

»Wer ist Max?«, fragte Tim. Er machte das Gefrierfach auf und holte zwei tiefgefrorene Essen heraus.

»Er ist in meinem Geografiekurs. Ich kenne ihn kaum, er ist neu.«

Alex erzählte seinem Vater nicht, dass Max von der Risings geflogen war.

Tim zog die Zellophanhüllen von den Fischgerichten und schob die Aluschalen in den Ofen.

»Wir wollen bloß was trinken«, sagte Alex.

»Freitagabend in die Stadt!«, sagte Tim in gespieltem Entsetzen. »Du!«

»Schon klar«, sagte Alex. »Lass gut sein.«

»Bestimmt hat Levi dich schon öfter gefragt, ob du mitwillst«, sagte Tim. »Warum heute und sonst nicht?«

Alex dachte wieder an Sasha.

»Warum nicht?«, sagte er. »Jetzt lass mich, ich will mich anziehen.«

Alex entschied sich für Jeans, fast saubere Turnschuhe und ein einfaches schwarzes T-Shirt. Er hielt die Luft an, weil die Jeans, die er bisher kaum getragen hatte, ziemlich eng waren.

Dad kam vom Hundefüttern zurück und kicherte. »Das hätte ich nie für möglich gehalten«, sagte er. »Ich habe dich seit Jahren nicht in Jeans gesehen. Passen sie dir noch?«

Alex atmete aus. »Nein«, sagte er mit schriller Stimme und beide lachten.

Eine halbe Stunde später hatte Alex wieder seine üblichen Baumwollhosen an und zog sein Fahrrad aus dem Schuppen. Sein Dad kam heraus, um Tschüss zu sagen, und streckte ihm einen Zehner entgegen.

»Das müsste reichen, um deinem Freund einen auszugeben«, sagte er. »Aber sei vorsichtig. Am Freitagabend kann's in Hammerton ziemlich heftig zugehen.«

Als wüsste Alex das nicht.

Mutter hält an der Bushaltestelle.

»Sei um elf zu Hause. Und pass gut auf dich auf, hörst du.« Sie wirft einen Blick in den Rückspiegel und zieht ihren Lippenstift nach. So sieht sie auch nicht besser aus. Sie sagt immer: »Oh, ohne Lippenstift kann ich keinen Schritt aus dem Haus gehen!« Ich habe mal vorgeschlagen, sie könnte sich ja eine Papiertüte über den Kopf ziehen. Der Witz kam gar nicht gut an.

»Mit wem triffst du dich?«

»Mit Levi«, sage ich.

»Ist das nicht eine Jeansmarke?«

»Ich geh doch nicht mit Jeans in die Kneipe.«

»War nur ein Witz. Aber das ist doch ein komischer Name, oder?«

»Jeder Name ist komisch, man muss ihn nur oft genug sagen«, antworte ich. »Dein Name zum Beispiel. Jill. Jill, Jill, Jill, Jill, Jill, Jill, Jill, Jill, Jill, Ji…«

Mutter schlägt mit der Hand ans Steuerrad. »Warum bist du nur so?«

Ich höre auf. »Wie denn?«

Sie legt ihren Lippenstift weg und wendet mir ihr Hexengesicht zu. »Warum bist du immer so grob und sarkastisch und aggressiv?«

Ich überlege, denn das ist eine interessante Frage. »Na ja«, fange ich an. »Wenn es Veranlagung ist, dann muss es wohl deine Schuld sein, denn ich habe deine Gene geerbt. Wenn es meine Umgebung ist, ist es auch deine Schuld, denn du hast mich großgezogen oder andere bestochen, es zu tun. Wie auch immer, es ist ohne Frage deine Schuld.« Ich lächle süß. »Glücklich, Mutter?«

»Komm ja nicht zu spät und vertrink nicht dein Taxigeld«, erwidert sie.

Ich mache die Autotür auf, schwinge meine schlanken Beine auf den Gehweg und schiebe mich hinaus. Eine Gruppe plappernder und kichernder Mädchen läuft vorbei. Ich spüre, dass ich nervös werde. Warum bin ich hier? Ich trage meine Sonnenbrille, mein Markenzeichen, den Hut, meine weißen, engen Jeans, ein witziges Paris-Hilton-T-Shirt und meine treuen Begleiter, die spitzen Schuhe. Ich sehe wahnsinnig gut aus, aber ich passe nicht in dieses Provinznest.

»Tschüss, Max«, ruft meine liebevolle Mutter.

Ich nicke und schlage die Tür zu. Mutter fährt sehr vorsichtig, sie schaltet das Blinklicht an und schiebt sich langsam auf die Straße.

Zu spät stelle ich fest, dass ich Schiss habe, alleine ins O'Malleys zu gehen. Ich werde erst in einem Monat achtzehn. Wenn sie mich nun nicht reinlassen? Ich habe Simons Ausweis dabei, aber ich weiß nicht, ob ich hier damit durchkomme. Ich knülle den falschen Ausweis in meiner Tasche zusammen und betrete das Lokal.

Die Kneipe stinkt nach Bier und Desinfektionsmitteln, ein echt nobler Laden. Ich halte Ausschau nach Levi. Wegen der Sonnenbrille ist es sehr dunkel, aber ich bin nicht Manns genug, sie abzusetzen. Die weißen Wände sind von schwarzen Fachwerkbalken in Tudorimitat unterbrochen, außerdem hängen überall Metall-Reklameschilder für Bier und Seife. Levi hat sich wohl verspätet. Mit dem Rücken zum Barmann schiebe ich mich auf einen Stuhl und bleibe ein wenig dort sitzen, um Mut zu fassen. So eine Umgebung ist nicht mein Fall. Ich weiß nicht, was ich mit meinen Händen tun soll. Irgendwann ist es mir peinlicher, einfach so dazusitzen, als irgendwas zu tun, also stehe ich auf und stolziere auf die Bar zu.

Der Barmann hat einen langen schwarzen Pferdeschwanz, Koteletten wie aus einer Formschnittgärtnerei und blasse muskulöse Unterarme. Er sieht aus wie ein alter gallischer Häuptling und ich glaube, er sähe meinen Kopf gerne an einem Seil von seinem Pferd baumeln. Kein Mensch, zu dem ich mich hingezogen fühle. Was soll ich bestellen? Wodka Orange? Das würde mich als erfahrenen Trinker ausweisen, aber das bin ich offensichtlich nicht.

Bier und Limo? Klingt schrecklich. Außerdem muss ich von Bier rülpsen. Ein Glas Guiness? Francisco hat mir mal gesagt, wenn man zu viel Guiness trinkt, scheißt man schwarze Kacke mit weißem Überzug. Das muss ich mir nicht antun.

»Ja?«, sagt Häuptling Herrscher über die Bar und beäugt meinen Hals. Ich wette, er überlegt, wie er meinen Kopf am besten abkriegt. Ich wette, er hat im Keller eine ganze Kollektion von Schädeln minderjähriger Trinker.

»Eine Cola, bitte«, sage ich kleinlaut.

Der Häuptling zapft mit seinen mächtigen Armen eine Cola aus dem Hahn, kippt Eis dazu und steckt dann einen rosa gestreiften Strohhalm ins Glas. Ist das Absicht? Vielleicht als geheimes Zeichen für seine Kollegen, mir keinen Alkohol zu servieren?

Ich zahle und kehre an meinen Platz zurück. Wegen des Strohhalms wird niemand glauben, dass das Rum mit Cola ist. Was bin ich für ein Schisser. Ich habe mich in einen feigen Löwen verwandelt. Vor ein paar Monaten wäre ich mit einem Trupp von der Risings in diesen Laden spaziert und hätte mir überhaupt keinen Kopf gemacht. Ich hätte den gefälschten Ausweis geschwenkt und mir und Gerry Fischer ein Bier bestellt. Jetzt sitze ich hier mit meinem Kribbelwasser und mir ist total mulmig. Was ist mit mir geschehen?

Ein Hauch kalter Luft strömt an meinen Hals, die Tür schwingt auf. Im Bild auf der gegenüberliegenden Wand spiegelt sich der Eingang, sodass ich drei Männer hereinkommen sehen kann. Ihre sehr kurz geschorenen Haare, ihr knalliges Männerparfüm und die sauberen, gebügelten

Sachen drängen mir den Schluss auf, dass es sich um Soldaten aus der Kaserne handelt. Unverkennbar, einer wie der andere: junge Männer, ein eingeschworener Trupp, gesund, schlau, zwischen achtzehn und zwanzig, haufenweise Machosprüche, laute, selbstbewusste Stimmen. Das sind Soldaten, aber richtige. Ich überlege, was Simon wohl gerade macht. Er müsste morgen nach Hause kommen.

Die Soldaten besetzen die Bar und ich mache mich unsichtbar. Das ist ein Trick, den ich mir in der Risings zugelegt habe: Wenn ich niemandem in die Augen gucke, sondern den Blick irgendwo in die Ferne fixiere und einfach annehme, dass mich niemand sieht, dann ist das meistens auch so. Inzwischen gelingt mir das Unsichtbarsein schon fast zu gut; manchmal erwische ich mich dabei, wie ich vor mich hin murmle und denke, niemand hört mich.

Jetzt murmle ich nicht, stattdessen trinke ich meine Cola aus, aber ich habe nicht mehr den Nerv, aufzustehen und mir noch was zu bestellen.

Ich könnte draußen auf die anderen warten oder einfach nach Hause gehen.

Nach der Sache in der Risings hat Dad mich als Idioten und Feigling bezeichnet. Ich streiche mit dem Finger über meinen Mund.

»Ein Idiot und ein Feigling«, sage ich leise. Bitte, ich sag's doch, ich rede schon wieder mit mir selbst. Das passiert, wenn man nicht aufpasst. Ich verwandle mich in eine verrückte alte Frau, die ihr Strickzeug sucht. Sobald die Soldaten ihre Getränke von der Bar geholt und sich hingesetzt haben, werde ich diese Scheiß-Kneipe verlassen.

Wieder geht die Tür auf. Diesmal ist es jemand, den ich

kenne. Da würde es blöde aussehen, wenn ich ginge. Alex, der Mann der Berge, steht unsicher blinzelnd da, aber für Alex sieht er ziemlich gut aus, so ganz in Schwarz.

»Hier!«, sage ich mit krächzender Stimme. Ich möchte kein Aufsehen erregen. Alex ist nicht gerade gesprächig, aber das ist immer noch besser, als alleine zu sein. Zu meiner Überraschung lächelt Alex, als er auf mich zukommt. Ich habe nicht geglaubt, dass er über die dafür nötigen Muskeln verfügt. Oh. Jetzt sehe ich, warum er lächelt: Sasha, die Mädchen-Mutter, ist direkt hinter ihm.

Ich nicke ihr zu. Wo hat sie ihr Kind?

Alex zieht einen Stuhl für sie heran.

»Levi kommt immer zu spät«, sagt Sasha. Sie trägt ein grünes T-Shirt und Jeans. Das T-Shirt sitzt ein bisschen knapp, aber ich muss zugeben, sie hat tolle Titten. Ihr Bauch steht ein bisschen vor. Das kommt wahrscheinlich vom Kinderkriegen. Mein Bauch wölbt sich immer nach innen, egal, wie viel ich esse. Bei uns in der Familie sind alle bis auf Dad dünn. Dad sieht aus wie eine preisgekrönte Rübe, Simon ist die typische Bohnenstange und Mutter macht Diäten, seit ich denken kann. Sie fürchtet sich vor Fett, als wäre das eine giftige Substanz. Sie verachtet und bemitleidet fette Frauen aus tiefstem Herzen (aber wabbelige Männer merkwürdigerweise nicht). Mum findet es geil, ganz wenig zu essen. Man könnte meinen, sie hätte eine riesige imaginäre Stickersammlung vor sich und würde sich jedes Mal, wenn sie einen Muffin ablehnt, mit einem virtuellen goldenen Sternchen belohnen. Wenn Dad nach Scherzen zumute ist, nennt er sie »Knubbelchen«, bloß damit sie sich aufregt. Das klappt jedes Mal, obwohl er kiloweise mehr Fett hat als sie.

Zum Glück übersehen mich die Soldaten. Trotzdem muss ich immer wieder zu ihnen rübergucken.

»Hier stinkt's nach Pipi«, verkündet Sasha laut, als Alex zur Bar geht. »Das bist doch nicht du, Max, oder?« Sie grinst. Meine Güte, die ist nicht nur fruchtbar, sondern auch witzig.

So sieht also eine alleinerziehende Mutter aus. Das ist ein Thema, über das sich meine Eltern ewig auslassen können. Alleinerziehende Mütter sind in ihren Augen der Grund dafür, dass dieses Land so langsam, aber sicher alle Zukunft verspielt.

Offenbar hat es damit zu tun, dass sie alle Wohnungen bekommen (die alleinerziehenden Mütter). Mir fällt es schwer, Sasha in die Augen zu gucken und zu wissen, dass sie ES zumindest einmal getan hat. Sonst hätte sie ja kein Kind gekriegt.

»Hast du eine Wohnung von der Stadt bekommen?«, frage ich, um etwas zu sagen.

»Nein«, sagt Sasha und schafft es, das Wort auf zwei Silben auszudehnen.

Ha! Damit kann ich den Alten eins auswischen. Wenn sie das nächste Mal mit der Leier anfangen, kann ich ihnen mitteilen, dass ich eine alleinerziehende Mutter kenne, die KEINE städtische Wohnung bekommen hat.

»Spielst du?«, frage ich herzig. (Ich brauche mehr Infos.)

»Ich mag keine Glücksspiele«, sagt sie. »Und Idioten auch nicht«, fügt sie hinzu.

Ich schlucke. Was soll ich sagen? Was, bitte? Auf der Risings gab's keine Frauen, abgesehen von der Hausmutter, und bei der waren sogar die Handinnenflächen total behaart. Mir fehlt da die Übung.

Ich beschließe, den Stier bei den Hörnern zu packen.

»Stimmt es, dass du ein Kind bekommen hast?«, frage ich und falte die Hände hinter meinem Kopf. »Hat das wehgetan?«

Sashas Gesicht verdüstert sich. Bin ich zu weit gegangen? Dürfen nur weibliche Wesen darüber reden?

»Weil, mein Vater sagt, eine Geburt ist für Frauen das, was für Männer der Krieg ist«, sage ich fröhlich.

Sasha beugt sich vor und ich kann kurz in ihren ziemlich sexy Ausschnitt gucken.

O Gott, hat das Kind, äh …

»Hat dein Vater eine Geburt durchgemacht?«, fragt Sasha und ihr Gesicht nimmt Farbe an.

»Noch nicht«, antworte ich.

»Und ich war noch nie im Krieg. Aber soweit ich weiß, geht's beim Kinderkriegen um die Geburt von Leben, beim Krieg geht's ums Töten. Das kann man nicht vergleichen. Wenn ich eine städtische Wohnung hätte, könnten wir vielleicht darüber debattieren. Aber ich habe keine, weil ich keine Schmarotzerin bin. Also schlage ich vor, dass wir einfach das Thema wechseln.«

Uff. Die ist aber empfindlich! Frauen! Gott sei Dank kommt Alex zurück (ich hätte nie gedacht, dass ich mal so was denken könnte). Er bringt zwei Colas mit und drei Tüten Chips. Ich schaue fasziniert zu, wie Sasha die Chips in sich reinstopft. Kein Wunder, dass sie ein bisschen dick ist. Mutter isst nie Chips.

»Sag mal, Alex«, sagt Sasha zu ihm, nachdem sie ihre Chipsorgie beendet hat. »Wie viele wilde Tiere hast du ermordet, seit wir uns das letzte Mal gesehen haben?«

Das wird ihm nicht gefallen. Aber Alex lächelt bloß. (Schon das zweite Mal in fünf Minuten!)

»Ich schieße oder fange nur Tiere, die unsere Küken gefährden – Krähen zum Beispiel. Oder Raben. Wenn die Schafe lammen, kommen die Raben in riesigen Schwärmen aus Wales und schnappen sich die schwachen Lämmer.« Er hält inne (er ist es nicht gewohnt, so viel zu sprechen, das merke ich). »Glaub mir, wenn du mal sehen würdest, wie ein Lamm bei lebendigem Leibe von einem Fuchs gefressen wird, könntest du möglicherweise auch zur Mörderin werden.«

»Ich liebe Lämmer«, sagt Sasha. »Als ich mit Sammy-Joe schwanger war, hätte ich sie bei lebendigem Leibe essen können. Ich war total scharf auf Blut.«

»Dann hätte ich dir eine Falle stellen müssen«, sagt Alex todernst.

Flirten die etwa? Bitte nicht!

Das Lachen der Soldaten weiter hinten im Lokal wird lauter. Es sieht so aus, als stünde immer einer von denen an der Bar, um eine neue Runde Bier zu kaufen. Aber mein Trick hilft. Sie nehmen mich nicht wahr.

»Wie geht's Sammy-Joe?«, fragt Alex geradeheraus.

Warum habe ich nicht so was gesagt, statt über Wohnungen und Spiele zu reden? Dann wäre ich jetzt mit dabei. Sasha ist offensichtlich (ähm) leicht zu haben.

»Der spinnt«, sagt Sasha. »Heute früh hat er sich eine Handvoll Katzenfutter in den Mund gestopft, bevor wir ihn bremsen konnten.«

Alex lacht. Er hat gute Zähne. »Vielleicht schmeckt ihm dein Essen nicht.«

Eine erstaunliche Verwandlung. Alex kriegt in der Schule fast keinen Ton raus, aber hier schmeißt er die Party ganz alleine.

»Werd bloß nicht frech!«, sagt Sasha. Sie zeigt ihm auf ihrem Handy ein Bild von ihrem Kind, da schwingt die Kneipentür auf, knallt gegen die Wand und Levi kommt hereingewankt.

»Die Party kann losgehen«, lächelt er, eindeutig beschwipst. Hinter ihm kommen zwei Jungen und zwei Mädchen. Ich habe sie schon mal in der Schule gesehen, kenne sie aber nicht. Ich rücke ein bisschen zur Seite, um ihnen Platz zu machen, und bin froh, etwas Abstand zwischen Sasha und mich zu bringen.

Ich versuche etwa eine Stunde lang, Gefallen an dem Abend zu finden. Hätte eigentlich klappen müssen. Ich mag Levi und alle sind richtig gut drauf. Die Mädchen sind ziemlich hübsch und mächtig aufgetakelt, tragen kurze Röcke und Lippenstift, aber nachdem ich mir bei Sasha den Mund verbrannt habe, weiß ich nicht, was ich sagen soll. Ich sehne mich nach meinen Kumpels von der Risings. Gerry oder Francisco zum Lachen zu bringen war nie ein Problem. Aber mittlerweile scheint all mein Witz versprüht zu sein. Auf Levis Tischseite reden sie über Fußball, wozu mir nichts einfällt, und das Gespräch neben mir interessiert mich auch nicht: Da geht's um Downloads und den neuesten technologischen Schnickschnack. Sasha hat offenbar irgendein neues Teil, sie lässt sich lang und breit über die Zukunft von digitaler Musik aus. Obwohl ich sicher bin, dass Alex keinen Schimmer hat, wovon sie redet, nimmt er jedes Wort von ihr so begierig auf, als spräche Bill Gates persönlich. Ich sehe, dass Levi die beiden beobachtet. Er fängt meinen Blick auf und guckt zur Seite.

Okay, genug. Jetzt steige ich ein. Ich spreche die beiden Mädchen mir gegenüber an, frage sie, ob sie Hip-Hop mögen, und erzähle ihnen von meiner Musik, aber sie hören mir gar nicht richtig zu. Sie gucken andauernd zu den Soldaten rüber und kichern und tuscheln dabei. Ein Soldat mit Glatze erwidert ihre Blicke, zwinkert und bringt sie zum Lachen. Das ist alles? Ein Zwinkern? Kein Wunder, dass wir seit Tausenden von Jahren in einer patriarchalischen Gesellschaft leben. Ein Zwinkern und die gesamte weibliche Gattung liefert sich lebenslänglicher Unterdrückung aus.

Ich will gerade aufgeben und nach Hause gehen, als ich eine Hand auf meiner Schulter spüre.

»Komm, Bruder.« Levi grinst triefäugig zu mir runter. »Wir holen uns mal was Richtiges zu trinken.«

ZWEITES BLUTVERGIESSEN

Alex erkannte Saul als ersten. Auch in sauberer Zivilkleidung und ohne Tarnfarbe sah er ziemlich genauso aus wie unten am Fluss. Die beiden anderen hatten sich jedoch verändert. Erst als Alex das Tattoo auf dem Handgelenk des einen Soldaten entdeckte, war ihm klar, um wen es sich handelte. Mit seinem makellosen blassblauen Hemd, der Goldkette, dem sonnengebräunten lachenden Gesicht ähnelte Baz in keiner Weise dem wilden hysterischen Soldaten, den Alex im Moorland gesehen hatte. Und Riley mit dem gestreiften, in der Khakihose steckenden Polohemd, der Bier trank und Mädchen zublinzelte, war so anders als der wütende, aggressive Bruder vom Fluss. Alex spürte ein nervöses Kribbeln in seinem Bauch und wendete den drei Soldaten entschlossen den Rücken zu. Baz konnte ihn vielleicht wiedererkennen, auch wenn es im Innern der Buche stockdunkel gewesen war und er bestimmt nicht viel gesehen hatte. Trotzdem wollte Alex nach Hause gehen, sofort. Aber wie konnte er das tun, ohne Aufmerksamkeit zu erregen? Er überlegte, was an jenem Tag wohl geschehen sein mochte, als die Soldaten in der Kaserne eingetroffen waren. Hatte der Obergefreite sie gedeckt, nachdem sie die

Waffe wiederhatten? Soweit Alex wusste, war es für Soldaten ein Unding, ihr Gewehr zu verlieren.

Er hörte, wie sich die Soldaten hinter ihm unterhielten. Sie lachten über ein Spiel, das sie »eine Sau nageln« nannten. Offenbar hatte jeder von ihnen fünf Pfund in eine Kasse gezahlt. Das Geld bekam, wer das hässlichste Mädchen erwischte.

Und dann war da noch Max, der inzwischen Bier schluckte wie ein hartgesottener Trinker. Er wurde immer lauter und gab sich alle Mühe, bei den Mädchen Eindruck zu schinden. Alex versuchte, sich abzulenken, indem er Sasha zuhörte. Sie kannte offenbar die anderen Mädchen nicht. Die drei hatten einander freundlich angelächelt, aber das war's schon gewesen. Und als die Mädchen gingen, verabschiedeten sie sich nicht einmal.

»Meine Freundinnen sind alle schon mit der Schule fertig«, sagte Sasha, als hätte sie seine Gedanken gelesen. »Ich musste ein Jahr Pause machen, als ich das Kind bekam.«

»Also bist du ...«

»Neunzehn, Weihnachten werde ich neunzehn. Ich war fast siebzehn, als ich Sammy gekriegt habe. Es ist toll, dass ich mal rauskomme«, fuhr sie fort. »Ich geh nicht viel weg. Sammy mag das nicht. Und Mum und Dad sind so klasse zu mir, dass ich sie nicht ausnutzen möchte. Das verstehst du doch, oder?«

Nein, das verstand Alex nicht wirklich, aber er nickte trotzdem. Er bemerkte, dass Levi ihn und Sasha beobachtete. Vorsicht, dachte Alex. Er sah, dass von Levis Freunden nur noch Max da war, der an der Bar stand. Die anderen waren wahrscheinlich mit den Mädchen gegangen. Alex hatte das nicht mitbekommen, weil er zu sehr damit beschäftigt gewesen war, mit Sasha zu reden und gleichzeitig die Soldaten im Auge zu behalten.

»Wie läuft dein Training?«, rief Sasha zu Levi rüber.

»Gut«, sagte Levi. »Am Wochenende bin ich zehn Meilen gelaufen.«

»Levi möchte im Sommer den ganzen Südwest-Küstenweg laufen«, erklärte Sasha Alex. »Das sind fünfhundert Meilen und dauert etwa einen Monat. Ist doch richtig, oder?«

Levi nickte und sah plötzlich ganz schüchtern aus. Das sind Sachen, die wir nicht zu hören bekommen. Aber seiner Freundin würde er so was erzählen, dachte Alex.

War Sasha Levis Freundin?

»Ich würde das auch machen, wenn ich Sammy-Joe nicht hätte«, sagte Sasha.

»Nimm ihn doch mit«, sagte Levi. »Im Ernst.«

In dem Moment wurde es im hinteren Teil des Raumes laut und alle anderen verstummten. Max stand an der Bar und einer der Soldaten, Baz, brüllte ihn an. Max hatte in der letzten halben Stunde drei Bier getrunken, er war knallrot. Alex verzog das Gesicht. Er wollte da nicht reingezogen werden.

Levi jedoch schob seinen Stuhl zurück und stürmte zur Bar. Sasha und Alex guckten sich wortlos an.

»Was ist los?«, fragte Levi.

»Dein Kumpel hat mich voll mit Bier bespritzt«, schnarrte Baz, der die kurzen blonden Haare hochgegelt hatte. Seine Hosen waren im Schritt und an den Oberschenkeln feucht.

»Er hat mich geschubst«, sagte Max und kniff die wütend funkelnden Augen zusammen. »Ich bin beinahe hingeknallt.«

Levi legte die Hand auf Max' Schulter. »Komm, setz dich wieder.«

Alex sah, dass Riley sich hinter seinen Bruder stellte. Baz hob die Hand, als wollte er ihn zurückhalten.

»Ich kenn die Fresse«, sagte Baz. »Die nervt mich.«

»Du nervst mich«, sagte Max.

»Klappe«, sagte Riley. »Und du kaufst jetzt meinem Bruder ein neues Bier.«

Sie hatten alle viel zu viel getrunken.

»Ich denke nicht dran.« Max drehte den Soldaten den Rücken zu, blickte Sasha und Alex an und zog eine Grimasse.

»Komm und setz dich, Max«, wiederholte Levi und nahm Max am Arm.

Da baute sich der Barmann vor ihnen auf. »Schluss jetzt oder ihr fliegt raus.«

Alex blieb abwartend sitzen. Es würde nichts nützen, wenn er jetzt eingriffe. Dann wäre er nur einer mehr, der Stunk macht. Sitzen bleiben und abwarten war besser.

»Ich weiß, wer du bist«, sagte Riley, ohne dem Barmann Beachtung zu schenken. »Du bist der komische Vogel von der Brücke.«

»Echt?«, fragte Saul, der gerade von der Toilette kam.

Max sagte nichts und Levi zog ihn zurück an den Tisch.

»Reg dich endlich ab, du wild gewordener Affe, ich lass mich nicht für dich verprügeln«, fuhr ihn Levi an.

»Erbarmungslose Soldaten-Taifune«, murmelte Max. »Achtung, jetzt wird's stürmisch!«

Manchmal hätte Alex gerne gewusst, was in Max' Kopf vorging. Die Soldaten standen immer noch an der Bar und stritten und starrten zu ihnen herüber.

Der Barmann kam an ihren Tisch.

»Jungs, bitte, verlasst meinen Laden«, sagte er, weil ihm klar war, dass die Stimmung am Kippen war. »Ich will hier keinen Stress.«

Max wollte ihm widersprechen, aber Levi zog ihn hoch und zerrte ihn zur Tür. Alex blickte Sasha an und beide gingen hinterher.

»Beruhige dich, Rambo«, sagte Levi.

Aber Max wirbelte herum. »Und was ist mit dem da, Chef?«, brüllte er und zeigte auf Baz. »Der hat angefangen, der und sein Glatzkopf-Kumpel.«

»Du darfst gerne wiederkommen, wenn du dich wie ein großer Junge benehmen kannst. Jetzt hau ab«, sagte der Barmann.

Die Tür schloss sich hinter ihnen, und Max donnerte mit der Faust so kräftig an die Scheibe, dass Alex fürchtete, sie würde zerbrechen. Sofort kam der Barmann herausgestürmt. Max rannte weg und schrie über die Straße: »GEHT NICHT ZU O'MALLEY. DER IST EIN BÖSER DRUIDE, DER WILL EUREN KOPF.«

»Ich kümmer mich um ihn«, sagte Levi und sauste Max hinterher.

Alex und Sasha blieben unschlüssig stehen. Die Nacht roch nach Bier und Abgasen. Wie üblich waren betrunkene Mädchen in Dreiergruppen unterwegs, dazu knutschende Paare und einzelne Männer, die bedenklich schwankten. Alex wollte wirklich nach Hause. Er war das erste Mal nachts in der Stadt und wäre beinahe in eine Prügelei geraten. Doch er wollte Sasha nicht allein lassen.

»Ich finde so was grässlich«, sagte Sasha. »Was ist das bloß mit Jungs und Alkohol?« Sie blickte ihn an. »Jungs sind viel netter, wenn sie nicht getrunken haben. Wie du zum Beispiel! Du bist total nett.«

»Ich finde dich auch nett«, sagte Alex und kam sich vor wie ein Trottel. Sein Dad würde sich totlachen, wenn er Alex' spitzenmäßigen Annäherungsversuch gehört hätte: *Ich finde dich auch nett.*

»Die sind bestimmt alle ins Grüne Café gegangen«, sagte Sasha. »Das hat die ganze Nacht auf. Aber ich muss nach Hause. Ist nicht weit.«

Alex räusperte sich. »Ich kann dich nach Hause bringen, wenn du willst. Ich muss nur erst mein Rad holen.«

Sasha nickte. »Ja, bitte. Die sind heute alle so aggressiv drauf.« Sie blickte die Hauptstraße mit ihren hell erleuchteten Kneipen und den lärmenden Menschen entlang.

»Wie gut kennst du Max?«, fragte sie.

Alex erklärte, er kenne ihn erst seit zwei Wochen und wisse nur, dass er von der Risings geflogen sei.

»Weißt du, warum?«, fragte Sasha.

»Levi sagt, er hat Essen gestohlen«, sagte Alex.

»Irre.«

»Das ist er«, erwiderte Alex.

Sie bogen von der Hauptstraße ab, Richtung Fluss, und der nächtliche Lärm verebbte. Alex hörte zu, wie Sasha ihm erst von ihrem Kind erzählte und dann von Charlie, dem Vater des Kindes, der jetzt in Schottland studierte und mit dem sie vor der Geburt des Kindes eine heftige Auseinandersetzung gehabt hatte.

»Den will ich nie wiedersehen«, sagte sie. »Der Mensch war ein Albtraum. Er wollte, dass ich das Kind wegmachen lasse. Aber das hätte ich nie tun können, niemals im Leben.« Ihre Stimme brach. »Und als Sammy-Joe geboren wurde, hat er nicht mal eine Karte geschrieben. Charlies Mutter allerdings schon. Sie hat auch einen Pulli für Sammy-Joe gestrickt und mir einen Blumenstrauß geschickt. Wir besuchen sie manchmal. Es wäre ungerecht, sie von Sammy-Joe fernzuhalten.«

Alex schwieg. Das alles war so weit weg von allem, was er kannte. Er überlegte, wie das sein würde, wenn er erführe, dass er Vater werden würde. Er seufzte. Es war höchst unwahrscheinlich, dass er in absehbarer Zeit mit diesem Problem konfrontiert werden würde. Wenn überhaupt jemals. Er war froh, als er sah, dass sein Rad immer noch beim Fluss am Zaun stand. Gut, dass er bald zu Hause war. Es lag eine eigenartige Spannung in der Luft, als würde jedes Molekül vor Energie nur so sprühen.

»Levi geht nicht ran«, sagte Sasha und steckte ihr Telefon wieder ein.

Alex drehte den Schlüssel im Schloss herum und zog das Rad vom Ständer. Levi würde schon klarkommen, da war er sich sicher. Mit Max war das anders.

»Ach du Scheiße«, sagte Sasha. »Ich habe meine Tasche in der Kneipe vergessen.«

Als sie wieder im Zentrum waren, ließ Alex seine Blicke über die vielen gelb-rot erleuchteten Fenster schweifen, die von den Silhouetten der vorbeigehenden Menschen verdunkelt wurden.

»Ich bin echt blöde«, sagte Sasha und überquerte die Straße. »Da sieht man mal, dass ich nicht genug Schlaf bekomme, oder? Kannst es aufs Kind schieben.«

»Geh da nicht alleine rein«, sagte Alex und lief ihr mit seinem Fahrrad hinterher. »Die sind jetzt alle stockbesoffen.«

Die Fenster vom O'Malleys waren beschlagen, von innen

lief das Wasser runter, sodass die Leute drinnen nur verschwommen zu sehen waren.

»Ich hab sie unter dem Tisch liegen lassen«, sagte Sasha.

»Ich hol sie dir«, sagte Alex und blickte durchs Fenster. Er erstarrte, als er sah, dass Riley und Baz da saßen und aus langen Fläschchen tranken. Ein Bild, das er nur aus dem Fernsehen kannte.

»Danke«, sagte Sasha. »Seit ich Sammy-Joe habe, hab ich keinen Bock mehr auf viele Leute.« Alex machte die Tür auf und betrat die volle Kneipe. Der Barmann blickte ihn durch den Dunst stirnrunzelnd an.

»Tasche vergessen«, murmelte Alex.

»Aber schnell«, antwortete der Barmann.

Alex suchte die Garderobe ab, nichts. Und auf dem Boden lag auch nichts.

»HALLO«, röhrte Baz und blickte Alex über sein Getränk hinweg an. »Da hat einer seine Kumpels verloren.«

Alex dachte, keine fünf Sekunden und er wäre wieder draußen.

Dann entdeckte er die Tasche. Eine weiße Tasche mit einer Schnalle, direkt unter dem Tisch, an dem sie gesessen hatten. Nur saßen jetzt die Soldaten dort, mit der Tasche direkt neben Baz' Füßen. Alex konnte schlecht einfach unter den Tisch kriechen und die Tasche aufheben. Wenn Baz ihn nun erkannte? Doch dann sah er Sasha, die ihre Nase von außen an die Scheibe drückte. Sie deutete auf sich. »SOLL ICH REINKOMMEN?«, formte sie mit den Lippen. Alex schüttelte den Kopf. Hier drin war es laut, heiß und scheußlich. Er sah Sasha vor sich, wie sie in ihrem braunen Rock im Moor stand, das Kind im Arm, und wie ihr Haar im Sonnenlicht golden leuchtete.

Er schluckte und ging rüber zu den Männern.

»Hallo, Kamerad«, sagte Saul. Die Gruppe schien besser drauf zu sein als vorhin.

»Liegt da eine Tasche unter dem Tisch?«, fragte Alex. »Meine Freundin hat sie vergessen.«

Baz guckte unter den Tisch und hob die Tasche auf.

Er hielt sie Alex entgegen, der sie ihm abnehmen wollte, aber dann knickte Baz sein Handgelenk ab und die Tasche schwenkte weg. Alex verlor das Gleichgewicht und stützte sich mit den Knöcheln auf dem Tisch ab. Der Tisch wackelte, Gläser schwappten über und Alex starrte Baz in die Augen. In diesem Moment war er zurück in dem Baum, drückte sich ans tote Holz und spürte das Kratzen im Hals.

»PASS DOCH AUF!«, schnauzte Riley.

Die Musik verstummte, es war einen Augenblick still. Alex hustete. Baz blinzelte.

»Kenne ich dich?«, fragte er leise und bedrohlich.

»Nein«, sagte Alex. »Kann ich bitte die Tasche haben?«

»Gib ihm die Tasche, du Depp«, sagte Saul.

»Erst wenn er höflich darum bittet«, sagte Baz.

»Das hat er getan«, sagte Saul und hickste.

Alex' Herz wummerte. Er wünschte, er wäre nie in die Stadt gekommen.

»Ich bin sicher, dass ich dich schon mal gesehen habe«, sagte Baz. »Heute tauchen plötzlich lauter bekannte Gesichter auf.«

Alex spürte, wie alle Blicke sich auf ihn richteten.

»Wer bist du überhaupt?«, fragte Baz.

»Was geht dich das an?«, fragte Alex zurück. Er streckte die Hand nach der Tasche aus. Jeden Moment würde er die Geduld verlieren und abhauen.

»Dein Kumpel«, sagte Baz. »Den kennen wir.«

Alex schüttelte den Kopf. »Nicht meine Sache«, sagte er. Er spürte wieder einen Hustenreiz und unterdrückte ihn mühsam.

Baz reichte ihm die Tasche und Alex nahm sie.

»Steht dir gut«, grinste Baz.

Alex wollte gerade gehen, da bemerkte er eine Bewegung am Fenster. Levi und Max waren dort draußen. Warum waren sie zurückgekommen? Inzwischen stand der Barmann am Tisch. Auch er bemerkte die Jungen vor dem Fenster.

»Feierabend, Jungs«, sagte er zu den Soldaten.

Riley protestierte. »Wir haben doch nichts gemacht.«

»Ich glaube, es ist besser, wenn sie hierbleiben«, sagte Alex. Aber niemand hörte auf ihn, also zwängte er sich durch die Leute und ging raus. Er hatte es geschafft.

Max und Levi waren sternhagelvoll. Beide hielten eine Flasche Apfelwein in der Hand, die sie jeweils zu zwei Dritteln ausgetrunken hatten. Max lehnte an einem Laternenpfahl und trank in vollen Zügen.

»Wir ham euch gesucht«, nuschelte Levi. »Isch hab mir Sorgn ’macht wegen Sasha.«

Er wollte seinen Arm um sie legen, aber sie schüttelte ihn ab.

»Ich mag dich nur, wenn du nüchtern bist«, sagte sie bestimmt.

»Sie mag mich«, sagte er strahlend zu Max, während Alex Sasha ihre Tasche gab. »Isch bring disch nach Hause.«

»Nein danke«, sagte Sasha. »Du brauchst jemanden, der dich nach Hause bringt.«

»Ich bring sie nach Hause«, sagte Alex. Levi warf ihm

einen scharfen Blick zu, seine trüben Augen guckten plötzlich böse.

Nimm dich zusammen, dachte Alex.

Er blickte zur Kneipentür. »Los, gehen wir«, sagte er, als er sah, dass Saul, Riley und Baz herausgetaumelt kamen.

»Los, komm«, sagte Alex. Er legte seine Hand auf Max' Rücken und schob ihn von der Kneipe weg. Er warf einen Blick zurück. Sasha nahm Levi bei der Hand (Scheiße!) und bugsierte ihn aus der Gefahrenzone.

»Was soll die Eile«, murmelte Max, ließ sich aber vorwärtstreiben. Alex wusste nicht, wohin, wollte nur schnell weg von den Soldaten.

Aber dann hielt Max an.

»Ich muss pissen«, sagte er. Er ließ Alex stehen und überquerte die Straße.

In der Mitte der Hauptstraße von Hammerton war ein kleiner Platz mit Blumenbeeten, einer schmiedeeisernen Bank und einem Kriegerdenkmal, einem großen Obelisk aus Granit mit der Statue eines betenden Soldaten. Max wankte die erste Stufe hinauf, knöpfte seine Hose auf und pinkelte auf die Tafel mit den Namen der gefallenen Soldaten.

Hinter ihnen dröhnte lautes Gebrüll, das schnell näher kam. Alex sah Baz über die Straße fegen und Max am Kragen packen. Schreiend und fluchend zerrte er ihn weg und Max fiel vor dem Denkmal auf den Boden.

»Hast du denn gar keinen RESPEKT?«, kreischte Baz.

»Bist du scharf auf meinen Schwanz?«, hickste Max vom Blumenbeet hoch. »Bist du 'ne Schwuchtel, oder was?«

»Man pisst nicht auf ein Denkmal!«, brüllte Baz. »Diese Männer sind für dich gestorben.«

»Mir doch egal«, sagte Max und richtete sich mühsam auf. »Das ist Geschichte. Geschichte ist tot. Und das wirst du auch bald sein, nehme ich mal an. Außerdem macht eurer Standort sowieso demnächst dicht, weil ihr alle nichts taugt.«

Jetzt hatte sich Riley neben Baz gestellt, notgedrungen gingen auch Alex und Levi über die Straße.

»Dich sollte man aufhängen«, sagte Baz. »Ich kenne dich. Ich weiß, was du getan hast. Ich weiß, wie sie dich bestraft haben. Du bist der Schulterrorist.«

Da veränderte sich Max. Er warf Baz einen hasserfüllten Blick zu. »Halt den Mund«, sagte er.

»Ich hab gesehen, wie du aus der Arrestzelle gekommen bist. Stimmt es, dass du geweint hast wie ein Mädchen?«

Wortlos stürzte sich Max auf Baz und stieß ihm den Kopf in den Magen. Voller Entsetzen sah Alex, wie Baz zusammenklappte, stürzte und sich den Bauch hielt.

»He«, brüllte Riley und rannte auf Max los.

Alex wollte Max helfen, da spürte er, dass ihn jemand am Arm packte. Er drehte sich aufgebracht um, aber es war nur Sasha. »Halt dich da raus«, sagte sie. »Misch dich nicht ein.«

Alex schaute zu, wie Riley und Max miteinander rangen, aber nur kurz, dann lag Max am Boden. Das konnte übel ausgehen, fürchtete Alex. Wenn die anderen Soldaten eingriffen, musste er Max helfen.

»Lauf«, sagte er zu Sasha. »Sammy-Joe wird nicht wollen, dass seine Mama was abkriegt.«

Levi warf sich auf Baz, der auf den am Boden liegenden, stöhnenden Max eintrat.

»Hör auf!«, schrie er. Aber es waren Riley und Saul, die Baz von Max wegzogen.

»Baz, das ist der nicht wert.«

Schon kniete Alex neben Levi und beide zusammen hielten Max fest. Der Junge strampelte und schimpfte und fluchte wie besessen. Mit klopfendem Herzen sah Alex die beiden Männer Baz wegführen. Kurz darauf nickte Levi ihm zu und sie zogen Max in eine sitzende Position hoch. Blut lief ihm aus der Nase und er hustete wie ein alter Mann. Er zitterte, auf seiner blassen Haut glitzerte Schweiß. Der Geruch von Blut und Schweiß stieg Alex in die Nase. Max roch wie frische Jagdbeute.

»KANONENFUTTER«, schrie Max den Soldaten hinterher. »MORDMASCHINEN.«

»Hör auf«, sagte Alex und zerrte Max am Hemd hoch. »DAS REICHT.«

Er ließ ihn fallen und spürte, wie ihn der Zorn packte. »GEH JETZT NACH HAUSE.«

FEGEFEUER

Mein rechtes Auge ist so geschwollen, dass ich damit kaum was sehen kann. Drei Tage nach der Prügelei ist es dick, gelb-blau verfärbt und sieht richtig übel aus. Mein Augapfel ist blutunterlaufen und auf meiner Wange zeichnet sich ein bezaubernder lila Rand ab. Ich habe blaue Flecken auf dem Rücken und auf dem Hintern (ich habe mich im Spiegel betrachtet). Ich weiß nicht mehr viel vom Ende der Party am Freitagabend, aber wenn ich mir diese Andenken betrachte, muss ich mich mit einem Minotaurus angelegt haben.

Meine Mutter droht vor mütterlicher Sorge wieder mal schier zu platzen. Sie schaut mich kaum an, als sie das geschnetzelte Gemüse aus der Porzellanschale serviert.

In einer Anwandlung sanften Protests gegen diese Speise rümpfe ich die Nase wie ein Kaninchen, aber niemand nimmt davon Kenntnis. Dad erzählt Andrea irgendeine lahme Geschichte über Sprengstoffe bei der Armee, Andrea lauscht gespannt, Mutter verteilt ihr Gemüsezeugs und Simon, oh, er guckt mich an. Erfolg! Ich lege die Hände an den Kopf und wackle mit meinen Karnickelohren.

Simon guckt mir tief in die Augen (geht allerdings nur

bei einem) und bewegt seine Hand, als drehte er einen Hahn zu. Ich bin folgsam und verzichte auf meine Karnickel-Imitation.

Vor dem Essen hat mich Simon, eben von den Schlachtfeldern Surreys eingetroffen, nach draußen an den Kamelienbusch zu einem Gespräch unter vier Augen gebeten. Ich bin langsam dorthin geschlichen, weil mir mein Körper an ziemlich vielen Stellen wehtut.

»Ich weiß alles«, hat Simon gesagt. Selbst in Zivil sah er irgendwie militärisch aus. Seine Erscheinung war makellos: die Haare kurz geschoren, im Gesicht sauber rasiert, die Schuhe blank geputzt und das Hemd gebügelt. Der gute, sanfte Simon stand mit geradem Rücken und breiten Schultern da wie eine Eins. Sogar seine Stimme klang anders: Seine sorgfältig akzentuierte Privatschulen-Sprechweise hat sich weitgehend verflüchtigt. Vielleicht meint er, er bekäme einen besseren Draht zu seinen Untergebenen, wenn er deren Aussprache imitiert.

»Schon gut, du bist nicht auf dem Exerzierplatz«, knurrte ich.

»Madisons Bruder ist hier in Hammerton stationiert«, sagte er. »Er hat mir erzählt, du hättest Freitagabend auf das Kriegerdenkmal gepisst und zwei Soldaten beleidigt. Du hättest sie angegriffen, sagt er.«

In der Armee blüht der Klatsch. Simon hat wahrscheinlich bereits fünf Minuten nach der Prügelei davon erfahren.

Simon senkte die Stimme. »Max, du kannst dir so was nicht mehr erlauben. Das war deine letzte Chance. Wenn du so weitermachst, dann buchten sie dich ein.«

»Sag bitte nichts«, sagte ich und klang wie ein Sechsjähriger, sogar in meinen Ohren. »Die Eltern glauben, ich wäre hingefallen, weil ich betrunken war.«

»Natürlich sag ich nichts«, erwiderte Simon. »Aber ich wette, Dad wird es irgendwann erfahren.« Er blickte mich an. »Max, du musst dich am Riemen reißen. Ich mach mir richtig Sorgen um dich. Du verhältst dich, als hättest du wieder die Kontrolle über dich verloren.«

»Kontrolle«, sagte ich. »Kon-Trolle. Wenn du genau hinhörst, findest du darin ein eigenartiges Wort: Trolle. Kein Wunder, dass ich das nicht packe. Das macht mich irre. Jedes Mal wenn ich mir Mühe gebe, alles richtig zu machen, fürchte ich, dass diese lästigen Trolle kommen und mich mit ihren langen Froschlaichzungen ablecken.«

»Halt den Rand, Max«, sagte Simon. »Du redest mit mir, ist dir das klar? Ich will diesen Scheiß nicht hören.«

Ich verspürte einen Druck hinter den Augen. »Aber früher hast du diesen Scheiß toll gefunden«, sagte ich. »Du hast dich auf dem Boden gewälzt vor Lachen, wenn ich so was erzählt habe.«

»Du musst damit aufhören«, sagte Simon. »Wenn du weiter so aggressiv und grob und asozial bist, dann stecken sie dich in die Psychiatrie, das schwöre ich dir.«

Stille. Mein Blick fiel auf die toten braunen Blütenblätter, die unter dem Busch liegen. Zeit ist vergangen. Wind hat geweht. Anderswo in der Welt wurde gestorben.

»Der Soldat kannte mich.« Meine Stimme wackelte. »Er wusste, was ich auf der Risings gemacht habe, und er wusste, wie Dad mich bestraft hat.« Der Gedanke an Dads Strafe ist wie ein Blick in eine bodenlose schwarze Grube. Ich spüre einen Arm um meine Schultern. Simon ist der einzige männliche Mensch, der mich anfassen darf.

»Ich wollte nicht, dass er das vor meinen Freunden ausplappert«, sagte ich. Ich fasste vorsichtig an mein Auge. Es fühlte sich an wie ein heißer Eiterbeutel.

Dann rief Mutter uns zum Essen.

»Sag nichts«, bat ich.

Simon verrät mich natürlich nicht. Seit Jahren hat der große, treue Simon meinen Mist weggeputzt und hinterher alles gründlich desinfiziert. Doch Andrea hat andere Absichten.

Ich sitze vor dem weißen Baumwolltischtuch und blicke missmutig auf die blitzblanken Teller und das gut gekochte Essen. Die Servietten sind zu Quadraten gefaltet und liegen mit militärischer Präzision genau zwei Zentimeter über den Dessertlöffeln. Alle Löffel zeigen nach links. Alle Weingläser glänzen. Unter mir liegt ein blütenreiner gelber Teppich. Die Blumen in der Vase recken sich weiß und gelb und haben nicht einen Fleck auf den Blättern.

Simon, heute unpassenderweise in Jeans, sitzt neben seiner gertenschlanken, strahlenden Freundin, die in glänzendes Lila gehüllt ist und richtige Damenschuhe an den Füßen trägt.

Ich hocke in all dieser Pracht wie eine schleimige Kröte. Mutter würde mich am liebsten mit Handfeger und Müllschippe aufkehren und in den Mülleimer kippen. Dann könnte sie die Stelle sauber schrubben, an der ich gehockt habe, und Raumspray versprühen. Schon wäre alles wieder perfekt!

(Wieder guckt mir Simon in mein eines Auge und versucht, Kontakt aufzunehmen, aber heute ist alles voller atmosphärischer Störungen.)

Und da ist Dad, der das Fleisch aufschneidet, väterlich,

die Ärmel aufgekrempelt, das himmelblaue Hemd gebügelt, die Socken duftend, die Nasenhaare kurz geschnitten. In gespielt fröhlicher Laune gibt er einen abgedroschenen Witz über ein dreibeiniges Pferd zum Besten.

»Warum gibt es keine dreibeinigen Pferde? Weil sie umfallen würden, wenn du sie beschlagen willst«, wiehert er.

Ich schiele zu Andrea rüber. Sie sieht richtig knackig aus in diesem schrecklichen Kleid. Es bedeckt zwar ihre ganze Brust, aber der Stoff ist so dünn, dass man alles sehen kann. Sie hat eine sehr helle Haut und einen großen Mund, den sie niemals hält. Wie jetzt zum Beispiel, als sie Mutter die Ohren volllabert. Andrea ist zwar ziemlich hässlich, wirklich, aber sehr sexy. Ihr Haar ist so glatt und glänzend, dass man davon essen könnte. Ich stelle mir vor, wie ich ihr das locker-flockige Kartoffelpüree auf den Kopf stülpe und wie es dann in kleinen Kartoffel-Kacka-Häufchen über ihre große, weiche Brust rutscht.

»Du siehst so nachdenklich aus«, unterbricht Mutter meinen Gedankengang. »Lass uns doch an dem teilhaben, was dich beschäftigt.«

Dad wirft ihr einen Blick zu. »Muss das sein?«, fragt er.

»Ich habe gerade Andreas ...«

Simon funkt mit brüderlicher Telepathie dazwischen. Er dockt bei mir an und er geleitet mich ans sichere Ufer.

»Ich habe gerade Andreas Zähne angeguckt«, sage ich. »So schöne Zähne hätte ich auch gerne.«

»Meine Zähne?« Andrea tippt sich an die Lippen.

»Die sind klasse«, sage ich. (Die Trolle haben mich zwischen ihre riesengroßen Füße geklemmt.)

Kurzes Schweigen, dann wird die Konversation fortgesetzt.

Mein Essen kann sich genauso wenig benehmen wie ich. Erbsen springen über den Tisch, der Kartoffelbrei wird vom Fußboden angezogen und das Fleisch lässt sich nicht schneiden. Ich säble mit ausgebreiteten Ellbogen, das Messer kreischt übers Porzellan und ich ernte einen missbilligenden Blick meiner Mutter. Noch einmal mache ich mich über das zu lange gegarte Fleisch her, aber ich rutsche ab und ein Schwung Karotten schießt über den Tisch und schwimmt im Soßenboot.

»Max«, faucht Mutter.

Ich gehe erneut zum Angriff über. Über mich hinweg flattern Sätze von Aufträgen, Operationen und Auslandseinsätzen. Ich möchte mir Simon auf überhaupt gar keinen Fall in Afghanistan oder Irak oder an irgendeinem anderen gefährlichen Ort vorstellen müssen. Vor meinem inneren Auge sehe ich Simon als Achtjährigen, mit blonden, wuscheligen Haaren, in roten Shorts, wie er zwischen den oberen Ästen der Kamelie und dem offenen Fenster vom Schlafzimmer unserer Mutter feststeckt. Ich, der ich solche Höhen nicht erreichen konnte, stand sicher auf dem Boden und hatte solche Angst um meinen Bruder, dass ich mir in die Hosen gemacht habe. Damals ist Simon wieder glücklich heruntergeklettert und ich wurde wegen der eingenässten Hose zur Strafe auf mein Zimmer verbannt. Als jetzt von Ausbildung und Unterkünften die Rede ist, merke ich, wie die alte Angst sich wieder in meiner Brust breitmacht.

Meine Hände zittern und mir ist heiß.

»Alles in Ordnung, Max?«, fragt meine Mutter von weit weg.

»Ja.« Ich schlucke. »Muss bloß aufs Scheißhaus.« Ich stehe schnell auf und stoße dabei mein Glas um, zum

Glück ist es leer. Ich renne wie Aschenputtel aus dem Zimmer und schließe mich im Bad ein. Dreht sich der Raum um mich? Werde ich hier drinnen ausflippen? Mein Auge tut weh und jetzt, verdammt noch mal, fängt es auch noch an zu weinen. Ich spritze mir kaltes Wasser ins Gesicht und es geht mir ein bisschen besser.

Als ich mich wieder meiner Familie an die Brust werfe, plappert Andrea von ihrem Studium und von »dem daraus folgenden nächsten Schritt« und ich sehe, dass Mutter ganz Ohr ist.

»Natürlich ziehen wir nach der Hochzeit in eine der Familienunterkünfte«, sagt Andrea.

Ich lasse meine Gabel fallen, dass es klappert. Hochzeit? Was ist mir da entgangen? Ich blicke verzweifelt zu Simon rüber, sende ihm unser Alarmsignal, ein einfaches Zwinkern, immer und immer wieder, aber alle früheren Kanäle scheinen verschlossen zu sein, mein Bruder hat nur zärtliche Blicke für seine hakennasige, weichbrüstige Liebste.

Jetzt bin ich ganz Ohr und ich kriege allmählich heraus, dass Simon tatsächlich im nächsten Jahr Andrea heiraten wird.

»Davon hat mir noch keiner was gesagt«, platzt es aus mir raus. Ich muss Simon zugutehalten, dass ihm das wirklich peinlich ist.

»Ich wollte es dir sagen«, sagt er. »Ich habe auf den richtigen Moment gewartet.« Er wirft Andrea einen vorwurfsvollen Blick zu. »Ich wollte dich bitten, mein Trauzeuge zu sein.«

Ich platze fast vor Stolz. »Hättest du nicht lieber einen von deinen Offizierskameraden?«

»Natürlich nicht«, lächelt Simon. »Du bist schließlich mein Bruder.«

»Das ist so üblich, denke ich«, sagt Mutter, die Kuh.

»Aber dann trinkst du keinen Alkohol!«, lächelt Andrea. »Ich möchte auf meiner Hochzeit KEINE Prügelei erleben, da wäre ich dir sehr dankbar.«

Es folgt eine lange, hässliche Stille. In den Augen meines Vaters blitzt Feuer auf.

»Von was für einer Prügelei ist hier die Rede?«, fragt er mit heller, klarer Stimme, die einer äußerst dünnen und scharfen Klinge gleicht. »Max?«

Andrea lacht mädchenhaft. Ich glaube, sie ist ein verkappter Teufel. Hinter diesen Möpsen und diesen Beinen versteckt sich ein fieser, lachender, verdorbener Kobold.

»Ihr habt doch sein Auge gesehen, oder?«, sagt sie. »Oh nein!« Sie schlägt sich in gespieltem Entsetzen die Hand vor den Mund. »Habe ich etwa die Katze aus dem Sack gelassen? Was hat er euch denn erzählt? Dass er gegen eine Tür gelaufen ist?«

Mit meinem einen guten Auge sehe ich, dass Simon, das Schwein, Andrea UNSER Zeichen macht: Er zwinkert ihr zu. Verräter!

»Max?«, fragt Dad noch einmal im Ton eines guten Polizisten.

Mich umfängt erwartungsvolles Atmen meiner Familie. Draußen donnert ein Flugzeug über den Himmel. Wie komme ich da raus? Muss ich einen spektakulären Stunt hinlegen? Ich kann ihnen schließlich nicht die ganze Geschichte auf einmal präsentieren. Das wäre, als würde man dem Feind die Munition zum Schießen liefern.

»Also, ich würde es ja nicht mit einem Trupp Soldaten

aufnehmen«, gibt Andrea zum Besten und wirft mir einen amüsierten Blick zu. »Immerhin hat er Mut gezeigt, nicht wahr?«

»Bitte führe das etwas näher aus«, sagt Dad. Gott, wie ich ihn hasse.

Soll ich versehentlich meine Haare in Brand stecken? Könnte ich so tun, als hätte ich plötzliche Darmprobleme? Oder einen epileptischen Anfall?

»Was hast du denn nun wieder angestellt?«, fragt Mutter bitter.

In dem Moment beschließe ich, die Wahrheit zu sagen, denn das wird sie am meisten verletzen.

»Ich bin in eine Schlägerei geraten«, sage ich. »Ich habe das Gedenken an unsere glorreichen Vorfahren mit meinen körpereigenen Säften besudelt und einem Soldaten den Kopf in den Magen gerammt.« Ich lehne mich zurück, schiebe meinen Teller von mir und falte die Hände.

»Noch Fragen?«

FACHOBERSCHULE

Als Alex das Futter in die Trichter kippte, scharten sich die jungen Vögel um ihn. Sie hatten insgesamt etwa fünftausend Vögel in verschiedenen Gehegen auf dem langen Feld neben der Kate. Die meisten davon waren mit Netzen bespannt, damit Raubvögel wie Raben oder Bussarde sich nicht an den jungen Vögeln vergreifen konnten.

»Letzte Nacht haben wir acht verloren«, seufzte Tim und füllte die Wasserbehälter. »Sie lagen tot da.« Alex blickte hinüber zu den schlaffen braunen Vogelkörpern vor dem Gehege. Er würde sie später verbrennen.

»Ratten?«, vermutete Alex. »Die Kälte?«

»Es ist nicht wirklich kalt.« Tim ging zum nächsten Trichter. »Ich hatte gehofft, ich könnte die hier nächste Woche rauslassen.«

»Wir gucken mal, ob wir Ratten finden«, sagte Alex. »Ich bin sicher, unter den Futtertonnen ist ein Nest. Wir könnten Sparky holen.« Sparky war der Terrier von Jason, dem Bauern. Er hatte einen unstillbaren Durst auf Rattenblut und konnte binnen zwei Stunden vierzig bis fünfzig Ratten erledigen.

»Musst du heute nicht zur Schule?« Tim schaute zu, wie

sein Sohn Federn aus den Futtertrichtern sammelte. »Du solltest mit deinen Kumpels unterwegs sein, statt hier Schädlinge zu vernichten.«

Alex zog die Schultern hoch. Seit letztem Freitag war er nicht mehr so scharf drauf, mit seinen »Kumpels« abzuhängen. Max war dermaßen ausgerastet! Noch nie hatte Alex jemanden so angebrüllt. Als er Max am Hemd gezerrt hatte, hatte er einen unglaublichen, beinahe furchterregenden Zorn verspürt und der hatte Wirkung gezeigt. Max hatte zugelassen, dass sie ihn in ein Taxi setzten, ihn anschnallten und losschickten. Danach wollte Sasha ganz schnell nach Hause.

»Sammy wacht immer um Mitternacht auf«, hatte sie gesagt und war eilig die Straße langgestapft. »Der dreht durch, wenn ich dann nicht da bin.«

Das war alles andere als romantisch. Aber große Hoffnungen hatte er sich ja auch nicht gemacht.

»Ich muss erst am Nachmittag in der Schule sein«, sagte Alex zu Tim. Es war ein schöner Sommermorgen. Über den Bäumen stand ein leichter Dunst, der sich später auflösen würde. Dann würde es wieder brütend heiß sein.

»Lad doch mal ein paar Freunde ein«, schlug Tim vor und wischte sich die Hände an seinen Jeans ab. »Wir könnten Fallen aufstellen und auf Tontauben schießen. Meinst du, das würde deinen Freunden gefallen?«

Alex überlegte. Levi würde das bestimmt mögen, und Max auch, nur bei Sasha war er sich nicht so sicher. Aber wollte er sie wirklich hier oben haben?

»Wie wär's mit nächstem Sonnabend?«, fragte Tim. »Am Nachmittag habe ich nichts vor.«

Alex wusste, wie sehr sich Tim wünschte, dass sein Sohn

mehr Gesellschaft hätte. Nach dem mittleren Schulabschluss war Alex ein Jahr lang zu Hause geblieben und hatte den Kontakt zu den wenigen Jungs verloren, mit denen er sonst seine Zeit verbracht hatte. Geblieben war ihm nur Levi.

»Gut«, sagte Alex. »Ich frag sie.«

Der Raum roch nach Staub und Bohnerwachs, die Luft war abgestanden. Das Sonnenlicht ließ jeden Fleck, jeden Abdruck auf den Fensterscheiben sichtbar werden. Alex war zu spät zum Unterricht gekommen, aber es gab noch jede Menge freie Plätze. Er schätzte, dass etwa ein Drittel der Klasse fehlte. Das war der Tribut an die Sonne. An einem Tag wie diesem hatte niemand Lust, in einem stickigen Klassenzimmer zu sitzen. Aber Sasha war da, hatte vorne Platz genommen, ihr blondes Haar fiel über die Bücher. Hinter ihr saß Levi, der mit seinem Handy beschäftigt war. Max starrte aus den verschmierten Fenstern hinaus. Der hatte vielleicht ein blaues Auge. Alex schlüpfte auf einen Stuhl ganz hinten und versuchte, sich zu konzentrieren. Wenn er schon in diesem Raum hocken musste, dann wollte er auch was draus machen.

Er beobachtete, wie Levi sich durch den Unterricht zappelte. Er wackelte mit den Füßen und rieb sich übers Gesicht. Nicht eine Minute konnte er stillsitzen. Er spannte seinen Bizeps an, ein ums andere Mal. Fast unbemerkbar hob und senkte er sich auf seinem Stuhl, zweifelsohne trainierte er seinen Gluteus Maximus.

Nach dem Unterricht, als sie in der Cafeteria nach Kaffee anstanden, fragte Alex Levi, ob er Lust habe, am Sonnabendnachmittag zu ihnen hoch aufs Gut zu kommen. Levi strahlte gleich vor Freude.

»Ob ich Lust habe? Hey, Bruder, das ist total geil. Und dann darf ich eine richtige Waffe in die Hand nehmen? Su-per!«

Auch Max nickte mit seinem verbeulten Gesicht, obwohl Alex gehofft hatte, er würde Nein sagen. Heute schüchterte ihn Max' Gegenwart irgendwie ein. Der Junge hatte ein ganz schön heftiges Temperament. Von Nahem sah sein Auge noch übler aus. Alex hätte zu gerne gefragt, was der Soldat mit »Schulterrorist« gemeint hatte. Aber Max wollte das offenbar für sich behalten. Das war sein gutes Recht.

Levi hingegen hatte keine Skrupel.

»Alter«, sagte er zu Max. »Wieso bist du Freitag so abgegangen, wenn ich das mal fragen darf?«

Max erstarrte, die Kaffeetasse auf halber Höhe zwischen Tisch und Mund. Und da blieb sie auch. Einen Moment lang sah es so aus, als wollte er sie über Levis Kopf auskippen.

»Der ist mir auf die Nerven gegangen«, sagte er.

»Und was sollte das mit dem Terroristen?«, fragte Levi. Er blickte zu Alex hinüber, der ihm bedeutete, die Klappe zu halten. »Oder weißt du das nicht mehr?«

»Da musst du dich verhört haben«, sagte Max. »Das waren bloß ein paar blöde Wikinger. Einer von denen kannte meinen Bruder und deswegen denken die, sie können sich mit mir anlegen.« Er runzelte die Stirn. »So ist das bei der Armee.«

»Aber ... Moment mal.« Levis Telefon klingelte und er führte ein hastiges Gespräch.

»Alles okay, Mum. Klar, ich bin um sechs zu Hause. Bleib locker, Frau!« Er verdrehte die Augen und steckte das Telefon weg.

»Was hat sie?«, fragte Alex und setzte sich an den Tisch.

»Sie macht sich Sorgen«, sagte Levi. »Ich bin ihr einziger und bester Sohn. Dad lebt in Lincoln, also hat sie nur mich. Sie fürchtet immer, mir könnte was Entsetzliches passieren.« Er seufzte. »Ich mach mich lustig über sie, aber wahrscheinlich werde ich genauso sein, wenn ich Kinder habe. Da wir gerade von Kindern reden ...« Er hatte durch die Glaswand Sasha auf dem Flur bemerkt und winkte ihr zu.

»Hach, ist die nicht wunderschön?«, bemerkte Levi.

Alex nickte. Er wollte nicht allzu begeistert wirken.

»Magst du sie?«, fragte Levi vorsichtig.

Alex zögerte. »Alle mögen Sasha«, sagte er. »Ich auch.«

»Hast du schon mal ihr Kind gesehen?«, fragte Levi. »Ich schon. Ist echt witzig.« Er seufzte. »Weißt du, ob sie noch mit dem Vater zusammen ist?«

»Glaub nicht«, sagte Alex. Er blickte auf die Uhr. Noch zwei Minuten, bis Bio anfing. Danach konnte er nach Hause.

»Hast du sie zu unserer kleinen Schießparty eingeladen?«, fragte Levi.

»Nein«, sagte Alex und Levi schien erleichtert. Alex hatte Sasha nicht gefragt, weil er Levi nicht ärgern wollte. Und er war sich auch nicht mehr so sicher, ob er überhaupt wollte, dass sie kam. Er konnte sie sich nicht so recht mit einem Gewehr im Anschlag vorstellen, obwohl das vielleicht ein sexistischer Gedanke war.

»Egal, ich komm auf jeden Fall am Sonnabend«, sagte Levi. »Dann sind wir eben nur zu dritt. Die drei Musketiere.«

SPERRGEBIET

»Starke Gegend.« Levi blinzelte in die Sonne. Sie saßen auf einem breiten Stein, umgeben von Felsen und Geröll, und machten ein Päckchen Kekse nieder. Vor ihnen breitete sich das Moor aus, lauter Hügel mit braunen Rücken, meilenweit. Alex und Levi waren mit Alex' Quad hochgefahren, das wieder ganz war.

»Da unten liegt Golden Combe«, sagte Alex. »Es gibt jede Menge Geschichten darüber. Meine Mum hat gesagt, der Ort wäre verzaubert.«

»Deine Mum ist gestorben, als du noch klein warst, stimmt's?« Levi wischte sich die Kekskrümel von den Shorts.

»Als ich fünf war«, sagte Alex. »An Krebs.«

»Schrecklich«, seufzte Levi. »Wo ist sie begraben?«

Alex atmete tief durch. So was hatte ihn noch niemand gefragt. »Sie ist verbrannt worden«, sagte er. »Ihre Asche wurde auf dem Cosdon Hügel ausgestreut, hier hinter uns.« Alex zeigte in die Richtung.

»Schön«, sagte Levi und blickte dort hoch. »Es ist schön, wenn es einen Ort gibt, an dem man sich wiederbegegnen kann.«

Alex warf ihm einen Blick zu.

»Ich möchte, dass meine Asche auf dem Spielfeld vom FC Chelsea ausgestreut wird«, sagte Levi. »Damit du schon mal Bescheid weißt.«

Alex lachte. »Okay, das merke ich mir.«

Es war Sonnabendvormittag. Max war nicht gekommen. Das war gut so, denn Tim hatte nun doch kein Tontaubenschießen organisieren können. Jason brauchte ihn beim Schafescheren.

»Tut mir leid, Jungs, wir verschieben das auf nächste Woche«, hatte er gerufen und Levi zugewinkt, als er vom Hof fuhr. »Ich weiß, dass ihr vernünftig seid, aber trotzdem kann ich euch das nicht alleine machen lassen.«

Levi hatte noch am Telefon gesagt, er komme trotzdem.

»Meine Mum hat mich allein großgezogen«, sagte Levi. »Mein Vater lebt jetzt in Lincoln. Er hat bei uns gewohnt, bis ich sieben war. Er hat sich hier nicht wohlgefühlt.«

Alex blickte ihn erstaunt an. »Warum?«

»Er war der einzige Schwarze weit und breit und fühlte sich wie auf einem Präsentierteller. Er sagt, meistens war es schon okay, aber er hat doch die eine oder andere Bemerkung abbekommen. Er sagte, er könne nicht in einer Stadt zu Hause sein, in der er ein Außenseiter ist.«

»Aber es gibt doch noch mehr Schwarze hier«, sagte Alex überrascht.

»Damals nicht«, sagte Levi.

Alex hatte nicht gewusst, dass es immer noch Rassismus gab. »Also ist er vertrieben worden?«

»Nein«, lächelte Levi. »Rausgeschmissen hat ihn meine Mum. Egal, er hat inzwischen eine neue Frau, Emma, und jetzt habe ich zwei Halbbrüder, die in Lincoln aufwachsen und die ich so gut wie nie zu sehen bekomme, außer zwei

Wochen in den Sommerferien und jedes zweite Weihnachten.«

»Fehlt dir dein Dad?«, fragte Alex und bot ihm noch einen Keks an.

»Und wie«, sagte Levi und biss die Hälfte vom Keks ab. »Der fehlt mir wie verrückt. Der ist echt ein toller Typ, total witzig. Nur meine Mum, die hat das nicht so gesehen.«

»Klingt kompliziert«, sagte Alex.

»Ist es aber nicht. Ich lebe eben mit meiner Mum zusammen. Sie arbeitet im Supermarkt, hält sich ihren Chef vom Leibe und macht sich Sorgen um mich. Das Leben ist nicht kompliziert.« Levi ließ sich auf den Boden nieder und räusperte sich. »Was meinst du, was mit Max los ist?«

»Wahrscheinlich hatte er keine Lust aufzustehen«, sagte Alex und konnte nicht verhindern, dass seine Stimme einen scharfen Ton bekam.

»Nein, da steckt mehr dahinter«, sagte Levi, legte die Hand über die Augen und blickte zu den Krähen im Tal hinunter. »Ich glaube, der geht uns aus dem Weg. Ich glaube, er hat uns nicht erzählt, warum er wirklich von der Schule geflogen ist. Das mit dem Essenklauen ist doch Quatsch. Ich glaube, der hat was richtig Schlimmes gemacht. Du hast doch gesehen, wie der drauf sein kann. Und warum hat der Typ ihn den ›Schul-Terrorist‹ genannt?«

»Was meinst du denn, was er gemacht hat?«

»Ich krieg's raus.« Levi stand auf. »Also, was kann man hier so machen?«

Alex überlegte. An einem Tag wie diesem und ohne Levi würde er auf den Cosdon Hügel klettern und über die Grafschaft Devon gucken. Oder er würde die Futtertrichter von Vogelscheiße säubern oder den Zaun hinter dem Garten reparieren oder mit Gaffer zum Fluss runtergehen und Bälle für ihn werfen. Er könnte sich sein Quad schnappen und um die Felder brettern. Er könnte die Dachsfallen überprüfen, um zu gucken, ob die Dachse zurückgekehrt waren. Er könnte die Lebendfallen für die Krähen abgehen oder sich einfach an den Küchentisch setzen und die Gewehre gründlich putzen. Wenn er in der richtigen Stimmung wäre, könnte er mit seinem Gewehr losziehen und Krähen schießen und dann nach den fetten Lämmern auf den oberen Weiden gucken. Später würde er seine Geografie-Hausaufgaben machen und Zwiebeln für eine Zwiebel-Käse-Pastete schneiden. Vielleicht würde er auch ein paar Scheite Holz für den Ofen schlagen oder aber seine Sachen waschen, damit er in der nächsten Woche für die Schule was Sauberes zum Anziehen hatte.

»Hier draußen kann man eigentlich gar nichts machen, stimmt's?«, fragte Levi.

»Wir könnten noch weiter rausfahren«, schlug Alex vor. Er dachte, es würde Levi nicht gefallen, die Futtertrichter zu säubern oder die Mausefallen in den Futterfässern zu leeren oder die vergifteten Ratten im Kornschütter zu verbrennen.

»Jetzt fahr ich mal«, grinste Levi und stand auf.

Als sie oben auf dem Belstone Hügel standen (das Quad hatten sie ein Stück weiter unten auf dem Weg stehen lassen müssen), erklärte Alex die markanten Punkte: der Browns-Sumpf – der lila-gelb glänzte –, die alte Zinnmine, deren Ausgänge wie Pocken auf den Hängen saßen, und ganz in der Ferne Hammerton. Er wusste nicht, ob Levi wirklich zuhörte, während er seine Blicke über das Moor streifen ließ.

»Was ist denn da los?« Levi zeigte auf einen Jeep, der

einen holprigen Weg hochfuhr und bei zwei roten Fahnen stehen blieb. Zwei Männer stiegen aus und holten die Fahnen ein.

»Die machen immer irgendwelche Übungen«, sagte Alex. »Dahinten ist ein Schießplatz. Manchmal macht es den ganzen Tag bum, bum, bum. Das nervt die Leute in der Umgebung ganz schön, vor allem die Wanderer und die Touristen.«

»Und das da?« Levi deutete auf eine Kolonne Armeefahrzeuge, die wie kleine Spielzeugautos bergauf von einem Bauernhof wegfuhren.

»Das ist der Strangeways-Hof«, sagte Alex. »Ein alter Bauernhof, den die Armee aufgekauft hat. Es gibt da ein altes Bauernhaus und eine Menge Nebengebäude und ungefähr acht Hektar Land. Die Armee nutzt das Gelände für Übungen. Wir gehen manchmal dahin, um Tauben und Ratten zu beseitigen.«

»Was üben die denn da?«, fragte Levi.

»Alles Mögliche«, sagte Alex. »Ich glaube, oft nutzen sie das Gelände als Stützpunkt und Lager, wenn sie im Moor Manöver machen, aber sie üben dort auch Kampfeinsätze, zum Beispiel, wie man den Feind aus Gebäuden und bebautem Gelände vertreibt. Manchmal gucke ich zu, wie sie die Häuser erobern und dann wieder rausstürmen und dabei mit Platzpatronen und Übungsgranaten und allen möglichen Sachen ballern.«

»Toll.« Levis Augen leuchteten. »Da würde ich gerne mal hin.«

»Lieber nicht«, sagte Alex und schaute den Armeefahrzeugen nach. »Das ganze Gelände ist Sperrgebiet.«

»Aber wir könnten näher ran«, sagte Levi. »Ich würde

gerne mal zugucken, wie die üben.« Auch er schaute den Fahrzeugen nach. »Hast du mal überlegt, ob du zur Armee willst?«

»Ja«, sagte Alex. »Aber ich bin lieber Wildhüter. Da habe ich auch ein Gewehr, aber wenn ich schieße, schießt niemand zurück.«

Levi lachte. »Du würdest bestimmt dumm gucken, wenn dir ein Dachs mit einer 12-Kaliber-Flinte gegenübersteht!«

»Und was ist mit dir?«, fragte Alex.

»Ich finde die Ausbildung toll und auch, dass man viel unterwegs ist.« Levi streckte und beugte seine Arme. »Aber jedes Mal wenn ich das meiner Mum gegenüber erwähne, dreht die durch. Die ist eine echte Pazifistin, du weißt schon, gegen Atombomben und so. Sie würde ausflippen, wenn ich mich verpflichten würde. Sie sagt, das ist, als würde man sich verpflichten, sein Leben zu geben. Und ehrlich gesagt, wenn es wirklich zum Krieg käme, ich könnte niemanden töten. Du?«

»Nein«, sagte Alex. »Niemals.«

Levi stand auf. »Komm, ich will mir diesen Hof mal näher angucken. Was meinst du, wie lange wir bis dahin brauchen?«

»Die größte Strecke können wir wahrscheinlich mit dem Quad fahren. Aber vom Sumpf an müssen wir laufen«, erwiderte Alex.

Selbst mit dem Quad kamen sie nur langsam voran. Es dauerte zwanzig Minuten, bis sie zum Sumpf im Tal gelangten. Die Jungs stiegen vom Quad und setzten ihren Weg zu Fuß fort.

Alex guckte in seine Tasche. Die Wasserflasche war schon

ziemlich leer, aber hinter dem nächsten Hügel gab es eine Quelle. Er war eine ganze Weile nicht mehr hier unten gewesen. Die Arbeit mit der Geflügelzucht war immer intensiver geworden und auch die Fachoberschule kostete Zeit. Trotzdem, die Schafspfade im Heidekraut waren immer noch dieselben. Sie folgten einem, der sich hügelabwärts wand. Levi war ziemlich still für seine Verhältnisse, aber erstaunlich fit, wie Alex bemerkte. Er selber schwitzte und schnaufte, Levi dagegen schien nicht mal außer Atem zu sein. Levi war bestimmt einen Kopf kleiner als Alex, aber er war muskulöser. Alex war ebenfalls stark, aber drahtiger und nicht so stämmig wie Levi. Während sie bergab liefen, platzten um sie herum die Früchte des Stechginsters auf. Über dem Hügel vor ihnen flimmerte die Hitze.

Ein Stück weiter weg stand ein Zaun mit Stacheldraht obendrauf. Die acht Hektar Land, die zum Strangeways-Hof gehörten, waren eingezäunt, die Weiden wurden aber nicht genutzt. Niemand wollte seine Schafe im Sperrgebiet grasen lassen, denn dort konnten noch scharfe Sprengstoffe oder auch Munitionsreste herumliegen. Für Alex waren das tote Weiden, außer Kaninchen und Ratten lebten dort keine Tiere. Levi steuerte gleich auf den Zaun zu. Alex dachte, das wäre wahrscheinlich ungefährlich, denn es war niemand hier draußen und sie befanden sich immer noch auf öffentlichem Gelände. Doch zunächst wollte Alex seine Feldflasche in dem Bach auffüllen, der durchs Gestrüpp lief. Er hatte sein Leben lang Wasser aus dem Moor getrunken und war daher vermutlich gegen jedwedes Ungeziefer immun. Levi fürchtete sich anscheinend überhaupt nicht vor Ungeziefer. Als er an den Bach kam, schaufelte er sich das Wasser ins Gesicht und in den Mund.

»Wir sind echt am Ende der Welt«, sagte er und setzte sich.

»Genau«, stimmte ihm Alex zu. »Die nächste richtige Straße ist ungefähr drei Meilen von hier. Das nächste Haus liegt im nächsten Tal und das ist ein Ferienhaus. Und hier wandert auch keiner, weil's nicht so schön ist wie anderswo und weil hier das Sperrgebiet ist.«

Levi stand auf und bahnte sich seinen Weg durch die Heide zum Zaun. Mit dem Stacheldraht war er bestimmt drei Meter hoch. Das alte Bauernhaus mit seinen Nebengebäuden war kaum zu sehen, denn um den Hof herum waren Holunder, Nesseln, Brombeeren und kleine Bäume gewachsen. Nur die grauen Schieferdächer hoben sich aus der grünen Umgebung hervor.

»Ich würde gerne da rein«, sagte Levi.

»Geht nicht«, sagte Alex bestimmt.

»Doch, geht«, sagte Levi. »Guck mal da.« Ein Stückchen weiter war ein kleines Loch im Zaun. Zwar stand das Gras dort ziemlich hoch, aber man konnte durchschlüpfen. »Warum sind nicht überall Stacheldraht und Überwachungskameras?«, fragte Levi.

»Weil wir mitten im Dartmoor sind und auf dem Gelände bloß ein paar alte Gebäude stehen. Da gibt es nichts zu schützen. Wer würde denn ein Übungsgelände der Armee betreten wollen?«

»Ich«, sagte Levi. »Ich finde das spannend.«

»Ich geh da nicht rein«, sagte Alex.

Levi legte den Kopf zur Seite. »Hier ist niemand. Ich will mich doch bloß ein bisschen umgucken.«

»Nicht mit mir«, sagte Alex. »Aber von hier oben hast du eine bessere Aussicht.« Er führte Levi am Zaun entlang zu einem kleinen Gehölz. Dort fiel das Gelände steil ab und sie konnten das alte Bauernhaus deutlich sehen. Der Putz fiel von den Wänden, die voller Einschüsse waren, und die Fenster waren mit Metalljalousien verschlossen. Im Garten waren die Wildkräuter hüfthoch gewachsen, Samen und kleine Blättchen taumelten wie Schmetterlinge in der leichten Brise. Die Nebengebäude standen hufeisenförmig um einen zementierten, leeren Platz.

»Die haben alles demoliert«, sagte Levi.

»Ich glaube, das ist der Sinn der Sache«, sagte Alex. »Denk doch mal an die Bilder vom Krieg im Fernsehen. Da sieht man Orte, wo wirklich Leute leben, bombardierte Häuser, Ruinen, Heckenschützen, Soldaten, die ihre Positionen verteidigen. Und hier üben sie so was.« Ihn schauderte. Der Strangeways-Hof hatte sich so verändert.

Am Zaun hingen Schilder.

»MILITÄRISCHES SPERRGEBIET. ES WIRD SCHARF GESCHOSSEN. BETRETEN VERBOTEN. ZUWIDERHANDLUNGEN WERDEN BESTRAFT.«

Jemand hatte »MIT DEM TODE« eingefügt.

»Ich würde mich trotzdem gerne ein bisschen umgucken«, sagte Levi sehnsüchtig.

»Da gibt's nichts zu sehen.« Alex seufzte. »Ist bloß ein trauriger, alter, kaputter Hof. Er hat meinen Großeltern gehört. Mein Dad wurde da geboren. Aber kleine Höfe wie dieser bringen nicht mehr genug Geld. Mein Großvater hat trotzdem weitergemacht, bis er pleite war. Seine Gläubiger haben alles an die Armee verkauft. Ist schon eine eigenartige Vorstellung, dass da mal Kinder gelebt haben.« Er zeigte auf das Haus. »Da oben, hinter dem Fenster, war das Zimmer von meinem Vater.«

Levi riss die Augen auf. »Komm, wir gucken uns das an. Hier ist doch niemand.«

»Auf keinen Fall«, sagte Alex. Er lehnte sich an den Zaun. Er träumte davon, dass die Armee das Gelände eines Tages aufgeben und verkaufen und er irgendwie genug Geld zusammenbekommen würde, um es zurückzukaufen. Nach der Vertragsunterzeichnung würde er sofort hierherkommen und in allen feuchten Kaminen Feuer machen, sodass es aus jedem Schornstein rauchen würde. Dann würde er die Wände und das Dach reparieren. Er würde die Metalljalousien von den Fenstern abschrauben und Glas einsetzen. Er würde jeden Zentimeter des Geländes abschreiten und den Boden mit einem Metalldetektor absuchen, um jedes bisschen Munition, Sprengstoff oder Militärmüll zu entfernen. Er würde den Garten umgraben und Rollrasen auslegen. Und dann würde er einziehen, vielleicht mit seiner Familie (ganz kurz flackerte vor seinen Augen das Bild von Sasha mit ihrem Kind auf). Er würde Schafe halten, Gemüse anpflanzen und schießen. Von hier aus könnte er sogar Delaneys Gut managen. Das war sein Traum.

»Macht dich das wütend?«, fragte Levi.

Alex lächelte. Er mochte Levis Direktheit. »Schon«, sagte er. »Ich hab hier mal in einer Hecke einen alten Stiefel gefunden. Den hab ich mit nach Hause genommen. Könnte von meinem Großvater sein. Ich möchte nicht, dass die Soldaten damit rumspielen.«

Aber Levi war schon weitergegangen, immer am Zaun entlang, und ließ dabei wie ein kleiner Junge einen Stock über das Gitter rattern. »Guck mal«, sagte er. Er hob eine Geschosshülse auf.

»Die ist leer«, sagte Alex. »Hier siehst du die Spuren vom Pulver.« Er fuhr mit dem Finger über den Rand der Metallhülse. »So was liegt hier überall rum. Von den Übungen.«

»Ich will noch mehr sehen«, sagte Levi.

Sie liefen jetzt zwischen den Bäumen hindurch, das Gras war hoch und dünn und die Nesseln stachen durch Alex' Hosen hindurch.

»Was ist das?« Levi zeigte auf einen kleinen, zerfallenen Holzschuppen, direkt auf der anderen Seite des Zaunes, fast völlig versteckt von Brombeerbüschen und anderen Sträuchern. Zwischen dem Schuppen und den anderen Gebäuden des Hofes lagen zwei Weiden und ein kleines verwildertes Wäldchen. Das Schuppendach neigte sich an einer Seite fast bis zum Boden runter, die Pfosten standen reichlich schief.

»Der Schuppen ist hinter dem Zaun«, sagte Alex. »Also gehört er zum Sperrgebiet.«

»Aber der Schuppen wird doch gar nicht genutzt, das sieht man ja«, sagte Levi. »Komm, ich will bloß mal schnell reingucken.«

Bevor Alex ihn daran hindern konnte, war Levi am Zaun zurückgelaufen und zwängte sich durch das Loch. Alex zögerte.

»Wovor hast du denn Angst?«, fragte Levi von der anderen Seite. »Hier ist doch niemand.«

»Da gibt's nichts zu sehen. Ist bloß ein alter Schuppen.«

Levi nickte nur und hoppelte über Grasbüschel und den unebenen Boden Richtung Schuppen. Levi war nicht mehr aufzuhalten. Alex blickte sich um. Es schien wirklich niemand in der Nähe zu sein. Grummelnd folgte er seinem Freund.

Als sie sich dem Schuppen näherten, kamen zwei Kaninchen herausgeflitzt.

Levi blickte erst ins Innere, dann zum Blechdach hoch. »Wenn es schon so lange gehalten hat, wird es auch noch die nächsten fünf Minuten halten«, sagte er und duckte sich unter dem schrägen Balken hindurch. Alex hätte den wackeligen alten Schuppen lieber überhaupt nicht betreten, aber Levi war so unbekümmert, dass Alex kein Spielverderber sein wollte und Levi ins Dunkle folgte.

In einer Ecke war ein Holzpfosten umgefallen und das Dach stieß dort auf dem Boden auf. Ein kräftiges Ahornbäumchen wuchs nach oben hinaus, der Boden war mit Erde und Unkraut und totem Gras bedeckt. An einer der stabileren Wände lehnte ein niedriges Regal, auf dem flache Steine lagen.

»Hier ist nichts«, sagte Alex, nachdem sich seine Augen an das Dämmerlicht gewöhnt hatten. »Los, lass uns abhauen, bevor wir hier lebendig begraben werden.« Er fühlte sich überhaupt nicht wohl und war sich nur zu bewusst, dass sie sich unbefugt auf militärischem Sperrgebiet aufhielten.

Aber da kroch Levi schon ganz nach hinten in eine Ecke.

»Was machst du denn da?«, fragte Alex.

An der Wand lag ein Haufen Ziegelsteine, wirr durcheinander, als wären sie in höchster Eile dort hingeworfen worden.

»Will mich bloß mal ein bisschen umgucken«, sagte Levi.

Alex war es unheimlich in dem dämmrigen Licht. Über seinem Kopf hingen große, schwere, rissige Balken. Wenn sich einer aus der Halterung löste, konnte er sie beide erschlagen. Der Schuppen wurde nur noch durch Efeu und vergammelndes Holz zusammengehalten.

»Und ich will ein Andenken«, sagte Levi. »So was wie der Stiefel von deinem Großvater. Sasha liebt solche alten Geschichten. Ich will ihr was mitbringen.«

»Eine Schieferplatte?«, schlug Alex vor. Er beäugte das tückische Dach. Durch die Löcher konnte er den Himmel sehen. »Oder eine Delle in deinem Schädel?«

Levi nahm einen Stein vom Haufen, dann noch einen. Es klackte leise, so als würde ein Baum gefällt.

»Vielleicht könnten wir den Schuppen reparieren«, sagte er. »Wir könnten hier übernachten, Feuer machen und die Jungs von der Armee bei ihren Kriegsspielen beobachten. Die würden nie erfahren, dass wir hier drin sind. Guck mal, hier ist es richtig sumpfig.«

»Geh da nicht hin«, sagte Alex. »Sonst versinkst du noch. Der Sumpf ist immer in Bewegung und breitet sich im Laufe der Jahre immer weiter aus. Bald wird er den Schuppen hier verschlingen.«

»Sieht aus, als hätte hier jemand gegraben«, sagte Levi. »Guck mal, wie aufgewühlt der Boden ist.« Er holte einen Stock und rammte ihn in den Schlamm. Der Stock verschwand immer weiter in der Tiefe, bis Levi schließlich kniete und die Hand mit dem Stock den Boden berührte. »Der Stock ist ganz drin«, sagte er. »Ich könnte hier glatt versinken.« Er zerrte an dem Stock, aber der Schlamm hielt ihn fest.

»Komm, gehen wir«, sagte Alex. »Wir dürften gar nicht hier sein.«

Aber Levi zog und zog und schließlich schnellte der Stock mit einem schmatzenden Geräusch heraus. Levi holte tief

Luft, denn mit dem Stock war noch etwas anderes hochgekommen, etwas Langes, Dünnes, in Plastik gehüllt und fest mit einer Schnur umwickelt. Alex spürte in seinem Bauch eine Angst, die er sich nicht erklären konnte. Levi zerrte und zog, bis er das Ding schließlich ganz und gar heraus hatte. Er riss die Plastikumhüllung auf und stieß auf steifes, öliges Segeltuch, das auch mit Schnur umwickelt war.

»Schieb's wieder zurück«, sagte Alex plötzlich. Das Ding hatte etwas Unheilvolles an sich. Das Tuch sah aus wie Haut.

»Warte.« Levi kniete sich hin und zerrte an dem Bündel, riss an der Schnur drumherum. Schließlich hatte er sie abgewickelt und schlug das ölige Tuch auf.

Vor ihnen lag ein in Öl getränktes Gewehr.

DAS VERSTECK

Leichter Nebel hatte sich über das Moor geschoben und im Tal niedergelassen. Der Boden im maroden Schuppen wurde feucht. Die Jungen hatten jedes Zeitgefühl verloren. Alex hatte einen Metallstab gefunden und Levi einen Spaten mit abgebrochenem Stiel. Mit diesen Werkzeugen holten die Jungen ein Gewehr nach dem anderen aus dem Schlamm. Sie stapelten die Waffen an einer Wand auf, Dutzende langläufige Gewehre, jedes einzelne sorgfältig in Öltücher und Plastik gewickelt. Und es kamen immer mehr zum Vorschein. Die Jungen machten sich nicht mehr die Mühe, sie aus der Plastikhülle auszupacken, es waren einfach zu viele. Levi war völlig aus dem Häuschen, jedes Mal wenn sie ein Gewehr hervorholten, jubelte er, Alex jedoch war von schierer Panik ergriffen.

Es gab zwei Sorten von Gewehren: AK-47-Sturmgewehre – Kalaschnikows, die auf der ganzen Welt vom Militär eingesetzt wurden. Und SA80er. Sie waren in erstaunlich gutem Zustand, abgesehen von manchen Abnutzungserscheinungen: Mal fehlte ein Griff, mal ein Sicherungshebel, mal hatte ein Gewehr einen Kratzer, mal einen verbogenen Lauf. Aber die meisten Waffen wären, so nahm Alex an, nach einer gründlichen Reinigung durchaus einsatzfähig.

Zum Töten.

Levi grub immer weiter, Alex aber stand nur noch daneben und guckte zu.

»Vielleicht gehört das zu einer militärischen Übung«, sagte Levi und zog ein weiteres Waffenbündel an der Schnur aus dem Morast. »Trotzdem komisch.«

»Ich glaube, die Gewehre sind erst seit Kurzem hier«, sagte Alex. »Der Boden ist noch aufgewühlt. Aber so eingewickelt sind die schon seit Jahren, siehst du, wie die Schnur hier vergammelt ist?«

Wenn die Waffen Teil eines Manövers waren, warum wurden sie dann hier gelagert? Der Strangeways-Hof war kein gesichertes Gelände. Wenn die Gewehre in falsche Hände gerieten, konnte das katastrophale Folgen haben.

»Wir wissen ja nicht, ob sie wirklich erst seit Kurzem hier sind«, sagte Levi. »Vielleicht lagern sie schon ewig im Sumpf und niemand weiß mehr davon.«

Alex glaubte das nicht. Er war überzeugt, dass die Waffen nicht länger als zwei Monate dort lagen und dass sie bestimmt nicht vergessen worden waren.

»Vielleicht sind sie weggeworfen worden«, vermutete Levi. »Hier kommt noch eins – komm schon, hilf mir.« Aber Alex wurde die ganze Sache immer unheimlicher, er wollte die Dinger nicht mal mehr anfassen. Inzwischen hatten sie über dreißig Gewehre. Dreißig! Er wickelte ein Bündel aus und hielt ein schweres Gewehr in der Hand, schwarz vor Dreck und Öl. Wieder eine Kalaschnikow. Er spürte das Gewicht auf seinen Handflächen und ihm war, als kribbelten ihm die Finger. Er machte das Gewehr auf und fand zu seinem Entsetzen fünf Patronen im Magazin. Levi biss auf seinen Lippen herum und schaute zu, wie Alex das Magazin mit zitternden Händen sorgfältig auf den Boden entleerte. Mann! Eine geladene Waffe. Was zum Teufel war hier los?

»Wir sollten damit aufhören«, sagte er. »Das ist gefährlich.«

»Aber das sind achtunddreißig Gewehre«, schnaufte Levi. Er kniete auf dem morastigen Boden, sein Gesicht war dreckverschmiert, an seinen Händen klebte Schlamm. »Und da sind noch mehr, jede Menge mehr.« Er steckte den Stock tief ins Loch. »Ich kann sie fühlen.« Alex blickte auf den Stapel mit Waffen. Die Wände des Schuppens erschienen ihm noch wackliger als zuvor, das Dach schien zu schwanken. Alex ließ sich in die Hocke sinken.

»Wir müssen sie wieder zurücktun«, sagte er. »Es könnten noch mehr geladene dabei sein. Sie könnten versehentlich losgehen. Hör auf.« Levi hatte offensichtlich keinen Schimmer, wie gefährlich Waffen sein konnten.

Levi starrte ihn ungläubig an. »Sie zurücktun? Soll das ein Witz sein? Ich habe gerade Ewigkeiten damit zugebracht, sie rauszuholen.«

»Aber was willst du denn damit machen?«, fragte Alex.

Levi zuckte die Achseln. »So weit bin ich noch nicht, aber die Dinger müssen ein Vermögen wert sein. Oder? Du bist doch derjenige, der Ahnung von Waffen hat.«

Jetzt war es Alex, der die Achseln zuckte. »Mein Dad hat neulich eine ähnliche Waffe gekauft, eine gebrauchte Enfield 48, und die hat 2000 Pfund gekostet.«

Levi riss die Augen auf: »O Mann!«

»Aber die hier gehören nicht uns«, sagte Alex. »Die müssen der Armee gehören.«

»Aber sie sind herrenlos, vergessen, vielleicht wurden sie weggeschmissen«, sagte Levi und wischte sich Schlamm aus dem Gesicht.

»Oder jemand hat sie absichtlich versteckt«, sagte Alex. Er blickte hinaus in die sich wiegenden Bäume und den graublauen Himmel. Er war nervös. Wenn nun da draußen jemand war? Er musste an die frische Luft. Er kroch aus dem Schuppen hinaus, richtete sich auf und atmete dankbar die frische Luft ein. Hier draußen war die Welt ruhig und friedlich. Es liefen keine Irren herum, die nach ihren Gewehren suchten, es gab nur Bäume, Nebel, Sumpfgras und Himmel. Alex wusste nicht, was er tun sollte.

Levi hatte noch zwei Gewehre ausgegraben. Er wischte den Dreck von den Läufen.

»Pass bloß auf!«, fuhr ihn Alex an. »Halte immer, wirklich immer, die Mündung von dir weg. Und auch von anderen«, fügte er hinzu. Konnten diese Gewehre einer Terroristengruppe gehören? Er fragte sich, warum sie auf dem Strangeways-Hof vergraben wurden. Er zitterte. Hatte es mal einen großen Plan gegeben und irgendwas war schiefgegangen? Ein Komplott gegen die Armee, der fehlgeschlagen war? Mussten die Waffen deswegen im Schlamm versenkt werden?

»Wir müssen die Gewehre wieder zurücktun und dann müssen wir es der Polizei melden oder dem Kommandierenden Offizier von der Hammerton-Kaserne.«

Levi hörte auf zu graben. »Dann wissen sie, dass wir hier waren. Du hast das Schild gesehen. Da steht: ZUDWIDERHANDLUNGEN WERDEN BESTRAFT. Wir müssen gar nichts machen. Und außerdem«, fügte er hinzu, »was man findet, kann man behalten.«

»Nicht, wenn man Gewehre findet«, sagte Alex. »Noch dazu an einem Ort wie diesem. Wir können sie nicht einfach so liegen lassen.« Er zeigte auf den Haufen. »Jemand könnte sie finden. Das sind gefährliche Waffen, Levi. Mit so einem Gewehr kannst du abgeknallt werden.«

»Nein«, sagte Levi mit einem entschlossenen Ausdruck im Gesicht, den Alex noch nie bei ihm gesehen hatte. »Ich will das noch nicht melden. Hier liegt Geld, Alex, jede Menge.«

Alex spürte Zorn in sich aufsteigen. »O Mann, wie willst du die denn verkloppen? Du bist ein Junge, kein Waffenhändler.«

»eBay«, sagte Levi trotzig.

»Du kannst Schrotkugeln bei eBay kaufen, aber keine Gewehre.«

Levi schaute ihn an und seine Miene wurde etwas sanfter. »Ich weiß, dass das verrückt ist, aber lass uns erst mal richtig nachdenken, bevor wir irgendwas melden«, bat er. »So eine Gelegenheit kriegen wir nie wieder. Lass uns doch erst mal gründlich überlegen.«

»Wozu?« Alex war jetzt richtig wütend. Ihm gingen alle möglichen Szenarien durch den Kopf. Wer immer diese Gewehre hierhergebracht haben mochte, musste sehr mächtig sein. Sie durften sich überhaupt nicht hier aufhalten. Und diese Gewehre, diese kalten, herrenlose Gewehre, waren ihm unheimlich. Das waren keine Gewehre für Schießübungen, keine Gewehre, um Aaskrähen, bösartige Füchse oder krankes Wild zu töten. Das waren keine Gewehre fürs Schießen auf Tontauben oder Zielscheiben. Diese Gewehre waren zum Töten da. Sie rochen nach feuchtem Metall und das roch nach Blut. Die Gewehre rochen nach Tod. Alex spürte, wie ihm das Blut in den Kopf stieg und in seinen Ohren rauschte. Der Boden unter ihm schien sich zu wölben und er musste sich an Levis Schulter festhalten.

»Um rauszufinden, was wir am besten machen«, sagte Levi. Er schien plötzlich richtig sauer zu sein. »Meine Mama braucht dringend Geld. Sie hat überhaupt nichts, ihr Chef ist ein perv...«

»Diese Gewehre können Leben nehmen«, unterbrach ihn Alex. »Das ist kein Spiel. Sie müssen weggeschlossen werden, sofort.«

»Aber hier draußen findet die niemand«, sagte Levi. »Das hier ist Sperrgebiet, es gehört der Armee.«

»Wir haben sie ja auch gefunden«, erwiderte Alex.

Ein Geräusch von draußen, wie das Knallen einer Peitsche, brachte Alex wieder zur Besinnung. Er blickte Levi an, der mit einem schmutzigen Gewehr in der Hand auf dem Boden kniete.

»PASS AUF, Mann!«, flüsterte Alex.

»Was war das?«, hauchte Levi und wirkte auf einmal sehr nervös.

Alex lauschte. Vor dem Schuppen raschelten Blätter, als liefe dort jemand. Alex legte den Finger auf die Lippen und schlich sich ins Freie, wo Nebel träge im Kreis waberte. Alex atmete einmal tief durch und kroch um den Schuppen herum. Aus einem Gestrüpp von Brombeeren und Nesseln kam etwas Dunkles geflattert. Alex machte einen Schritt zurück und hielt die Luft an. Aber es war nur eine Krähe, ihre runden Augen glänzten. Alex wedelte mit den Armen und die Krähe flog auf, setzte sich auf einen niedrigen Ast. Als Alex zum Schuppeneingang zurückging, landete sie mit einem Hüpfer furchtlos neben ihm.

»Los, gehen wir«, sagte Alex. Ihm war total kribbelig, als hätte er zu viel Kaffee getrunken, und er wollte so schnell wie möglich weg hier. Er nahm das nächstbeste Gewehr und warf es zurück in das Sumpfloch. Levi wollte erst protestieren, dann schien er seine Meinung zu ändern.

»Wahrscheinlich wäre das Stehlen«, sagte er. Zähneknirschend machte auch er sich daran, die Gewehre zurück in den schlammigen Krater zu legen, den er gegraben hatte.

»Sei vorsichtig«, wiederholte Alex. »Denk dran, diese Dinger sind dazu da, Menschen zu töten.«

Levi verdrehte die Augen.

»Ich mein das ernst«, fauchte ihn Alex an.

»Wo kauft dein Vater seine Gewehre?«, fragte Levi.

»In Plymouth, im Waffenladen«, antwortete Alex. »Jeder, der ein Gewehr kaufen will, wird sorgfältig überprüft und muss einen Waffenschein haben.«

»Würden die uns diese Gewehre abkaufen?«

»Im Leben nicht«, sagte Alex. Je länger sie arbeiteten, desto größer wurde seine Angst. Die Wände schienen sich zu neigen, als wollten sie ihn erdrücken. Wem gehörten diese Waffen? Endlich waren sie fertig. Levi und er schaufelten Erde über die Stelle und zogen dann noch eine alte schwarzverdreckte Plane obendrüber.

»Komm jetzt«, sagte er zu Levi. Levi warf einen letzten sehnsüchtigen Blick hinter sich, dann folgte er Alex hinaus ins Tageslicht. Auf dem Weg nach Hause fühlte sich Alex beobachtet. Hinter jedem Stein, hinter jedem Baum schien jemand zu lauern, der sie im Auge behielt.

»Ich glaube, wir sollten das wirklich nicht gleich der Armee melden«, betonte Levi. »Die Gewehre könnten Teil eines offiziellen Manövers sein. Vielleicht sind sie ja weg, wenn wir später noch mal nachschauen. Außerdem will ich lieber nichts damit zu tun haben. Die würden sofort wissen wollen, was wir da zu suchen hatten.«

Alex wollte auf keinen Fall dorthin zurück, nie wieder. Er merkte, dass er ebenso wütend wie ängstlich war. Wütend, dass jemand eine solche Gefahr in seine Welt brachte. Hier oben sollte man sicher sein.

»Wirst du es deinem Vater erzählen?«, fragte Levi.

»Ich weiß nicht.«

»Ich finde, wir sollten die da einfach liegen lassen«, sagte Levi.

»Ich dachte, du wolltest sie verkaufen?« Alex blickte seinen Freund von der Seite an.

»Das war blöd. Vergessen wir das Ganze einfach.« Levi senkte den Kopf und marschierte weiter bis zur der Stelle, wo sie das Quad abgestellt hatten.

Als die Jungen die Wildhüter-Kate erreichten, waren sie müde und hungrig. In den unteren Fenstern brannte Licht, im Radio plärrte irgendein blödsinniger Schlager. Alex seufzte tief vor Erleichterung, zerrte sich am Eingang die Stiefel von den Füßen und ging hinein. Levi folgte ihm, wobei er mit dem Kopf an den niedrigen Türrahmen stieß. Tim stand am Ausguss und schnitt mit seinem Federmesser Kartoffeln in Streifen. Alex starrte auf das Messer. Sollte er es Tim erzählen? Sein Vater würde entsetzt sein, wenn er erfuhr, dass sie militärisches Sperrgebiet betreten hatten.

Alex schaute zu, wie Tim die Kartoffelstreifen ins heiße Fett schob. All das war normal: Dads Hammerdaumen (der wegen der Fehlzündung eines Gewehres vorne zweigeteilt war), der Geruch nach Pommes, die neuen Rattenfallen, die in der Ecke aufgestapelt waren, und Gaffer, der mit einem verdrehten Ohr neben dem Herd schnarchte. Alles normal und friedlich.

Das durfte er nicht aufs Spiel setzen. Tim blickte auf und lächelte.

»Ich wollte euch gerade einen Suchtrupp hinterherschicken. Deine Mutter hat angerufen, Levi. Ich habe gesagt, ich fahr dich nach Hause.« Er sah Alex an und sein Gesichtsausdruck veränderte sich. »Ist alles in Ordnung?«

»Klar«, murmelte Alex. Seine Stimme klang gepresst.

Wenig später, als Tim den Wagen im Hof wendete, tippte Alex Levi auf die Schulter.

»Ich sage Dad nichts«, sagte er. »Aber du darfst auch keinem was erzählen. Gewehre sind gefährlich, klar? Die dürfen auf keinen Fall in falsche Hände geraten.«

»Bleib locker«, sagte Levi. »Ich mach schon keinen Blödsinn.«

FRÜHSTÜCKS-RAP

Ich sehe zu, wie Vater vom Grundstück fährt. Sein königsblauer Saab surrt über den Asphalt. Jeden Morgen dieselbe Prozedur. Um Punkt acht öffnet Vater die Haustür, durchquert den Vorgarten, geht zu seinem Auto und deponiert die edle braune Ledermappe mit seinen Initialen im Kofferraum. Setzt sich wie ein Roboter hinters Steuer, schaut in den Rückspiegel, leckt seinen Finger ab, glättet seine widerspenstigen Augenbrauen und fährt los. An diesem Ablauf ändert sich nie etwas. Wenn ich das sehe, würde ich am liebsten auf den Pause-Knopf drücken. Könnte er nicht ein Mal, ein Mal nur, am Ende der Einfahrt nach links abbiegen statt nach rechts? Oder könnte er nicht ein Mal stehen bleiben, seine Ledermappe ablegen, die Schuhe abstreifen und mit seinen nackten Alte-Männer-Füßen über das taunasse Gras laufen?

Aber Vater weicht nicht von seinem Programm ab. Und sobald der letzte Stoß aus seinem Auspuff die Luft verschmutzt hat, höre ich Mutters Computer dudeln. Mutter wird jetzt zwei Stunden lang durch Chat-Rooms surfen, obwohl sie vorgibt, etwas anderes zu tun. Vater hat keine Ahnung vom Internet. Er sagt, es »reduziert alles aufs Banale«. Daher macht Mutter den Computer erst an, wenn sie sich hundertprozentig sicher ist, dass ihr Herr und Meister das Haus verlassen hat.

Mein Vater sagt, ich könne mit ihm zur Schule fahren, aber ich werde nie wieder allein zu ihm ins Auto steigen. Das letzte Mal tat ich das vor vier Wochen, als er mich gegen meinen Willen zur Hammerton-Kaserne fuhr. Sobald ich dort wieder raus war, rannte ich durchs Moor in die Stadt, verbrachte die Nacht an der Bushaltestelle und bin erst am übernächsten Tag mit dem Bus nach Hause gefahren. In der inzwischen berühmt gewordenen »48-stündigen-Abwesenheit-von-Max« habe ich mich hinter der Pommesbude versteckt, im Müllcontainer gesessen, kalte Pommes gegessen und alte Boulevardzeitungen gelesen, es ging mir also richtig gut, abgesehen von der Tatsache, dass das Zittern nicht aufhören wollte.

Ich schwöre, ich fahre nie wieder mit meinem Vater mit.

Als er mich verriet und mein Leben zerstörte, glaubte er offenbar, er täte das Beste für seinen Sohn. Ich muss an die Zukunft denken. Ich muss an meine neuen Fast-Freunde denken und an den Tag, an dem ich dieses Haus verlasse und nie mehr zurückkomme. Ich muss aufhören, an meinen Vater zu denken. Denn wenn ich das tue, habe ich das Gefühl, mein Hirn vergärt, verwandelt sich in Essig und produziert lauter stinkende, abgedrehte Gedanken.

Denk an was anderes, Max Cosgrove. Ich komme mir vor wie ein buddhistischer Mönch, der versucht, sein Hirn zu trainieren. Puh!

Gestern habe ich in der Cafeteria gehört, wie Sasha von Alex (Alex! Dem Stillen!) wissen wollte, ob er Lust auf ein

Picknick mit ihr und ihrem übel riechenden Kind hat. Levi war nicht erfreut, als ich es ihm berichtete.

»Sie sind freie Menschen«, sagte Levi wenig überzeugend. »Was geht mich das an?«

Ich glaube, Levi und Alex brüten irgendwas Finsteres aus. Wenn sie auf der Wiese sitzen, streiten sie sich, sprechen dabei aber extra leise. Ich fürchte, sie haben rausbekommen, was ich getan habe und wer ich bin. Sie hören auf zu reden, sobald ich mich ihnen nähere. Das ist der beste Beweis.

Mutter kreischt von unten.

»DU BIST SPÄT DRAN! STEH AUF!«

Ich mache »tss«, verlasse mein Zimmer und wappne mich für die Frühstücksfehde.

»Hast du deine Hausaufgaben gemacht?« Mutter blickt mich über den Bildschirm hinweg an.

»Was liest du gerade?«, frage ich und überhöre ihre Frage.

»Die Nachrichten«, trillert meine Mutter. Sie lügt natürlich. Sie liest Artikel über Brustimplantate irgendwelcher Berühmtheiten, chattet mit ihren virtuellen Freundinnen oder scrollt sich durch Online-Designermode-Shops.

Ich mache mir eine Portion Cornflakes und schaufle das Zeug in mich rein. Die Flocken sehen aus wie große Fetzen knuspriger toter Haut. Und so was esse ich!

»Ich fürchte, du wirst nicht *eine* Prüfung bestehen.«

Kauen, schlucken, kauen, schlucken. In vierzig Sekunden bin ich hier weg. Ich kaue und trommle im selben Rhythmus mit der Faust auf den Tisch.

Kau'n, schluck'n, kau'n, schluck'n (yeah, yeah)
Schluck'n (hey)

»Frank ist der Meinung, wir sollten dir das Taschengeld sperren, bis du ein bisschen Fleiß zeigst.«

Frühstücks-Terror / die Alte redet Stuss
Tack tack tack / immer unter Beschuss
»Schon wieder dieser verfluchte Hut.«
Ich mach nix falsch / bleib mir vom Hals
lass mich in Ruh / du Mutterkuh

»Du hast auf dein Hemd gekleckert. MAX. Du benimmst dich wie ein Kind.«

Ich noch ein Kind, das ist dein Bild / klar werd ich da wild
Was bin ich wild, Frau (o yeah, yeah, yeah)
Ich bin WILD, Frau (schlucke, schlucke, kau, kau, schluck)

»Kannst du bitte das Getrommel lassen?«

Guckst mich an, als wär ich der letzte DRECK
*Du bist doch meine **MAMA**, ist all deine Liebe weg?*
Kau'n, schluck'n, kau'n, kau'n, schluck'n.

Yippie! Ich spüre, wie es in mir summt, wie immer, wenn ein neuer Rap kommt, fertig aus meinem Kopf, wie ein Geschenk! Es ist ewig her, dass das passiert ist. Das Trauma hat meine Schaffenskraft unterdrückt. Ich muss Gerry holen, damit er mir beim Aufnehmen hilft, am besten heute noch. Ich komm immer noch nicht mit dem Super-Computer klar, den mein Vater mir vor zwei Jahren gekauft hat. Da gibt's jede Menge Programme, aber wenn ich mich erst durch die Anleitungen ackern muss, bleibt meine Kreativität auf der Strecke.

»Deine Schultasche ist ziemlich schwer.«

»Klar, da sind nämlich Drogen, Pornos und Bücher aus der Bibliothek drin«, fauche ich. Ich hasse Unterbrechungen, wenn ich im Rap-Modus bin. »Das solltest du doch wissen, du guckst doch jeden Abend nach.«

Mutter sieht heute besonders eigenartig aus. Ich schaue zu, wie sie meine leere Schale nimmt und zur Spüle trägt. Feen haben Mutters Gesicht mit flauschigen Quasten weiß gepudert, ihr Rock passt zum Oberteil, beides ein grenzwertiges Lindgrün, ihre Beine reiben beim Gehen aneinander und ihre Strumpfhosen machen dabei ein Geräusch, das mir in die Zähne schießt, als würde Mutters Wäsche elektrostatische Wellen senden.

»Du hasst mich«, sagt sie leise.

Ich blicke erschrocken auf. »Was?«

»Du hast gehört, was ich gesagt habe.«

Ich spüre eine perverse Art von Erregung. Endlich bewegt sich was. Trotzdem greife ich zur typischen Ausflucht von Jungen in meinem Alter.

»Was soll denn das?«

»Bitte versuch doch, wenigstens ein bisschen erwachsen zu werden, Max«, sagt Mutter erschöpft.

Ich *hasse* sie, das stimmt, aber nicht immer. Und wenn ja, dann liegt es daran, dass sie *mich* verachtet. Meinen Eltern wäre es am liebsten, ich wäre nie geboren worden. Denn sie wissen, ich werde niemals ein zweiter Simon sein.

Unerwartet bietet mir Mutter an, mich in die Schule zu fahren, ein mütterlicher Versuch, ihren kleinen emotionalen Ausbruch zu kaschieren. Ich nehme das Angebot an (schließlich war sie es nicht, die mich letzten Monat in die Hölle gefahren hat). Doch mir sind die Arme und die Beine schwer, als hätte ich nicht genug Saft, um sie in Bewegung zu halten.

Ich würde sehr gerne dieses Haus auseinandernehmen. Es würde mir großen Spaß machen, alles zu zerschlagen. Und ich würde nicht aufhören, wenn ich die Möbel, die Tassen und die Bilder zertrümmert hätte. Mit einem Vorschlaghammer würde ich auf die Wände eindreschen. Ich würde die Fenster in Stücke zerschmettern und dann das Dach wie ein Ei aufschlagen.

MIT SECHS

Alex konnte nicht schlafen. Als seine Uhr halb fünf zeigte, gab er auf und stand auf. Er zog sich an, blieb einen Moment vor Tims Zimmertür stehen, lauschte kurz dem leisen Atmen seines Vaters und schlich die Treppe runter. Er trank aus dem Hahn, spritzte sich Wasser ins Gesicht und auf die Haare.

Gaffer wedelte mit dem Schwanz.

Draußen färbte die Morgensonne den Himmel orange, niemand war wach außer ihm. Alex ließ sein Quad an und fuhr ins Moor.

Levi hatte ihn gestern Abend drei Mal angerufen. Seiner Stimme war anzuhören, wie aufgeregt und nervös er war. Alex kam kaum zu Wort.

»Was sollen wir denn machen, Bruder?«

»Und wenn sich jemand anders die Dinger holt?«

»Wir können doch nichts tun, oder?«

Levi redete über die Gewehre, als handelte es sich um ein aufregendes Abenteuer. Er sah die Bedrohung nicht, der sie alle ausgesetzt waren. Alex wünschte, sie hätten die Waffen nie gefunden. Alles in ihm schrie danach, sich nicht auf diese Geschichte einzulassen.

Alex fuhr, so schnell er konnte, die Räder holperten über die Steine und wühlten Staub auf. Um ihn herum wachte die Welt auf, in der Ferne grasten Ponys, Blumen öffneten ihre Blütenkelche. Alex donnerte den Weg hinauf, vorbei an den Steinmauern, durch den hochgelegenen Sumpf, der jetzt von blassrosa Orchideen überzogen war. Er sauste an der Steinmauer von Jasons Weide vorbei und erschreckte dessen Kühe, fuhr dann weiter um den Cosdon Hügel herum, vorbei an Sumpf und Steinring, und rollte in das tiefe Tal. Er ließ sein Quad im Graben am Fuß des Belstone Hügels stehen und rannte die Irishman's Wall entlang nach oben. Seine Lunge pfiff, seine Beinmuskeln brannten. Oben auf dem Hügel hatte Alex das Gefühl, er könnte die ganze Welt sehen. Der Wind wehte ihm sachte durch die Kleidung. Alex blickte auf die silberne Linie des Horizonts, ganz weit im Süden, und dann, nicht ganz so weit, hinüber zu den quadratischen braunen Gebäuden der Hammerton-Kaserne. Am Tag war dort jede Menge los, Fahrzeuge kamen aus der Stadt, Männer rannten draußen herum, waren mit irgendwelchen Übungen beschäftigt. Alex stellte sich vor, dass die Soldaten jetzt noch in ihren Kasernen schliefen, aber sie konnten natürlich genauso gut zu irgendeiner Übung unterwegs sein. Im hinteren Teil des Geländes standen einige riesige Hallen. Dort waren alle möglichen faszinierenden Maschinen untergebracht, Panzerfahrzeuge, Mannschaftswagen, Laster und Motorräder.

Alex wandte sich von der Kaserne ab und blickte ins weite Moor. Dort lag der Strangeways-Hof, tief im Moor vergraben, menschenleer und tot, mit dem kleinen Gehölz an der Seite, in dem sich der Schuppen verbarg.

Der Waffenschuppen.

Von dort drohte Gefahr. Die Gewehre machten Alex Angst. Irgendwas sehr Eigenartiges, Finsteres ging da vor. Alex wusste, die Armee würde kein Waffenversteck so anlegen, dass jeder darüber stolpern konnte. Der öffentliche Weg verlief etwa zehn Meter vom Schuppen entfernt am Bach entlang. Ein absurder Ort für so ein Versteck.

Aber warum hatte er es dann nicht seinem Vater gesagt? Alex hatte kaum Geheimnisse vor seinem Vater, dennoch wollte er ihn da nicht reinziehen. Tim kam auf seine Weise zurecht. Er zog die Fasane groß, organisierte die Jagden. Er ging in seiner Welt auf. Aber Dinge, die ihn an dunklere Zeiten erinnerten, könnten ihn völlig aus der Bahn werfen. Und das wollte Alex nicht noch einmal erleben.

Nach dem Tod von Alex' Mutter, ein paar Monate nach der Beerdigung, hatte sein Vater fast völlig dichtgemacht. Er hatte Alex sein Essen hingestellt und ihn zur Schule gefahren, aber es stimmte nichts mehr. Tim guckte Alex nie richtig an, umarmte ihn nicht, fragte ihn nichts. Manchmal gab es eine Woche lang jeden Tag gebackene Bohnen mit Maiskörnern. Alex' Bettwäsche blieb verkrumpelt und ungewaschen, sie stank nach Urin. Sein Schulbrot war häufig an einer Ecke verschimmelt. Tim lieferte Alex morgens schon um acht Uhr an der Schule ab. In der Stunde bevor alle anderen kamen, schaukelte er an den Stangen und begrüßte den Hausmeister. Als Alex' Hund (der in seinem Bett schlief) Flöhe hatte, waren Alex' Beine voller Flohstiche, und er kratzte, bis es blutete und das Blut in seine Socken lief, die nach dem Trocknen steif und kratzig wurden.

Alex hatte Kopfläuse und Würmer. Er litt unter Zahnschmerzen, weil er nie die Zähne putzte, seine Haut war von einem fettigen Film überzogen, da er selten badete und nie Seife benutzte. Tim holte ihn von der Schule ab, machte ihm was zu Essen, nahm ihn mit zum Schießen und setzte ihn vor den Fernseher, sagte aber kaum ein Wort zu ihm. Zu Hause sprach Alex nur mit Gaffer. In einem Schulaufsatz nannte er den Hund seinen besten Freund. In der Kate war es immer still, ab und zu ließ Tim ein paar Worte fallen, aber meistens schwieg er. Die lautesten Geräusche waren das Knacken der Balken und das Rascheln der Mäuse in den Wänden.

Nach der Schule ging Alex ins Moor hinaus, damit er irgendetwas zu hören bekam. Draußen blies der Wind, riefen die Bussarde am Himmel, dort konnte Alex brüllen und schreien, so viel er wollte. Zu Hause wurde nie die Stimme erhoben. Diese Stille lastete schwer auf Alex und machte ihm Angst.

Dann wurde plötzlich alles anders. Es war an Alex' achtem Geburtstag. Alex war früh aufgestanden, weil ihn ein ungewohntes Geräusch, ein lautes Stampfen, das das ganze Haus erschütterte, geweckt hatte. Als er in die Küche kam, fielen ihm vier Dinge auf. Erstens: Die Waschmaschine lief. (Er hatte immer gedacht, sie wäre kaputt.) Zweitens: Auf seinem Platz stand ein Teller mit dampfenden Rühreiern und weißem Brot. Drittens: Seine jährliche Geburtstagskarte und der Brief steckten nicht in einem Umschlag (waren also schon gelesen worden), sondern lagen neben seinem Teller, und viertens: An seinem Stuhl lehnte ein nagelneues Luftgewehr.

»Herzlichen Glückwunsch zum Geburtstag«, hatte Tim gesagt und ihn umarmt, was er seit Jahren nicht getan hatte. Und danach war alles besser geworden. Tim verlor langsam seinen leeren Blick und er redete mehr mit Alex, fragte ihn, wie sein Tag war, erkundigte sich nach seinen Freunden. Die Wäsche wurde gewaschen, allerdings so, wie's gerade passte. Im Kühlschrank waren frische Lebensmittel. Dad füllte endlich die richtigen Formulare aus, sodass Alex mit dem Schulbus fahren durfte und jeden Tag fünf Minuten vor Unterrichtsbeginn in einem Pulk von vielen Kindern eintraf. Heiße Bäder, Metallkämme, kreideähnliches rosa Pulver sorgten dafür, dass alle kleinen Parasiten verschwanden. Sechs Monate später lernte Tim Amy kennen und alles wurde noch besser. Amy brachte Bücher, Wärmflaschen, Obst und Hustensaft ins Haus. Es wurde sauber gemacht. Es wurde darauf geachtet, wann Alex ins Bett ging – wenigstens manchmal. (Jetzt, zehn Jahre später, waren Tim und Amy immer noch ein Paar, obwohl er sie nie hatte überreden können, mit ihm in der Wildhüter-Kate zu leben, und sie hatte ihn nie dazu bringen können, zu ihr nach Plymouth zu ziehen.)

Alex wusste, dass seine Erinnerung ihn täuschen konnte. Konnte er wirklich wissen, was vor so langer Zeit geschehen war? Aber er erinnerte sich tatsächlich an den Geruch von schmutzigen, nassen Hosen, die in der Sonne zum Trocknen lagen. An eine Brotrinde, die vom monatelangen Liegen ganz unten in seiner Schultasche steinhart geworden war. An einen Turm aus orangefarbenen Patronen, an die Flecken vom Gewehr an seiner Hand. An den ätzenden Gestank eines Feuers aus Dieselöl, Hochglanzpapier und feuchtem Holz. Aber am stärksten war ihm die Stille in Erinnerung geblieben.

All das ließ ihn wieder sechs Jahre alt werden. Und mit sechs war er traurig gewesen.

Genau wie Tim.

Und jetzt das. Diese Waffen! Dazu die Ahnung, dass etwas ganz Entsetzliches dahinterstecken konnte. Stoff für Albträume. Alex hatte das Gefühl, es bräuchte nur ein Schalter umgelegt zu werden und diese dunklen, einsamen Tage wären wieder da. Das frühe Aufstehen. Der schweigende, grimmige Vater, der ihn zur Schule fuhr und von der Schule abholte. Das Schaukeln an sonnenheißen Stangen, das Warten auf den Hausmeister. Teller mit schlabbrigem, lauwarmem Essen, das die Zunge beleidigte und ein übles, hungriges Gefühl im Magen hinterließ. Die Tage mit pelzigen Zähnen, die endlos schwarzen Nächte. Und die schlimmsten Momente, wenn Tim mit seinem Gewehr in der Dunkelheit verschwand und Alex nicht wusste, ob er wiederkäme.

Vielleicht war das der Grund, warum Alex nichts gesagt hatte. Denn Tim würde sofort mit Schaufeln und Metalldetektoren zum Schuppen stürmen. Es würde ein Massenaufgebot von Polizei und Reportern geben. Alle würden davon erfahren und Tim, Levi und er selber würden im Mittelpunkt stehen. Und das würde alles aus dem Gleichgewicht bringen. Deshalb war es besser zu schweigen, den Kopf einzuziehen und drüber hinwegzugehen. Die Gewehre sollten im Sumpf versinken. Vielleicht würden sie diesmal für immer dort bleiben.

HAUPTFELDWEBEL FURZEY

Alex erwachte vom Trommeln des Regens auf dem Dach. Das geplante Picknick mit Sasha würde wohl ins Wasser fallen. Der Regen lief in braunen Strömen den Weg hinunter und spülte den Staub weg, der sich in den letzten Wochen überall niedergelassen hatte. Alex blickte auf das verdorrte Gras und stellte sich vor, wie es die Nässe aufsog, es trank wie ein durstiger Mensch. Sollte Sasha das Picknick absagen, konnte er Tim nach Somerset begleiten, wo dieser Fasanenküken abholen wollte.

Er hörte unten das Telefon klingeln. Tim ging ran.

»Kommen Sie einfach trotzdem hoch, kann sein, dass es später aufklart.«

Das musste Sasha sein. Keine Absage.

Als Alex Tim gestern Abend von dem Picknick mit Sasha erzählte, hatte dieser seine Augenbrauen so hoch gezogen, dass seine Stirn sich in unzählige Falten legte.

»Guter Gott, du hast eine Freundin?«

»Nein«, sagte Alex. Er grinste. »Noch nicht.«

Er erzählte Tim von Sasha. Sagte, sie sei bloß eine Freundin. Dann erwähnte er Sammy-Joe.

»Ein Kind?«, fragte Tim verdutzt, eine für ihn eher ungewöhnliche Reaktion. »Was weißt denn du von Kindern?«

Alex zuckte die Achseln. »Neulich hat er mich gebissen. Sasha sagt, das macht er nur bei Leuten, die er mag.«

Tim schüttelte den Kopf. »Du musst echt verknallt sein.«

Alex schnaubte: »Blödsinn.«

»Sasha mit Sammy-Joe«, staunte Tim. »Gleich das volle Programm.«

Alex erzählte Tim, wie Sasha einmal in der Cafeteria auf einen Tisch gestiegen war, um eine Hausschwalbe zu retten, die sich ins Gebäude verirrt hatte. Er erzählte ihm von ihrer Theorie, dass dicke Frauen besser sängen und dass Gehirnwäsche so real wäre wie Mikrowellen.

»Klingt jedenfalls interessanter als Fasanenküken«, sagte Tim.

Als Alex runterkam, blickte er sich nervös um und versuchte, sein Zuhause mit Sashas Augen zu sehen. Bildete er sich das ein oder war es heute dreckiger als sonst? An den Türen klebte Erde, an den Wänden hatte der Hund Spuren hinterlassen. In den Ecken lag Staub und an der Decke hingen ganze Städte aus Spinnweben. Sollte er sauber machen? Alex warf eine Dose mit altem, verschimmeltem Hundefutter in den Müll. Er wusch das Frühstücksgeschirr ab, öffnete das Küchenfenster und ließ Hundefürze und Wildhüterschweiß hinaus.

Dann ging er mit Gaffer in den Regen hinaus und rannte eine Runde mit ihm.

Um elf kam Sasha mit ihrem Fiesta auf den Hof gefahren, der Regen prasselte auf die Kühlerhaube. Alex sah durchs Fenster, wie Sasha sich Sammy-Joe wie einen Rugbyball unter den Arm klemmte und zum Haus lief. Alex machte die Tür auf. Sie trug einen lilafarbenen Pullover und Jeans, das Haar klebte ihr nass am Kopf.

»Nicht gerade Picknickwetter. Aber ich kann uns einen Tee machen.«

Und da war sie nun, saß in der Küche und nippte an ihrem kochend heißen Tee. Das Kind saß auf dem Fußboden und spielte mit einer Zeitung und mit alter Schnur.

Alex hatte befürchtet, er würde nicht wissen, was er sagen sollte, aber Sasha machte es ihm leicht. Und wenn es doch eine Pause gab, sprang Sammy-Joe ein, der auf Teufel komm raus die Küche erkunden wollte. Er stieg in die Holzkiste, in den Hundekorb, zog die Schranktür auf und hatte zwei Teller zerschlagen, bevor Sasha eingreifen konnte.

»Scheiße, tut mir leid«, sagte Sasha. »Ich bezahl sie euch.«

»Nicht nötig.« Tim stand in der Tür, Regen tropfte ihm vom Hut. »Wir haben jede Menge Teller, die wir nie benutzen.«

Alex stellte die beiden einander vor. Sammy-Joe krabbelte zu Tim, zog sich an dessen Bein hoch und schaute ihn an. Dann hob er die Arme, quiekte und wollte hochgenommen werden. Tim schlüpfte aus seinem Mantel und nahm ihn auf den Arm. Der Kleine klatschte ihm ins Gesicht und beide lachten.

»Willst du mir zeigen, wer hier das Sagen hat?«, fragte Tim amüsiert. »Du warst in dem Alter ganz genauso, Alex. Hast Sachen zerdeppert, Leuten eine geklatscht und dann einen auf lieb und freundlich gemacht.«

»Echt?« Alex war verwirrt. Tim redete sonst nie von der

Zeit, als Alex klein war. Alex vermutete, dass Tim es nicht ertrug, an Helena, Alex' Mutter, denken zu müssen und an das, was in jenen Jahren mit ihr geschehen war.

Sammy-Joe kuschelte sich an Tim und umarmte ihn. Tim fischte ein Stück Schokolade aus seiner Tasche und gab es dem Kind.

Dann blickte er Sasha an. »Ach je«, sagte er. »Ich nehme an, das hätte ich nicht tun dürfen.«

»Einmal ist keinmal!«, sagte Sasha. »Und Sie haben jetzt einen Freund fürs Leben.«

Es kam Alex sehr seltsam vor, seinen Vater mit einem Kind auf dem Arm zu sehen.

Tim setzte sich und streifte die Stiefel ab. »Ich kenne mich mit Kindern besser aus als die meisten Männer in meinem Alter«, sagte er zu Sasha. »Als Alex so klein war, ging es seiner Mutter nicht gut, also hab ich ihn meistens versorgt.«

Das hatte Alex nicht gewusst.

»Was wir gemacht haben? Morgens gab es Porridge, tagsüber habe ich dich fast immer auf dem Rücken getragen, damit ich die Hände frei hatte. Deine Mutter meinte, du hättest deshalb erst mit zwei Laufen gelernt. Hattest einfach nicht genug Übung.« Sammy-Joe zappelte und Tim setzte ihn auf den Boden. Dann zog er die Tischschublade auf und nahm eine mit Samt beschlagene Schachtel heraus, in der silberne Löffel lagen. Die Schachtel mit den Löffeln war in dieser Schublade, seit Alex denken konnte. Er glaubte, sie wären wertvoll und daher seinem Dad wichtig. Zum Essen benutzten sie diese Löffel nicht gerne, weil sie einen sauren Geschmack im Mund hinterließen.

Tim stellte die Schachtel auf den Boden. Sammy-Joe krabbelte sofort fröhlich krähend auf sie zu, nahm die Löffel einzeln heraus, legte sie zurück und fing wieder von vorne an.

»Mit diesen Löffeln hast du stundenlang gespielt«, erzählte Tim Alex. »Ich hab dich vor die Schachtel gesetzt und wusste, dass ich nun genug Zeit hatte, deine Mutter aus dem Bett zu holen, sie anzuziehen und ihr was zu essen zu geben, bevor ich mich wieder um dich kümmern musste.« Wieder etwas, das Alex noch nie gehört hatte. Über so etwas redete Dad nie. Er war erst fünf Minuten mit Sasha und ihrem Kind zusammen und schon öffnete er sich.

»Das war bestimmt eine schwere Zeit«, sagte Sasha sanft. Alex hielt sich peinlich berührt am Tisch fest.

»Damals nicht«, sagte Tim und gab Sammy-Joe einen Löffel zurück. »Da hatte ich so viel zu tun, dass ich gar nicht darüber nachdenken konnte. Viel Arbeit macht mir nichts aus.« Er schwieg einen Moment. »Schwer war es erst, als sie auf einmal nicht mehr da war.«

Alex atmete langsam aus. Das alles war sehr spannend für ihn, keine Frage. Aber ihm ging das zu schnell, es kam so unerwartet.

Die Fenster klapperten im Wind und die Tür schlug auf. Kalte, feuchte Luft kam herein. Mit Nachdruck schloss Alex die Tür.

»Vielleicht sollten wir unser Picknick hier drinnen machen«, sagte er.

Sasha nickte. »Ich habe sowieso bloß Brote mit Erdnussmus und Äpfel. Und du?«

Alex hatte eine Tafel Schokolade.

»Ich werd dann mal losfahren«, sagte Dad. »Ich glaub nicht, dass die Vögel von alleine hierherfliegen.« Er nickte Sasha zu.

»Kommen Sie wieder, wenn die Sonne scheint«, sagte er. »Dann zeigen wir Ihnen das Gut und alles.«

»Cool«, lächelte Sasha.

Tim kitzelte Sammy-Joe unter dem Kinn und das Kind glotzte ihn empört an.

»War nett, dich kennenzulernen, Sammy-Joe.« Tim ging hinaus in den Regen.

»Dein Dad ist cool«, sagte Sasha.

»Du hast ihm auch gefallen«, sagte Alex, noch immer ganz verblüfft über das, was er gehört hatte. »Komm, lass uns was essen.«

Sasha wollte aufs Klo und bat Alex, derweil auf Sammy-Joe zu achten.

»Klar«, sagte Alex und spürte Panik in sich aufsteigen. Das Klo hatte er vorhin nicht gecheckt. Wahrscheinlich war es total eklig, aber daran konnte er jetzt nichts mehr ändern. Sasha war schon auf dem Korridor. Und Sammy-Joe krabbelte auf den Ofen zu.

»Heiß«, sagte Alex. Weil es so regnete, hatte er seit Wochen zum ersten Mal den Ofen angemacht. Sammy-Joe reagierte nicht. Alex sprang auf und schnappte sich das Kind just in dem Moment, als es seine knubbelige Hand auf das heiße Metall legen wollte.

»Du Spinner«, sagte Alex.

Es klopfte an der Tür. Alex blickte aus dem beschlagenen Fenster und hielt das Kind fest im Arm. Im Hof stand ein Militärwagen mit einem orangenen Farbfleck auf der Haube. Alex erschrak.

Das musste mit den Gewehren zu tun haben. Verdammt noch mal, warum hatte er sich von Levi überreden lassen, durch den Zaun zu kriechen?

Alex hörte, dass vor der Tür jemand hustete. Das musste Hauptfeldwebel Furzey aus der Kaserne sein. Furzey kam immer mal hier vorbei, wenn er was im Sperrgebiet zu tun gehabt hatte oder sich nach den Winterjagdzeiten für Fasane erkundigen oder einfach bloß mit Tim plaudern wollte. Das war schon ewig so.

Das Klopfen an der Tür wurde lauter.

Widerwillig machte Alex auf.

Furzey war ein großer Mann Anfang fünfzig. Sein braunes Haar wurde langsam grau und um die Augen hatte er tiefe Krähenfüße. Seine Uniform bestand aus einem grünen Pullover, Armeehosen und schwarzen Stiefeln. Von seinem Barett tropfte der Regen.

Er sah das Kind und verlor für einen Moment die Fassung.

»Doch nicht deins, oder?«, grummelte er.

»Nein«, sagte Alex. »Kommen Sie rein.«

Der Hauptfeldwebel setzte sich an den Tisch und ließ sich von Axel eine Tasse Tee einschenken.

»Dein Vater ist nicht zu Hause?«

»Nein«, sagte Alex und zog das Kind weg, das seine Hand nach dem Barett des Hauptfeldwebels ausstreckte.

Furzey räusperte sich. »Uns wurde gemeldet, dass Leute das Sperrgebiet betreten haben sollen«, sagte er und blickte Alex scharf an. »Habt ihr was gesehen? Du oder dein Dad?«

Alex spürte, wie sich seine Gesichtshaut spannte. Damit waren bestimmt Levi und er gemeint. Er durfte nichts sagen.

»Nein«, brachte er heraus.

»Es sieht so aus, als hätte sich jemand am Zaun zu schaffen gemacht.«

Alex schüttelte den Kopf. Aber er hatte den Eindruck, dass Furzey trotz seiner höflichen Fragen längst alles wusste.

»Es ist äußerst gefährlich, militärisches Sperrgebiet zu betreten«, sagte Furzey, beugte sich vor und faltete seine großen grauen Hände. »Manchmal wird dort unten scharf geschossen. Wir machen da sehr häufig Manöver mit Granatwerfern, Granaten, Lasergeräten. Selbst wenn wir zumeist mit Platzpatronen arbeiten – Zivilisten haben da überhaupt nichts zu suchen.«

»Ja, sicher«, sagte Alex. »Ist denn was beschädigt?« Gott, Furzey musste doch merken, dass er nur bluffte. Alex war ein ganz schlechter Lügner.

Furzey lehnte sich zurück. »Wahrscheinlich waren es nur Dachse«, sagte er etwas freundlicher. Er nahm einen Schluck Tee. »Vor ein paar Jahren haben Dachse ein Loch unter dem Zaun gegraben und einen riesigen Alarm ausgelöst. Wir mussten dann eine Betonröhre für sie bauen.«

Sasha kam zurück, nahm Alex das zappelnde Kind ab und schenkte dem Hauptfeldwebel ein flüchtiges Lächeln. Der schaute ihr zu, wie sie sich im alten Ohrensessel am Ofen niederließ.

»Alex, du treibst dich doch immer draußen rum. Ist dir wirklich nichts aufgefallen? Irgendwas, was anders war als sonst?« Alex spürte ein Ziehen in seinem Bauch. Das war schrecklich. Sollte er es lieber doch sagen? Furzey klang, als wüsste er, dass es Alex war.

Alex schüttelte den Kopf. Er traute seiner Stimme nicht. Er fühlte sich ertappt.

»Du weißt doch, dass unerlaubtes Betreten von militärischem Sperrgebiet, also dem Eigentum Seiner Majestät der Königin, strafbar ist?«, sagte Furzey freundlich.

Alex nickte und hielt den Mund fest geschlossen. Er blickte zu Sasha hinüber, die verstört wirkte. Das plötzliche Auftreten dieses großen, ernsten, uniformierten Soldaten schien ihr Angst zu machen. Alex durfte die Gewehre auf keinen Fall erwähnen. Er wollte Sasha nicht in die Sache reinziehen, vor allem, weil sie mit Sicherheit alles ganz genau wissen wollen würde.

Furzey klatschte plötzlich in die Hände, Alex und Sasha zuckten erschrocken zusammen.

»Sag mir Bescheid, wenn dir irgendwas einfällt«, sagte er zu Alex, zog einen Block aus der Tasche und notierte eine Telefonnummer. »Das ist meine Durchwahl. Um diese Angelegenheit kümmere ich mich höchstpersönlich.«

Alex nahm den Zettel, faltete ihn in der Mitte und hoffte, ihn nie brauchen zu müssen. Er fürchtete sich ein bisschen vor Furzey. Mit zwölf war er ihm das erste Mal begegnet, an einem Tag der offenen Tür in der Kaserne. Einmal im Jahr durfte die Kaserne von innen besichtigt werden. Die Beziehung zwischen dem Militär und der Bevölkerung sollte dadurch verbessert werden, hatte Tim seinem Sohn erklärt, in der Hoffnung, dass sich die Ortsansässigen dann weniger über Manöver und rote Flaggen aufregten.

Tim war auf dem Kasernenhof in ein Gespräch verwickelt worden, und so war Alex alleine losgezogen und hatte sich die Panzerfahrzeuge, die Militärfeuerwehr und den Rettungswagen angeschaut. Er hatte sich ein bisschen von der Menge entfernt und war zu einem riesigen scheunenartigen Gebäude mit offenen Flügeltüren gelangt. Alex schaute hinein.

In dem dämmrigen Raum stand ein riesiger Jeep mit

einer Stoffplane und Metallbügeln. Das Ding sah uralt aus. Die Räder waren groß und dünn, die Reifen fast ganz abgefahren. Alex drehte am Türgriff.

»Das hier ist NICHT für die ÖFFENTLICHKEIT zugänglich! Zuwiderhandlungen werden BESTRAFT«, donnerte eine Stimme. Alex machte sich fast in die Hosen, als er Hauptfeldwebel Furzey im Eingang stehen sah.

»Oh«, sagte der Hauptfeldwebel, als er bemerkte, dass Alex ein Kind war. Seine Stimme wurde sanfter. »Ich dachte, du wärst der Bursche aus der Stadt, der mich schon den ganzen Morgen verrückt macht.«

Alex sagte nichts, sondern lief davon.

Seinem Vater erzählte er das nicht, es war ihm zu peinlich. Aber er ging dem Hauptfeldwebel lange Zeit aus dem Weg. Es dauerte ein paar Jahre, bis er begriff, dass Furzey nicht so übel war, dass er ihn damals offenbar in einem schlechten Moment erwischt hatte. Allerdings sprach er heute zum ersten Mal wirklich mit ihm. Hauptfeldwebel Furzey hatte in der Stadt einen guten Ruf. Er war beliebt. Alle waren schockiert gewesen, als ihn seine Frau verlassen, alles aufgegeben hatte und alleine nach Plymouth gezogen war.

Und nun saß Alex bei sich zu Hause in der Küche und erinnerte sich an Furzeys Anschiss von damals. Draußen prasselte immer noch der Regen.

»Mir ist nichts aufgefallen«, sagte Alex und schluckte.

Furzey nickte und blickte zu Sasha hinüber. »Ich glaube, wir kennen uns noch nicht«, sagte er.

»Ich bin Kate Denison«, sagte sie höflich, bevor Alex antworten konnte.

»Ist das Ihr Fahrzeug? Der Fiat?«

»Wollen Sie mich verhören?«, fragte Sasha.

Der Hauptfeldwebel lachte. Ihm fehlte ein Backenzahn. »Tut mir leid.«

»Schön«, lächelte Sasha. »Tja, das ist mein Auto, ja.«

»Kacka«, sagte Sammy-Joe und zog an seinen Hosen.

»Darum muss ich mich wohl kümmern«, sagte Sasha. Sie nahm das Kind hoch und ging ins Nebenzimmer.

Die Männer schauten ihr nach. »Kennst du sie schon lange?«, fragte der Hauptfeldwebel.

»Ewig«, sagte Alex entschieden.

Als der Hauptfeldwebel gegangen war, entschuldigte sich Alex bei Sasha für dessen Auftritt.

»Ich habe eine Geburt hinter mir«, sagte Sasha. »Ich habe vor nichts mehr Angst.«

»Aber warum hast du behauptet, du heißt Kate Denison?« Das musste Alex wissen.

Sasha seufzte. »War das schlimm? Ich sage Männern, die ich nicht kenne, meinen Namen grundsätzlich nicht, selbst wenn sie Uniform tragen und ganz wichtig sind. Außerdem heiße ich tatsächlich Kate Denison. Jedenfalls könnte ich so heißen. Es ist sozusagen mein Klon-Name. Kate ist mein zweiter Vorname und Denison der Mädchenname meiner Mutter. Also bin ich Kate Denison. Und zwar immer dann, wenn ich ein bisschen Halt brauche. Sie ist so was wie mein Super-Ich. Sie ist der Teil von mir, der sich nicht jeden Scheiß gefallen lässt und vor nichts Angst hat. Im letzten Jahr habe ich sie ganz schön gut brauchen können, was, Sammy?« Sie kniff dem Kleinen in seine runde rosa Wange. »Wenn's doofe Bemerkungen wegen Sammy hagelt, hole ich die starke Kate.« Sie blickte zu Alex hoch. »Wahrscheinlich denkst du jetzt, ich bin völlig bekloppt, oder?«

»Nein«, sagte Alex. Jetzt bekam er endlich eine ungefähre Vorstellung von den Schwierigkeiten, mit denen Sasha zu kämpfen hatte, seit sie Mutter war. Sonst gab sie sich meistens sehr selbstbewusst.

»Und dein Klon-Name?«, fragte Sasha.

»Edward Sands«, sagte Alex. Er lächelte. Er machte noch einmal Tee und beide schauten Sammy-Joe zu, der auf dem Boden herumkrabbelte, Zeitungsstapel auseinandernahm und Stiefel umkippte. Sasha war jedoch stiller geworden und nach dem Essen hatte sie es auf einmal eilig.

»Es war nett, dein Zuhause kennenzulernen«, sagte sie. »Ihr habt's wirklich schön hier. Aber ich muss jetzt Sammy nach Hause bringen, er muss schlafen.« Kurz darauf gingen die beiden.

Alex blickte auf die Reifenspuren ihres Wagens im Hof. Sasha war weg, aber der Geruch ihres Parfüms hing noch in der Küche und das von Sammy angerichtete Chaos war unübersehbar. Auf dem Boden lagen zerquetschte Rosinen und ein zerkautes Papiertaschentuch, im Ausguss standen schmutzige Teller. Alex ließ sich Zeit beim Aufräumen, denn er beseitigte nur ungern die Spuren von Sashas Anwesenheit. Und gleichzeitig dachte er über den Auftritt von Hauptfeldwebel Furzey nach.

Wenn nicht er und Levi die Eindringlinge waren, von denen Furzey gesprochen hatte, wer war es dann?

UNTER LEVIS BETT

Ich bin bei Levi im Garten. Überall stehen Töpfe mit Blumen, über den Zaun kriechen Weinranken. In der Mitte erhebt sich die Statue eines griechischen Helden, der splitternackt auf einem Sockel steht. Wir haben uns die Hosenbeine hochgekrempelt, hängen in gestreiften Liegestühlen ab und trinken Limo mit Eis. Der Regen hat aufgehört, es ist wieder affenheiß. Unser Geschichtskurs ist ausgefallen und Levi hat mich schrägen Vogel zu sich nach Hause eingeladen, bis wir zur Geografiestunde müssen.

Ich habe viel zu schnell JA gesagt, denn er lächelte nur ein bisschen. Trotzdem, ich bin jetzt hier und es ist nichts schiefgegangen.

»Was mache ich, dass sie sich in mich verliebt?«, seufzt Levi.

Natürlich, er redet von Sasha.

»Sie hat alles: Intelligenz, gutes Aussehen, Humor ...«

»Ein Kind ...«, sage ich.

»Ist das ein Problem?«, fragt Levi und setzt sich auf.

Ich schlürfe den letzten Rest meiner Limo. »Für mich wär's das. Wer braucht denn so eine Verantwortung? Mädchen gibt's doch zu Tausenden.«

»Alex scheint das nicht so zu sehen«, sagt Levi düster. Er packt meinen Arm und ich blicke seine Hand an. Körperlicher Kontakt ist nicht so mein Ding.

»Glaubst du, ich bin aus dem Rennen? Sollte ich mich mit einer höflichen Verbeugung verabschieden oder lieber dranbleiben?«

Ich kann wirklich nicht verstehen, was an Sasha so anziehend sein soll. Sie hat eine große Klappe und heute Morgen waren ihre Haare fettig.

»Alex sagt mir nicht, was zwischen ihm und Sasha läuft«, stöhnt Levi. »Er zuckt bloß mit den Schultern und sagt: ›Keinen Schimmer‹. Der spielt mit verdeckten Karten.«

»Der Wildhüter.« Ich lehne mich zurück, sodass Levis Hand von mir abfällt. »Alex ist wie so ein finsterer Charakter aus einem Comic. Der Name passt gut.«

Levi runzelt die Stirn, geht nicht drauf ein.

»Ich sage nur ›Mellors‹«, murmle ich. »Runter mit den Knickerbockern und ab in die Büsche für eine schnelle Nummer.«

»Was soll denn das?«, fragt Levi.

»Hast du nicht *Lady Chatterleys Liebhaber* gelesen?«

Vor etwa einem Jahr oder so ist ein Exemplar des Buchs bei uns in der Klasse rumgegangen, alle schweinischen Stellen waren mit grünem Filzstift unterstrichen. Als unser Lehrer, Mr Browne, das mitbekam, hat er nicht etwa das Buch konfisziert, sondern er war geradezu hingerissen. Er sagte, es freue ihn ungemein, dass sechzehnjährige Schüler, die in der digitalen Welt des einundzwanzigsten Jahrhunderts zu Hause seien, sich tatsächlich von einer zarten, über sechzig Jahre alten Erotik erregen ließen. Das bestärke seinen Glauben, sagte er, an die ewige Unschuld der Jugend.

Dann musste die ganze Klasse das Buch lesen und am Montag darauf einen Aufsatz darüber abliefern.

»Ich glaube, der Wildhüter hat sein Fernglas auf deine Frau gerichtet«, sage ich verschmitzt. »Und baut jetzt gerade eine Falle für sie …«

»Spitznamen sind blöd«, sagt Levi. »Die können manchmal ganz schön gemein sein.«

»Stimmt.« Erstaunlich. Auf der Risings hatte jeder einen Spitznamen. Meiner war »Kröte«, warum auch immer. Kurz bevor ich rausgeflogen bin, verpassten sie mir einen neuen Spitznamen. Der war noch fieser und würde sich in meinem Lebenslauf nicht gerade gut machen. Den behalte ich lieber für mich. Levi kann manchmal geradezu aufreizend treu und edel sein. Spielverderber. Außerdem ist er heute anders als sonst. Er ist empfindlich und bissig wie eine Krabbe an Land.

»Was würdest du tun, wenn du einen Haufen Knete hättest?«, fragt Levi plötzlich. »Ich meine richtig viel, sagen wir zehntausend Pfund?«

Ha! Er hat mir meine miesen kleinen Witzchen verziehen. Ich denke oft an Geld. Alle machen das. Ich habe sogar einen kleinen Rap darüber gemacht.

Wie krieg ich bloß Geld / krieg ich bloß Geld?
Her mit dem Zaster / her auf mein Pflaster
will schwelgen im Moos / mit Marie auf dem Schoß
will Asche in der Tasche / und Moneten zum Kneten
doch die Flöhe sind nicht auf der Höhe, Mann
echt, diese Armut ist doch öde, Mann

Ich blicke Levi skeptisch an. Soll ich ihm den verraten? Die folgenden Zeilen hauen voll rein, und sollte Levi meine Raps mögen, könnte er vielleicht mein neuer Partner beim Reimen werden.

»Ich würde meiner Mutter einen Campingwagen kaufen«, sagt Levi. »Sie hat sich schon immer so einen Bus mit hochklappbarem Dach und Klo gewünscht. Dann würde ich einen Crashkurs bei einer Fahrschule machen (das Wortspiel war nicht etwa beabsichtigt!) und mir einen silbernen Porsche Cabrio kaufen. Und damit Sasha abholen.«

»Im Porsche ist kein Platz für einen Kindersitz«, sage ich.

Ups, das gefällt ihm gar nicht. »Das muss dir natürlich einfallen.«

»Ich sag ja nur«, antworte ich.

In der Küche klappert es. Sollte mich das erschrecken?

»Das ist bestimmt die wichtigste Frau in meinem Leben«, sagt Levi.

O je, kommt Sasha vorbei?

»Hi, Mum«, sagt Levi und rollt sich aus seinem Liegestuhl. Eine kleine, mollige Mammi-Frau kommt in den Garten.

»Hallo«, strahlt sie.

Levis Mutter ist weiß. Das überrascht mich ein bisschen, denn Levi ist farbig. Ich hätte erwartet, dass sie ähnlich dunkel ist wie er. Ihre Haare sind ziemlich schlampig kurz geschnitten, sie hat lächelnde, müde Augen, riesige Titten und sie trägt die Arbeitskleidung von unserem Supermarkt. O je, sie kommt mir irgendwie bekannt vor. Hoffentlich war ich nicht irgendwann mal grob zu ihr. Supermärkte sind nicht so mein Ding. Die helle Beleuchtung dort bringt mich auf einen anderen Level.

Levi stellt uns vor. Seine Mutter heißt Sarah. Sie küsst Levi liebevoll auf die Wange, hinterlässt einen mütterlichen Spuckefleck und wirft ihm ein Kirschtörtchen zu. Dann wendet sie sich an mich.

»Hast du unseren Adonis bewundert?«, fragt sie und deutet auf die nackte Statue. »Das einzige Überbleibsel von meinem Studium der Altphilologie in Manchester.« Sie macht eine Pause. »Na ja, und Levi natürlich.« Oh! Ein Scherzkeks.

Dann ist wieder ihr Sohn dran und sie quatscht ihn voll, fragt ihn über seinen Tag aus und warum er zu Hause ist, erzählt ihm, was es zum Abendessen gibt, sagt genau das, was meine Mutter auch sagen würde. Und mich damit wahnsinnig macht.

Sie will immer wissen / was ich mache
will die Macht behalten / doch ich lache
mein Tag gehört mir / lass mich endlich gehen
kapp die Nabelschnur, Hexe / und Auf Wiedersehen ...

Levi jedoch plappert einfach los, wie Levi eben plappert, erzählt seiner Mutter von der ausgefallenen Geschichtsstunde, von seinem Mittagessen, von dem obdachlosen Mann, der mit einer Taube in die Schulcafeteria spaziert ist, und von meiner Wenigkeit. Dann fragt er, wie's bei ihr im Supermarkt war.

»Hat Jim dir Stress gemacht?«

Seine Mutter seufzt: »Damit werd ich schon fertig.«

»Ich weiß nicht, warum du dir das gefallen lässt«, sagt Levi, ernsthaft verärgert. »Du solltest den Job schmeißen, du bist viel zu gut dafür.«

»Bald, bald«, beruhigt ihn seine Mutter. »Möchtet ihr noch was zu trinken?«

»Machen dich die ganzen Fragen nicht verrückt?«, frage ich, als wir uns in Levis Jungszimmer zurückgezogen haben.

»Warum denn?« Er ist echt erstaunt. »Die liebt mich, Mann.«

Levis Zimmer ist himmelblau gestrichen. O Mann, seine Mutter muss ihn echt lieb haben! An der Decke sind Leuchtsterne angebracht und an der Wand hängt eine Raketenuhr. Mehr Kinderkram gibt's aber nicht. Über dem Bett hängen drei Poster, und auf jedem ist eine knackige Frau zu sehen, die nur ein knappes Höschen trägt. Die sechs fleischigen Brüste lassen mich nicht los. Das ist eindeutig eine sinnliche Überfrachtung, meine Augen wirbeln herum wie Schmeißfliegen und wissen nicht, wo sie landen sollen.

»Hat deine Mutter nichts dagegen?« Ich zeige auf die vollbusigen Sirenen, falls er nicht weiß, wovon ich rede. Wenn ich Pornos an der Wand hätte, würde meine Mutter einen *Schock* erleiden, schon allein wegen des Klebebands, das die Tapete ruiniert.

»Mum denkt, das ist nur so eine Phase, die ich durchmache«, sagt Levi. »Sie nennt sie ›meine Ehefrauen‹.« Er holt Luft. »Max, dein Bruder ist bei der Armee, stimmt's?«

Ich nicke gelangweilt.

Levi kratzt sich am Kopf. Er möchte irgendeine kritische Bemerkung machen, traut sich aber nicht.

»Was?«, sage ich. Dann kommt mir ein blöder Gedanke. Vielleicht fragt er das ja, weil er BESCHEID weiß? »Was?«

»Schon gut«, sagt Levi. Er blickt mich an. »Max, du bist

nicht von der Schule geflogen, weil du Essen geklaut hast, stimmt's?«

Autsch, ein Tiefschlag. Wo kam der denn her? Ich merke, dass ich nervös werde.

»Komm schon«, sagt Levi. »Ich bin ein großer Junge. Ich kann es ertragen.«

Jetzt geht's mir besser. Levi weiß NICHT Bescheid. Er ist nur CLEVER. Ich schaue zu seinen ›Ehefrauen‹ rüber. Und vielleicht, ganz vielleicht, könnte es sein, dass er gar nicht ausflippen würde, wenn er erführe, was ich getan habe. Schließlich ist nicht jeder ein stocksteifer Cosgrove. Oder ein schulgeldzahlender Vater, der seinen Liebling für Oxbridge trimmen lässt.

»Hast du Essen geklaut?«, insistiert Levi.

»NÖ«, sage ich laut. So, jetzt bin ich von dieser Futterlüge befreit. Ich verschränke meine Arme, lehne mich an die Wand und sinke in Levis weichen Teppich. Die Raumfahrtuhr lässt laut tickend die Sekunden verstreichen.

Levi nickt. »Danke, Max. Ich schätze deine Ehrlichkeit.« Er klingt wie ein Sozialarbeiter im Stuhlkreis und ich spüre eine klitzekleine Verärgerung aufsteigen. Er blickt mich von der Seite an. »Wirst du mir eines Tages die ganze Wahrheit sagen?«

»Wahrscheinlich nicht«, erwidere ich.

»Gut. Ich muss mit jemandem reden, der schweigen kann. Du kannst das offensichtlich. Kannst du ein Geheimnis bewahren?« Mann, der guckt mich vielleicht kritisch an.

»Meistens«, sage ich. Was ist hier los? Werde ich gerade in den inneren Zirkel der Hammerton-FOS aufgenommen?

»Guck dir das an.« Levi kniet neben seinem Bett, langt

darunter und zieht ein längliches Ding heraus, das in eine Decke eingewickelt ist. Er legt es auf das Bett und schlägt die Decke zur Seite. Ich spüre, wie mir die Spucke im Mund zusammenläuft, als würde ich eine Zitrone essen.

Da liegt ein Gewehr.

O Mann! Ich kriege eine Gänsehaut. Das ist wirklich ein Ding. Ich blicke die Waffe an und fühle mich zu ihr hingezogen wie ein Vampir zu einer Jungfrau.

»Gehört das dir?«

Levi antwortet nicht.

Das Gewehr ist schwarz von Fett. Ich fahre mit meinem Finger über den Lauf. Ein wunderbares Gefühl. »Funktioniert das?«, frage ich leise. So etwa muss sich Gollum mit dem Ring gefühlt haben.

»Wir glauben, ja«, sagt Levi. Er guckt mich scharf an. »Es gibt noch mehr, Max, noch ganz viele.«

Und dann erzählt er mir eine Geschichte von ihm und Alex und dem Moor und einem alten Schuppen und Massen solcher Gewehre. Ich bin so aufgeregt, dass ich Mühe habe, die Einzelheiten mitzubekommen. Das ist *genial.* Das ist der schiere Wahnsinn. Levi sagt, er sei letzte Nacht mit dem Fahrrad ins Moor gefahren, sei dann zu Fuß bis zu der Stelle gegangen und habe eine der Waffen als Souvenir mitgenommen. Er sagt, Alex will mit der ganzen Sache nichts mehr zu tun haben, ist aber eigentlich der Meinung, sie sollten die Polizei einschalten.

»Und was denkst du?«, frage ich geschmeidig.

»Wir haben im Internet geguckt«, antwortet Levi. »Alex meint, jedes ist zwischen 500 und 2000 Pfund wert, je nach Zustand. Und da unten lagern mindestens hundert Gewehre.«

Levi seufzt. »Ich hätte so gerne, dass meine Mutter mit diesem Scheißjob aufhören kann. Der Geschäftsführer, der … na ja, egal. Das Geld wäre gut.«

»Das Geld wäre genial«, sage ich. »Aber mal abgesehen davon, ist das doch richtig cool.« Ich kneife die Augen zusammen. »Ich will eins haben.«

Natürlich würde ich nicht damit *schießen*. Aber ich würde mich gleich viel besser fühlen, wenn ich wüsste, ich hätte ein Gewehr. Einfach so.

Levi runzelt die Stirn, der Gute. »Das sind keine Spielzeuge. Ich habe nur gedacht, vielleicht hat dein Bruder irgendwelche Kontakte, weil er doch bei der Armee ist. Dass er jemanden kennt, der sie kaufen würde.«

»Also willst du Waffenhändler werden?«

Levi fällt der Unterkiefer runter. »Nein, wahrscheinlich nicht. Das klingt überhaupt nicht gut.«

»Also, was machen wir mit den Dingern?«

Levi seufzt und wickelt zu meiner Enttäuschung das Gewehr wieder ein.

»Alex hat Schiss. Er sagt, wir sollten gar nichts machen. Wahrscheinlich hat er recht.« Er blickt mich an. Vor lauter Anspannung zuckt sein Mundwinkel wie eine sterbende Maus.

»Ehrlich gesagt, Max, ich hab jetzt ein bisschen Angst. Gestern Nacht habe ich an einer anderen Stelle gebuddelt und habe das hier gefunden, auch in Öltücher und Stoff gewickelt.« Levi holt einen silbernen Metallkasten unter dem Bett hervor, ungefähr so groß wie zwei Schuhkartons. Er öffnet die Verschlüsse und schlägt den Deckel auf. Innen ist ein Polster aus dickem schwarzem Schaumstoff.

»O Mann!«, sage ich noch einmal.

Unter dem Schaumstoff verbirgt sich ein aufregendes elektronisches Gerät: Eine einfache flache schwarze Box mit Andockpunkten, ein silberner Zylinder mit einer optischen Scheibe am Ende, eine Art nummerierte Kontrollbox und jede Menge Draht.

Levi holt Luft. »Ich hab im Internet geguckt. Ich glaube, das gehört zu einem Laserleitsystem.«

»Mein Gott!«, sage ich. Ich bin wie betrunken, total flatterig.

»Da sind noch mehr solche Sachen«, sagt Levi. »Viel mehr.« Er senkt die Stimme. »Ich glaube, das ist alles erst vor Kurzem vergraben worden. Der Boden ist noch ganz aufgewühlt und es kann einfach noch nicht sehr lange dort sein. Gestern Nacht habe ich so einen Schiss gekriegt, dass ich mir nur das hier gegriffen habe und abgehauen bin.«

Ich sage nichts, aber meine Augen tasten die Gerätschaften ab.

»Weißt du was, vergiss es einfach. Vergiss, dass ich dir das erzählt habe. Ich hätte es nicht tun sollen, aber es hat mir einfach keine Ruhe gelassen. Ich konnte heute Nacht nicht schlafen. Ich bin nicht wie du. Ich kann meinen Mund einfach nicht halten.« Jetzt sehe ich, dass Levi dunkle Ringe unter den Augen hat, und um seinen Mund sind lauter kleine Pickel.

Ich habe das Gefühl, in mir sind eine Trillion kleine Lichter angegangen.

»Ich will das sehen«, sage ich.

TONY DELANEY

In der Nacht war ein Raubtier ins Gehege gedrungen. Fast vierzig der jungen Vögel waren tot. Einige hatten keine sichtbaren Verletzungen, einige hatten blutige Bisswunden auf dem Rücken, anderen war der Kopf abgerissen worden. Es sah aus wie das Werk eines Fuchses. Tim hatte schon länger keinen geschossen und Alex hatte im Frühjahr auf den unteren Feldern Fuchsjunge spielen sehen. Er wünschte, die Füchse würden so etwas nicht tun. Wenn sie sich reinschlichen und nur ein oder zwei Vögel nahmen oder überhaupt nur Karnickel fraßen, dann wären Alex und sein Vater nicht gezwungen, Füchse zu jagen. Aber Füchse konnten wie Katzen sein, manchmal töteten sie aus purer Lust.

Tim kletterte ins Gehege und gab Alex einen Sack. Während sie die steifen, kalten Tiere einsammelten, suchten sie nach Zeichen eines Einbruchs, fanden aber nichts. Vielleicht hatte es einen Stromausfall gegeben und der elektrische Zaun war nicht geladen gewesen.

Merkwürdig, dass Alex nichts gehört hatte. Er hatte eigentlich einen leichten Schlaf. Noch bevor sie fertig waren, kam ein gepflegter schwarzer Landrover Defender mit langem Radstand auf den Hof gefahren.

»Super Zeitpunkt«, murmelte Tim.

»Probleme?« Ein großer grauhaariger Mann in Jeans und einer Lederjacke mit Schaffellkragen schob sich aus dem Fahrzeug.

»Hallo, Tony«, sagte Tim. Er legte den vollen Sack ab und griff nach einem leeren.

»Gott im Himmel!«, fluchte der Mann, als er die Folgen des Gemetzels sah. Er trat ins Gehege und hob einen toten Vogel auf. »Wie zum Teufel ist denn das passiert?«

Alex biss sich auf die Lippen. Es war wirklich der denkbar schlechteste Moment für einen Besuch des Gutsbesitzers Tony Delaney. Normalerweise war er um diese Jahreszeit in London, er arbeitete dort beim Sportfernsehen. Im Sommer wurde das Gutshaus für Hochzeiten und Konferenzen vermietet. Delaney zog erst im Winter hierher und beherbergte dann seine Jagdgesellschaften.

»Alex und ich haben gerade darüber nachgedacht«, sagte Tim. »Sieht aus, als wär's ein Fuchs gewesen.«

Tony riss die Hände hoch. »Was wird aus meiner Jagd? Ist schon alles ausgebucht. Ohne Vögel kann ich doch keine Jagd veranstalten.«

»Es wird jede Menge Vögel geben«, sagte Tim ruhig. »Es wird immer genug geben. So was ist früher auch schon passiert.«

»Das muss aufhören!«, fauchte Tony. »Wozu bezahl ich Sie denn?«

Es folgte ein unangenehmes Schweigen. Wenn Tim nicht die Vögel aufzöge, die Jagden organisierte, nicht das nötige Unterholz anpflanzte, nicht die Treiber zusammenholte, nicht die Ausrüstung in Schuss hielte und nicht für die Mahlzeiten sorgte, hätten Tonys Veranstaltungen nicht den Ruf, die besten Treibjagden in West County zu sein, das wussten alle. Tony besaß das Gut schon seit Jahren, war aber darauf angewiesen, dass Jason sich um die Landwirtschaft kümmerte und Tim sich um die Jagd. Dabei lag der Lohn, den er beiden zahlte, weit unter den Mindestsätzen.

Tony atmete aus. Das Gute an ihm war, dass er nie lange wütend blieb.

»Tut mir leid«, sagte er. »Das war echt ein Schock. Ich komm hier raus und sehe, dass alle meine Vögel tot sind.«

»Es gibt noch viele Tausend, die lebendig sind«, mischte sich Alex ein.

»Uns gefällt das auch nicht«, sagte Tim und warf Alex einen Blick zu, der deutlich sagte: Halt die Klappe. »Wir gehen heute Nacht mit der Lampe auf die Jagd.«

Tony nickte.

Tim blickte Alex an. »Müsstest du nicht in der Schule sein?«

»Ja«, seufzte Alex.

»Na, dann bis später.«

Missmutig ging Alex zum Haus, um sich Blut und Dreck von den Händen zu waschen. Er hörte, wie Tim die Polizeiwache anrief. Wenn er nachts jagen wollte, musste er das den örtlichen Behörden mitteilen, sodass sich niemand aufregte, wenn Schüsse fielen. Täte sowieso niemand, dachte Alex. In diesen Tagen wurde andauernd geballert. Heute flatterte die rote Fahne über dem Taw-Sumpf. Da war keine Ruhe zu erwarten.

Alex holte sein Rad aus dem Schuppen und fuhr an den Fasanengehegen vorbei. Delaney stolzierte dort immer noch herum und telefonierte. Er würde bald wieder weg sein, er blieb nie lange. Alex brauchte fünfunddreißig Minuten für die fünf Meilen nach Hammerton. Er wusste und fürchtete, dass Levi ihn, sobald sie sich in der Schule trafen, wegen der Gewehre ansprechen würde. Alex meinte inzwischen, sie sollten der Polizei einen anonymen Hinweis geben. So brächte sie niemand mit den Gewehren in Verbindung. Und ihnen drohte keine Gefahr.

Es war zehn nach zehn und Alex konnte nicht mehr stillsitzen. Er streckte die Beine aus, dann zog er sie wieder an. Er stellte sich vor, er wäre mit unsichtbarem Kleber an den Stuhl geklebt. Sturmhydrografen und Abflusssysteme von Flüssen interessierten ihn nicht im Geringsten.

Levi versuchte Sasha zum Lachen zu bringen. Er hatte sich ein Gesicht auf die Fingerknöchel gemalt und ließ seine Finger über den Tisch tanzen. Und Max hatte sich mit seinem blöden Hut auf dem Kopf nach ganz hinten verzogen, guckte finster und furzte vor sich hin. Der Lehrer laberte und laberte.

Alex wollte nach dem Unterricht schnell weg, aber kaum war die Stunde zu Ende, spürte er eine Hand auf der Schulter. Levi blickte ihn an, als hätte er was angestellt.

»Wir müssen reden«, sagte er. »Es gibt was Neues.«

Alex wusste sofort, worum es ging. Sie liefen durch den heißen Flur und klapperten die Betonstufen zur Wiese runter.

Max tänzelte neben ihnen her und grinste bedeutungsvoll.

»Du hast es ihm doch nicht etwa gesagt?«, fragte Alex.

Levi guckte schuldbewusst. »Ich habe ihm alles erzählt.« Er vergewisserte sich, dass ihm niemand sonst zuhörte, und flüsterte: »Du bist mir dauernd ausgewichen. Ich musste mit jemandem reden.«

Alex konnte nicht glauben, dass Levi ausgerechnet Max eingeweiht hatte.

»Hör mal, das kann doch richtig cool werden«, mischte sich Max ein. »Ich wette, dass wir die Gewehre irgendwie verkaufen können.«

»Was? Du bist siebzehn Jahre alt, Max. Wirst noch von deiner Mama gefüttert. Du bist kein internationaler Waffenhändler.«

»Was nicht ist, kann ja noch werden«, sagte Max. »Wir müssen einfach die Waffen woanders hinbringen.«

»Wie bitte?« Alex spürte blanke Panik in sich aufsteigen. »Dich geht das gar nichts an.« Er wollte Max nicht dabeihaben.

»Wenn wir alle Gewehre in ein neues Versteck bringen, können wir in Ruhe überlegen, was wir tun«, sagte Max. »Auch wenn das Jahre dauert. Eines Tages, da fällt uns was ein und dann haben wir alle einen Haufen Geld.«

»Aber es handelt sich um Gewehre«, protestierte Alex. »Die sind dazu da, Leute zu Krüppeln zu machen oder zu töten. Das sind keine Spielsachen, die du bei eBay verkloppen kannst. Wem willst du die denn verkaufen?«

»Das spielt doch jetzt keine Rolle«, sagte Max.

»Tut es wohl«, sagte Alex.

»Wichtig ist, dass wir sie verstecken«, fuhr Max fort. »Jetzt weiß jemand, wo sie sind, also haben wir sie nicht sicher.«

»Aber sie gehören dir nicht«, zischte Alex. »Oder hast du das vergessen?« Er blickte zu Sasha hinüber, die auf einer Mauer saß und die drei beobachtete. »Sag bloß, du hast sie auch eingeweiht?«

»Sie weiß nichts, ich schwöre«, sagte Levi ernsthaft.

»Ich will damit nichts zu tun haben«, sagte Alex. »Ist dir nicht klar, dass diese Gewehre vielleicht irgendeinem durchgeknallten Typen gehören? Oder einem Terroristen? Oder der Armee selbst? Leuten, die töten! Das ist doch der Grund, warum wir nichts gesagt haben. Wir sollten uns einfach raushalten und so tun, als hätten wir die Gewehre nie gesehen. Und du, du hast damit überhaupt nichts zu tun, klar?« Er blickte Max an.

»Ich bin längst dabei«, sagte Max. »So eine gute Gelegenheit muss man nutzen. Levi sagt, die Gewehre sind einen Haufen Geld wert. Davon gibt's Hunderte da unten. Und das Lasersystem ...«

»Max.« Levi schüttelte den Kopf. »Bitte.«

Alex erstarrte, zutiefst erschüttert.

»Lasersystem, Levi?« Er blickte seinen Freund mit großen Augen an.

»Da ist noch mehr Zeug vergraben, Alex«, sagte Levi. »Viel mehr. Ich war noch mal da. Ich habe ...« Er schluckte. »Ich habe wirklich merkwürdige Sachen gefunden.«

Alex presste beide Hände an den Kopf. Das Ganze entwickelte sich zu einem Albtraum.

»Tut mir leid«, sagte Levi kläglich.

Alex wusste nicht, was er denken sollte. Er bekam weiche Knie und setzte sich ins Gras.

»Geh ja nicht wieder da hin«, sagte er.

»Wieso erteilst du auf einmal hier die Befehle?«, wollte Max wissen.

Alex ballte die Fäuste. Max war echt ein Problem. Seine Augen waren groß vor Aufregung. Ihm machte die ganze Geschichte offenbar richtig Spaß.

Levi war das alles sehr unangenehm. »Tut mir echt leid, Kumpel, dass ich das hinter deinem Rücken gemacht habe. Hätte ich nicht tun sollen.«

Sasha hatte bemerkt, dass sie lauter geworden waren. Alex sah, dass sie zu ihnen rüberkommen wollte.

»Kommt, gehen wir woandershin«, sagte Alex. »Los.«

Levi und Max blickten einander an und folgten dann Alex. Direkt neben der Schule war ein großer Friedhof mit Büschen und Bäumen ringsum. Noch bevor Sasha sie einholen konnte, hatte Alex die beiden anderen schon vom Schulgelände durch das Friedhofstor zu einer alten Grabstätte mit breiten flachen Stufen geführt. Oben auf dem Grabmal stand ein Steinengel mit abgebrochenen Flügeln.

»Ich habe im Internet geguckt«, sagte Alex. »Ratet mal, welche Waffen die argentinische Armee im Falklandkrieg eingesetzt hat?«

»Unsere Gewehre?«, sagte Levi. »Das leuchtet ein. Aber warum sind die hier und nicht in einem Waffenmuseum in Buenos Aires?«

»Nach dem Falklandkrieg wurden die argentinischen Soldaten entwaffnet«, erklärte Alex. »Offiziell heißt es, alle Waffen wären ins Meer geworfen oder auf andere Weise unbrauchbar gemacht worden.«

»Und einige sind bis zu uns geschwommen«, sagte Levi. »Boah.«

Alex kratzte sich den Kopf. »Also sind diese Gewehre entweder mit der britischen Armee oder auf anderem Weg hierhergekommen. In jedem Fall hat sie jemand auf Militärgelände an einer abgelegenen Stelle versteckt. Was sagt euch das?«

»Soldaten haben sie versteckt?«, fragte Levi. »Sie dann aber nicht abgeholt?«

»Ein Soldat oder dreißig, wer weiß.« Alex wollte das eigentlich nicht laut sagen, weil es einfach zu entsetzlich war. Aber die anderen mussten verstehen, um was für ein Riesending es sich hier handelte. »Die Leute könnten zu einer Gruppe gehören, die der Armee schaden will, und haben daher die Waffen hier in der Nähe vergraben, um dann einen Angriff starten zu können – vielleicht auf den Stützpunkt hier. Oder eine Zelle von Terroristen hat die Waffen versteckt. Wir wissen es einfach nicht, verdammt noch mal«, schäumte er. »Aber was auch immer dahintersteckt, UNS GEHT DAS NICHTS AN.«

Er schlug mit der Faust gegen die Mauer. Levi blickte ihn erschrocken an. »Ich glaube, ihr seid einfach total irre«, sagte Alex.

»Es ist zu spät«, sagte Levi ruhig.

»Was?« Das Sirren in Alex' Ohren wurde stärker. Das war schiere Panik. »Was habt ihr getan?«

Levi wich seinem Blick aus. »Ich habe schon was rausgeholt.«

»Was?«

»Ich bin letzte Nacht noch mal da gewesen. Mann, du warst doch wie gelähmt! Mit dir ging das nicht. Ich wollte bloß noch mal gucken.«

Alex brach der Schweiß aus. Er lehnte sich an die Wand. Das Gefühl war wieder da, das er in dem verfallenen Schuppen gehabt hatte: dunkle, unheilvolle Angst. Das Gefühl, dass etwas furchtbar Böses dahintersteckte.

»Wo hast du das Zeug? Doch nicht bei dir zu Hause, oder?« Er blickte die beiden Jungen vor sich an. »Du hast es doch nicht mit nach Hause genommen, oder? Wie viele hast du geholt?«

»Nur ein Gewehr«, sagte Levi. »Und die Kiste mit der Laserausrüstung. Die war schwer.« Das schien ihn erstaunt zu haben. »Ich hab die Sachen doch nur vorübergehend woanders untergebracht.«

»Wo?«, fragte Alex lahm.

Levi zeigte auf das graue Schulgebäude, das durch die Bäume schimmerte.

»Die Kiste mit dem Laserzeugs ist noch unter meinem Bett.« Er hielt inne. »Aber das Gewehr ist in meinem Spind.«

ZURÜCK INS SPERRGEBIET

Tim blieb an der Tür stehen, die Reisetasche in der Hand. Sein frisch gewaschenes Haar war noch feucht. »Bist du sicher, dass du das alleine schaffst?«

»Ja«, sagte Alex und kippte den letzten Schluck seiner dritten Tasse Kaffee runter.

»In den letzten Tagen warst du irgendwie merkwürdig. Was ist los mit dir?«

»Nichts. Fahr los.«

»Du fütterst die Vögel zweimal am Tag und gibst ihnen Wasser? Schließt das Büro ab?«

»Ja, ja.«

Trotzdem zögerte Tim noch immer. »Letzte Nacht haben wir zwei Füchse erwischt, aber das heißt nicht, dass keine mehr da sind. Du überprüfst vor dem Schlafengehen noch mal, ob auf den Zäunen Strom ist?«

»Mach dich nicht verrückt. Ich krieg das hin.«

»Und du hast alles für die Rattenbekämpfung? Hast den Schlüssel fürs Tor? Besonders gesichert ist das Gelände dort ja sowieso nicht.«

»Ja, Dad. Nun geh schon. Amy mag es nicht, wenn du sie warten lässt.«

»Sparky ist ein guter Hund. Der fasst bestimmt jede Menge Ratten.«

»Ich weiß, Dad, ich hab das schon hundertmal gemacht.«

»Klar. Aber nicht ausräuchern, hörst du? Dazu muss man zu zweit sein.«

»Okay, kein Rauch.«

»Vielleicht sollte ich doch lieber bleiben. Und das mit den Ratten mit dir zusammen machen.«

»Dad, Amy wird nicht gerade erfreut sein, wenn du sie wegen ein paar Ratten versetzt.«

Tim rieb sich über den Nacken und blies die Backen auf. »Ich war noch nie in Birmingham. Sie hat uns Karten für dieses Scheiß-Konzert besorgt und ...«

»Es wird dir gefallen«, sagte Alex.

»Komm doch mit!«, sagte Tim und guckte gleich viel fröhlicher. »Ich sag Jason, er soll sich ums Füttern kümmern. Morgens macht der das ja sowieso. Und das mit den Ratten können wir später erledigen.«

»Dad, ich komm klar«, sagte Alex. »Ich möchte nicht mit. Sei nicht böse, aber so was ist echt nicht mein Ding.« Er konnte sich kaum was Schlimmeres vorstellen, als vier Stunden lang in einem knallvollen Zug in eine riesige Stadt zu fahren, um sich dort unter Tausende von Menschen zu mischen.

»Also gut.« Tim guckte seinen Sohn prüfend an. Überlegte einen Moment. »Wie geht's Sasha?«

Alex sagte: »Prima. Dad – jetzt verschwinde endlich! Ich bin schon ein großer Junge.« Er spürte, wie das Koffein in ihm wirkte. Er wollte endlich loslegen.

Aber Tim hatte immer noch Bedenken. »Irgendwas liegt dir auf der Seele.«

»Du verpasst deinen Zug.« Wenn Tim nicht ging, dann ging er eben selber, beschloss Alex. »Ich mach mich an die Arbeit.« Er klopfte seinem Dad auf die Schulter und trat vors Haus, hinaus in den hellen Tag.

»Ich bin Dienstag zurück«, sagte Tim.

Als sein Dad endlich weg war, atmete Alex auf.

Es gab so viel zu tun. Er lief an den Gehegen mit den piepsenden Fasanen vorbei zu einem baufälligen Schuppen, dem Kaninchenstall. Kaninchen waren allerdings keine mehr drin, sondern nur kaputte Möbel und Alex' Geweihsammlung. Alex ging über den gestampften Boden in eine Ecke, wo ein alter Teppich vor sich hin moderte. Darunter lag ein großer schwarzer Sack.

Alex hatte darauf bestanden, das Gewehr mit zu sich nach Hause zu nehmen. Er hatte gesagt, Levi dürfe es auf keinen Fall in seinem Spind haben. Noch jetzt wurde ihm heiß und kalt bei der Vorstellung, dass so eine Waffe im Schulgebäude gewesen war. Max hatte protestiert, bis Alex gedroht hatte, er würde sofort die Polizei anrufen und auf der Stelle alles erzählen, wenn die anderen beiden nicht zustimmten. Er hatte das Gewehr mit aufs Klo genommen und geguckt, ob es geladen war – war es nicht –, und es dann sofort nach Hause gebracht. Den Unterricht am Nachmittag hatte er sich erspart.

Alex hievte den Sack hoch und trug ihn aus dem Schuppen über den Hof zu Tims altem Lieferwagen. Alex hatte seine Führerscheinprüfung einen Tag nach seinem siebzehnten Geburtstag bestanden, dabei hatte er schon Fahrzeuge über die Felder gefahren, seit er acht war. Zur Schule radelte er, weil er das gerne tat und weil er nicht viel Geld für Benzin hatte. Sparky, Jasons Terrier, wartete schon im

Wagen auf Alex und lehnte sich schwanzwedelnd aus dem Fenster. Gaffer lag auf der Rückbank. Ihm machte es nichts, vom besten Hundeplatz vertrieben worden zu sein; er war kein Hund, der um so was kämpfte. Alex versteckte das Gewehr hinten unter Gaffers Hundedecke. Dann holte er ein paar Plastiktüten, dicke Handschuhe, einen Hammer und einen Spaten.

Alex wandte sich an die Hunde: »Seid ihr bereit, Jungs?«

Gestern Abend hatte Hauptfeldwebel Furzey Tim angerufen und dringend um eine Schädlingsbekämpfung auf dem Strangeways-Hof gebeten. Er sagte, dort sei alles voller Ratten und die Gesundheits- und Sicherheitsvorschriften verlangten deren Beseitigung. Tim hatte gerade sagen wollen, leider könne er das in den nächsten Tagen nicht machen, weil er wegfahren wollte, da hatte Alex ihn gestoppt. Das war die Gelegenheit, das Gewehr zurückzubringen, und Ratten beseitigte Alex schon, seit er ein kleiner Junge war. Er ließ sich den Job nicht ausreden. Im vergangenen Jahr, als Tim und Alex den Strangeways-Hof von Ratten befreit hatten, waren sie ganz alleine dort gewesen. Aus der Kaserne war niemand aufgetaucht. Trotzdem waren Alex' Nerven zum Zerreißen gespannt.

Er musste sich beeilen. Der Hauptfeldwebel hatte gesagt, am Nachmittag würden dort Übungen stattfinden. Es war schon neun Uhr.

Alex ratterte über die mit Sonnenflecken getupfte Piste. Sparky hatte die Pfoten aufs Armaturenbrett gestellt und war mit dem Kopf ganz nah an der Windschutzscheibe, als wollte er den alten Wagen antreiben. Gaffer lag auf dem Rücksitz, döste und träumte vor sich hin wie ein alter Mann bei einem Rentnerausflug.

»Jungs, wir schnappen uns ein paar Ratten«, sagte Alex. »Ratten.«

Sparky bellte vor Aufregung und sogar Gaffer stellte die Ohren auf.

»Dich brauch ich zum Buddeln, Sparky«, sagte Alex. »Wir müssen in der alten Latrine graben. Das ist eine Toilette. Dreckige Arbeit, aber für eine edle Sache. RATTEN.«

Sparky bellte wieder und blickte Alex ganz konzentriert an.

»Furzey hat wahrscheinlich Angst vor Leptospirose«, fuhr Alex fort und bog auf eine schmale Piste. »Er möchte nicht, dass seine Männer sich an der Rattenpisse anstecken. Wir helfen, das Königreich zu verteidigen, wenn wir diese Schädlinge bekämpfen.« Er hupte. Vor ihm auf der Straße lag ein Schaf.

»Aus dem Weg, du Wollhirn«, brüllte Alex. Das Schaf stand in aller Ruhe auf und trottete zur Seite. Als der Wagen an dem Schaf vorbeifuhr, streckte Sparky den Kopf aus dem Fenster und blaffte es an.

»Spart eure Kraft für den wirklichen Feind, Jungs«, sagte Alex. »Denen werden wir's zeigen.«

Die Straße wand sich um einen Höhenrücken an einem Fluss, dann machte sie einen scharfen Knick und führte aufwärts ins Moor, bis sie einen Abzweig erreichten. Alex klopfte mit den Fingern aufs Steuerrad.

MILITÄRISCHES SPERRGEBIET. ES WIRD SCHARF GESCHOSSEN. BETRETEN VERBOTEN. ZUWIDERHANDLUNGEN WERDEN BESTRAFT.

Auf der Anhöhe flatterten die roten Fahnen, aber das Manöver würde ja erst in einigen Stunden stattfinden. Offensichtlich hatte die Gesundheitsinspektion die Gefahr einer

Übertragung von Leptospirose für so groß gehalten, dass das Manöver erst nach der Rattenbekämpfung abgehalten werden durfte.

Vor dem Metalltor parkte ein grüner Jeep. Am Steuer saß ein grauhaariger Soldat. Mit klopfendem Herzen hielt Alex an und dachte an den Sack auf dem Rücksitz. Er betete, dass sein Wagen nicht durchsucht werden würde. Er erkannte den Mann, es war der Obergefreite Reed. Er wohnte hier im Ort und interessierte sich für Habichte und andere Raubvögel. Er zog oft mit dem Fernglas durchs Moor.

»Ganz alleine?«, sagte er und sah in den Wagen. Alex erstarrte. Reed blickte direkt auf den Sack.

»Ich hab die beiden hier dabei«, antwortete Alex und zeigte auf die Hunde.

Reed grinste. Er schien ein netter Kerl zu sein, er winkte immer, wenn er an Alex und Tim vorbeifuhr.

Zu Alex' Erleichterung trat Reed zurück. »Du hast doch den Schlüssel für das untere Tor, oder?«

Den hatte Alex.

»Hauptfeldwebel Furzey ist für die heutige Operation verantwortlich. Wenn du fertig bist, wende dich bitte direkt an ihn, okay? Hast du seine Nummer?«

Alex konnte nur nicken.

»Wir verschieben das Manöver auf den frühen Abend. Aber bis dahin bist du längst fertig, nicht wahr?«

Alex nickte wieder.

»Wenn du Fallen aufstellst oder Gift auslegst, dann markierst du das auf der Karte?«

»Mach ich«, sagte Alex und klopfte auf das Blatt Papier in seiner Tasche.

»Dann kannst du jetzt weiterfahren.« Reed winkte und kletterte in seinen Jeep. »Viel Spaß.«

Als er weg war, blies Alex die Backen auf und pustete langsam die Luft raus. Das war verdammt knapp gewesen.

Der Hof lag etwa eine Meile entfernt. Etliche Male schlugen von unten Steine an den Wagen und Alex fürchtete um den Auspuff. Aber je weiter er fuhr, desto zuversichtlicher wurde er. Die Waffe loszuwerden dürfte kein Problem sein. Und dann konnten Sparky und er sich um die Rattennester kümmern. Und wenn das alles erledigt war, käme die Kiste unter Levis Bett dran.

Jedenfalls war das der Plan.

Der Strangeways-Hof lag vor ihm. Die Piste führte in sanften Kurven den Hügel hinunter, vorbei an Schafen, Steinen und Felsen. Links hob sich eine Anhäufung grauer, flacher Steine vom sonnenbraunen Gras ab. »Betteljunge« hieß diese Stelle, angeblich eine Steinkiste aus der Bronzezeit. Das Moor war voller Zeugnisse aus prähistorischer Zeit.

Alex fuhr durch ein kleines Tannenholz, dann hinunter zum Strangeways-Hof. Das waren mehrere niedrige, alte Gebäude, einst sauber weiß verputzt, nun aber voller Einschusslöcher. Vom Dach rutschten Ziegel. Eines der Gebäude war mal der Pferdestall gewesen. (Tim hatte ein Foto, auf dem sein Vater ein großes weißes Pferd direkt aus diesem Stall führte.) Rechts davon stand ein Schuppen, in dem Puten gehalten worden waren. Der Platz zwischen den Gebäuden war betoniert, aber an den Rändern lugten noch die alten Pflastersteine hervor. Das Gehöft war an drei Seiten von überwucherten Weiden umgeben, die sich langsam wieder in Sumpf- und Moorland verwandelten.

Ein Stück entfernt vom Haupthaus stand eine steinerne Scheune. Früher waren da die Lämmer und Kälber zur Welt gekommen und dort war das Heu für den Winter gelagert worden. Jetzt standen ein kaputtes Motorrad und ein alter rissiger Öltank in dem Gebäude. Im Garten wuchs nichts mehr, die Erde war sonnenverbrannt und von Soldatenstiefeln so platt und blank getrampelt, dass sie schimmerte. Im kleinen Obstgarten rechts vom Bauernhaus reckten sich noch einige Obstbäume, manche hatten Blätter, andere waren tot. Überall auf dem Gelände fand sich Müll; Einwickelpapier von Süßigkeiten, Schuheinlagen, ein zertretenes Etui, eine Plastikhülle.

Hier übten sie zu töten. Sie übten, den Feind aus den Räumen zu vertreiben, in denen Alex' Großeltern gesessen, gelesen, gekocht und geschlafen hatten. Scharfschützen legten ihre Gewehre auf die Fensterbretter, auf denen einst die Geranientöpfe seiner Großmutter gestanden hatten. Wo Lämmer geboren worden waren, lagerten Sprengstoffe. In der Küche wurden Verhöre nachgestellt, in der alten Räucherkammer Funkstationen aufgebaut.

Alex schaute hinauf zu dem Fenster, hinter dem wahrscheinlich sein Vater geboren worden war. Alex stellte sich vor, Sasha wäre im Obstgarten und streckte ihm die Zunge raus. Und um sie herum würden Gänse und vielleicht auch Enten schnattern. Er würde einen Bagger mieten und den alten Teich ausbaggern, der sich inzwischen in einen immer größer werdenden Sumpf verwandelt hatte, in dem rosa gefleckte Orchideen, gelbe Seekannen, dicke runde grüne Blätter wuchsen und gefleckte Frösche und blaue Falter lebten.

Später am Tag würde das alles attackiert werden. Alex

blickte hinüber zum Zaun jenseits der Weiden, hinter den überhängenden Bäumen. Er konnte gerade so ein Stück vom Dach des alten Schuppens ausmachen, düster und schief wie aus einem Horrorfilm. Solange er alleine auf dem Gelände war, würde er hinübergehen und das Gewehr zurücklegen. Dann kamen die Ratten dran.

Er merkte, dass er schwitzte. Er wollte nicht wieder in den Schuppen. Denn ganz egal, was da versteckt war und wie Alex sich dort fühlen mochte: Das Dach war gefährlich. Der ganze Schuppen konnte jeden Moment zusammenbrechen. Alex fuhr den Wagen rückwärts auf einen befestigten Abstellplatz hinter den Nebengebäuden. Er stieg aus und ging durch riesige Büschel Greiskräuter und Disteln. Eilig suchte er mit seinem Fernglas die umliegenden Hügel ab, doch er sah nur Gestrüpp, Steine und Schafe. Keine Menschenseele. Alex holte den Sack vom Rücksitz und hielt ihn in einer Hand. In dem Sack war zuvor Fasanenfutter gewesen, jetzt war er die perfekte Tarnung für das Gewehr. Alex hatte ihn mit ein paar Lumpen aufgepolstert. Wenn jemand fragte, was im Sack sei, hätte er eine passende Antwort parat. Er würde sagen, da wären tote Ratten drin und die wollte er im Sumpf versenken. Wer würde schon tote Ratten sehen wollen?

Alex ließ die Hunde im Wagen und bahnte sich seinen Weg durch langes Gras und Nesseln. Er überquerte ein Bachbett, in dem nur noch ein kleines Rinnsal floss, und trat in das Gehölz um den alten Schuppen. Jetzt musste er sich durch Holunder und Brombeeren kämpfen. Hier und da bemerkte er einen abgeknickten Zweig, eine niedergetretene Nessel. Levi hatte bestimmt wieder den Weg durchs Moor genommen, den Alex ihm gezeigt hatte. Wer also mochte sich hier durchgezwängt haben? Alex spürte ein Brennen in der Brust und merkte wieder, wie viel Angst er hatte. Eine Brombeerranke streifte seinen Arm und hinterließ blutige Schrammen, sein Stiefel versank im braunen Wasser einer schwammigen Kuhle. Sogar in diesem irrsinnig heißen Sommer war der Boden noch nass. Alex kämpfte sich weiter voran. Über ihm schrillten Sumpfvögel, vor ihm lehnte sich der Schuppen an den Zaun. Ein paar kräftige Stöße, und das ganze Ding würde zusammenklappen.

Alex bückte sich und blickte hinein ins Dunkle. Ihm kam alles kleiner vor, das Dach schien ihm noch niedriger als zuvor. Als er hineinging, stieg ihm faule, stickige Luft in die Nase, an seinen Beinen blieben welke Pflanzen hängen. Eilig machte er sich daran, den Sack aufzubinden, kämpfte mit den Knoten, packte schließlich das Gewehr aus und legte es vorsichtig in das Sumpfloch ganz hinten im Schuppen. Den Sack durfte der Eigentümer der Gewehre nicht finden, denn da stand HARRIS GEFLÜGELFUTTER drauf. Alex hatte riesige Angst, dass ihm jemand auf die Spur käme. Er fand den kaputten Spaten und bedeckte das Gewehr hastig mit Erde und Torf. Er arbeitete so schnell, dass ihm der Schweiß über die Stirn und in die Augen lief, aber es war trotzdem schon zehn Uhr, als er fertig war. Eine ganze Stunde war vergangen, seit er von zu Hause aufgebrochen war. Er streute noch einige Handvoll braunes Gestrüpp über die Stelle. Das musste reichen. Jetzt bloß raus hier.

Als er wieder mitten auf dem Hof stand, ließ Alex erst mal ganz in Ruhe seine Blicke über das alte Bauernhaus wandern. Der mit roten Ziegeln gemauerte Schornstein bröckelte, die Regenrinnen waren mit Moos und verkrüppeltem Sommerflieder bewachsen. Tausende Schirmchen Distelwolle tanzten über das Gelände. Das Gehöft verfiel zusehends.

Sparky bellte ungeduldig.

Alex hatte es geschafft.

Die Sache war so gut wie gelaufen. Sobald Alex die Ratten erledigt hatte, würde er Levi anrufen und mit ihm besprechen, wie sie das übrige Zeug loswurden.

Alles bestens.

RATTEN!

Sparky konnte es kaum abwarten. Beim Schnüffeln sabberte er und sein Schwanz wedelte vor Begeisterung. Gaffer war nicht ganz so besessen, aber auch er lief gespannt und aufgeregt herum.

»Ratten?«, zischte Alex und die Hunde bellten. Alex schwitzte und war immer noch ganz zittrig von der Aktion mit dem Gewehr. Am liebsten wäre er sofort nach Hause gefahren.

Die alte Latrine stand auf dem Feld hinter dem Stall. Sie war kürzlich durch ein gemauertes Toilettenhäuschen mit Wasserspülung ersetzt worden. Die alte Latrine war einfach nur ein Holzschuppen mit Brettern über einer Grube, wo niemand unbeobachtet blieb. Die raue Bretterwand hatte keine Tür mehr, das Blechdach hing schräg.

Alex stellte sein Luftgewehr an die Latrinenwand und ging hinein. Es roch moderig. Er trat eines der Bretter weg und guckte hinunter. Das Zeug in der Grube hatte die Konsistenz harter Karamellbonbons, oben drauf war eine festgebackene Kruste mit Pocken und Furchen wie auf dem Mond. Darin gab es mehrere große Löcher, die mit Federn und trockenem Gras ausgestopft waren.

Sparky sprang schwanzwedelnd auf das andere Brett und schnüffelte. Alex zog seine Handschuhe an und griff nach seinem Spaten. Er fand es ekelhaft, aber Sparky war deutlich anderer Meinung. Der Hund sprang in die Grube und fing an zu graben. Alex hoffte, dass das Zeug da unten wirklich nicht mehr frisch war. Er stellte sich breitbeinig über die Grube und stieß den Spaten in das nächste Loch. Der Gestank war erträglich, es roch etwa so wie Gülle auf einem Feld. Trotzdem würgte es Alex bei dem Gedanken an das, was da unter ihm war.

Plötzlich schoss ein dunkler Schatten aus dem Loch, raste die Wand hoch und über das Brett. Im Nu war Sparky hinterher, trieb die Ratte in eine Ecke, packte sie am Nacken und schüttelte sie kräftig hin und her. Innerhalb von Sekunden war die Ratte tot.

»Gut gemacht«, sagte Alex. Er stieß den Spaten wieder hinein. Diesmal kamen fünf oder sechs Ratten rausgeschossen. Er hätte mehr Terrier mitbringen sollen. Alex stach mit dem Spaten nach einer Ratte, die auf ihn zugerast kam, und brach ihr das Kreuz. Sie war sofort tot. Sparky war inzwischen völlig aus dem Häuschen, er fegte hin und her, schnappte und biss und tötete Ratten. Der alte Gaffer rannte hin und wieder einem Tier nach, schreckte dann aber doch im letzten Moment zurück.

Als eine riesige Ratte Alex direkt über den Fuß lief, rief er: »Sparky!«

Er war so beschäftigt, dass er das Gebrüll erst gar nicht hörte. Überall um ihn herum war Lärm, die Hunde bellten, die Ratten quiekten und er selber schrie und sprang.

Da schrie jemand, ganz laut, ziemlich in der Nähe.

Schwer atmend, den Spaten fest umklammert, trat Alex

aus der Latrine nach draußen. Er dachte an die Gewehre, an die frisch aufgewühlte Erde und bekam es richtig mit der Angst zu tun.

Aber dann tauchte zu seiner großen Überraschung Levi am Tor auf, gefolgt von Max und drei Soldaten.

Schwitzend und völlig perplex sah Alex die Männer näher kommen. Es waren die Soldaten vom Fluss, alle drei: Saul, Riley und Baz. Genau die Soldaten, denen er auf keinen Fall begegnen wollte. Sie trugen lange Tarnhosen, grüne Hemden und die schwarzes Baretts ihres Regiments. Hauptfeldwebel Furzey wäre ihm lieber gewesen als diese Typen.

»Wer ist das?«, rief Baz. »Noch ein Unbefugter im Sperrgebiet?« Er stürmte auf Alex zu. »Rede!« Alex brachte nichts heraus. Er erinnerte sich daran, wie er eben diesen jungen Mann erst vor wenigen Wochen im Fluss hatte weinen sehen. Er blickte seine Freunde an. Levi guckte ängstlich und trotzig zugleich, Max war blass und trug seine bescheuerten spitzen Schuhe.

Was wollten die alle hier?

Saul kam dicht hinterher. »Ich bin Obergefreiter Saul Powers. Was, zum Teufel, hast du im Sperrgebiet zu suchen?« Er starrte Alex an, sah das Luftgewehr an der Wand und machte große Augen.

Alex räusperte sich und zwang sich zu sprechen. »Ich habe einen Auftrag«, sagte er. »Schädlingsbekämpfung.« Er deutete auf die Latrinen.

»Also gehörst du zu dem Wildhüter?«, sagte Baz langsam und musterte ihn von oben bis unten.

»Ich bin sein Sohn«, sagte Alex und fragte sich, was das zu bedeuten hatte. »Ich hab den Job übernommen.«

»Und wir gehören zu ihm«, sagte Max schnell.

»Wie heißt du?«, fragte Baz, ohne auf Max einzugehen.

Alex sagte es ihm. Er wusste nicht, warum er hätte lügen sollen.

»Und was genau machst du hier?«

»Hab ich doch gesagt. Die Armee bezahlt uns, die Ratten zu beseitigen. Ich habe eben mit dem Obergefreiten Reed am oberen Tor gesprochen. Er sagte, hier würde erst mal niemand sein.«

Die Soldaten tauschten Blicke aus.

»Meinst du, das sind die Typen, die der Spieß meinte?«, murmelte Riley Saul zu.

»Und was ist mit diesen beiden Lachnummern? Wir haben sie erwischt, wie sie am Zaun gebuddelt haben«, sagte Saul zu Alex. »Suchen die auch Ratten?«

Baz schubste Max so heftig, dass der beinahe hinfiel.

»Das muss nicht sein«, sagte Levi. »So 'n Scheiß muss nicht sein.«

Alex warf seinen Freunden einen Blick zu. Offenbar hatten sie die Gewehre holen wollen. Er seufzte. »Sie gehören zu mir. Sie werden dafür bezahlt.« Er musste das sagen, er hatte keine Wahl. Aber er konnte sich nicht erklären, was die Soldaten hier wollten.

»Das Manöver soll erst am frühen Abend anfangen«, sagte er. »Jetzt ist es erst zehn Uhr morgens.«

»Moment mal.« Saul ging ein Stück weg und sprach in sein Funkgerät.

»Ich kenne euch aus der Stadt«, sagte Baz. Er blickte Max ins Gesicht, das um das Auge herum immer noch geschwollen und gelb war. »Kannst wohl nicht genug von uns kriegen, was? Der Bombenleger von der Risings schlägt wieder zu. Hast du für hier auch was geplant?«

»Halt's Maul«, sagte Max und wurde rot.

»Der kleine Bombenleger«, sagte Baz. »Mit deinen blöden Mätzchen hast du uns ein ganzes Wochenende versaut.«

Max zitterte und guckte verbissen vor sich hin.

»Wusstet ihr, dass euer Kumpel ein Terrorist ist?«, fragte Baz.

»HALT'S MAUL«, schrie Max. »Hör auf mit dem Scheiß.«

»Was heißt das, Max?« Levi klang freundlich, aber neugierig. »Was meinen die?«

Alex sagte nichts, sah nur, wie Max sich immer weiter aufspulte, immer angespannter wurde. Max starrte die beiden Soldaten an, als wollte er sie töten.

»Da kriegt unser Chef einen Anruf, ungefähr um acht Uhr früh, und zwar an dem Tag, an dem ich Ausgang hatte, sollte ich noch hinzufügen«, sagte Baz im Plauderton. »In der schicken Privatschule von Lydford hat einer angerufen und gesagt, dort sind mehrere Bomben versteckt. Die ganze Schule wird evakuiert. Schüler, Lehrer, Reinigungskräfte, Köche, alle. Und wer hat gerade sein Bombenentschärfungstraining abgeschlossen? Ich Blödmann. Acht von uns durchsuchen das Gebäude, bis wir drei Bombenattrappen finden. Und dazu eine ganze Schule verängstigter Schüler.«

»Du warst das?«, fragte Levi Max leise.

Max' Gesicht zeigte keine Regung.

»Deshalb bist du von der Schule geflogen.« Levi trat einen Schritt zurück. »O Gott, Max!«

Max blickte zur Seite, zupfte sich am Ohr.

»Das ist noch nicht alles«, sagte Baz. »Ich habe gehört, dass dieser Spaßvogel erst alles zugegeben hat, als schon jeder einzelne Schüler der Schule bestraft worden war. Er ist nur erwischt worden, weil der Schulleiter die Überwachungsvideos angeguckt hat. Die ganze Schule stand unter Terroralarm. Das heißt, uns saßen die Staatspolizei, der Geheimdienst und das Innenministerium im Nacken.« Er schüttelte den Kopf. »Als sich rausstellte, dass es bloß ein Schülerstreich war, haben einige von uns ganz schön blöd ausgesehen.«

»Davon habe ich nie was gehört«, sagte Alex erstaunt.

»Ich schon«, sagte Levi. »Es kam in den Nachrichten.«

»Das war bloß ein Scherz«, protestierte Max. »Das ist viel zu sehr aufgebläht worden.«

»Mit Bomben macht man keine Scherze«, sagte Baz. Er ging mit seinem Gesicht ganz nah an Max' Gesicht heran. »Soweit ich weiß, müsstest du inzwischen deine Lektion gelernt haben. Vielleicht brauchst du ja noch eine.«

»HALT'S MAUL«, schrie Max und schubste Baz. Alex wusste, er musste Max nach Hause bringen. Die Scheißratten konnten warten.

Aber Levi griff zuerst ein. »Langsam, Max.«

»Blödes Balg«, sagte Baz und trat zurück. Er blickte seinen Bruder an. »Was hat der gesagt, was er hier macht?«

»Wir fangen Ratten«, sagte Alex und merkte, wie wenig überzeugend das klang.

»Zeig mir mal, wie der hier Ratten fängt«, sagte Baz und zeigte auf Max. »Ich glaube, der hat sich hier unerlaubt rumgetrieben. Der Spieß hat gesagt, hier wären Unbefugte auf dem Gelände gewesen. Deswegen sind wir nämlich hier. Und jetzt fängt der schon wieder an mit seinen kranken Geschichten.«

Max stieß wüste Beschimpfungen aus.

»Hör auf, so mit mir zu reden, du blöder kleiner Versager. Gott, dein Bruder muss sich ja schämen«, sagte Baz. »Ja, ich weiß ganz genau, wer du bist.«

»Wo sind die Ratten?«, wollte Riley wissen. Er blickte rüber zu dem Obergefreiten, der immer noch in sein Sprechgerät sprach. Saul hob die Hand und machte ein Zeichen für »OK«, dann setzte er sein Gespräch fort.

»Ich seh hier keine Ratten«, schnaubte Baz.

Alex hob die Hände. »Ich zeig sie euch«, schlug er vor. Seine Stimme klang fremd. Er wollte unbedingt erfahren, ob die Soldaten was von den Gewehren wussten.

Die Brüder blickten sich an und Riley nickte.

»Hier drinnen.« Alex betrat die Latrine. »Hier unten ist ein Nest. Wir sind gerade dabei, es auszugraben.«

Die Soldaten schienen dies sehr komisch zu finden.

»Los, zeigt's uns«, sagte Baz plötzlich. »Ich möchte sehen, wie ihr das macht, Jungs. Ich will zugucken, wie ihr Scheiße schippt.«

»Hau ab«, sagte Max. »Geh woanders spielen.«

»Los, rein da«, brüllte Baz. »Mach deine Arbeit.« Alex wollte graben, aber Baz hielt ihn zurück. »Nicht du. Ich will sehen, wie der kleine Bombenleger seine Arbeit macht.«

Max nahm Alex den Spaten ab, aber statt zu graben, schleuderte er ihn auf den Soldaten und traf ihn am Schienbein. Baz schrie auf vor Schmerz.

Levi legte Max die Hand auf die Schulter. »Nicht, Max.«

Aber es war zu spät. Baz kam auf sie zugestürzt und stieß Max in die Grube.

»Gleich und gleich gesellt sich gern«, sagte Baz. »Wer will als Nächster?« Aber dann wandte er sich ab und ging weg. »In einer Stunde seid ihr hier fertig«, rief er. »Wenn nicht, übernehme ich keine Garantie. Dann werdet ihr wegen unbefugten Betretens von militärischem Sperrgebiet erschossen oder festgenommen.«

Alex half Max aus der Grube. Trockene Fetzen unaussprechlicher Substanzen hingen an seiner Schulter und in seinen Haaren und Max hustete und spuckte, als hätte er was in den Mund bekommen. Alex half ihm heraus, dann wischte er sich die Hände an den Hosen ab. Max lehnte sich an die Mauer der neuen Toilette und wischte sich fluchend den Dreck ab.

»Danke, Mann, du hast uns gerettet«, flüsterte Levi.

»Aber wieso seid ihr denn hier?«, fragte Alex ebenfalls flüsternd.

»Ich wollte nicht, aber Max sagte, er würde so oder so hierhergehen. Ich musste ihn im Auge behalten. Du weißt doch, wie er ist.«

Alex blickte zu den Soldaten hinüber, die sich ein Stück weiter entfernt berieten. Als er sich umdrehte, hatte Max sich das Luftgewehr gegriffen und strich träge über den Lauf.

»Alles okay?«, fragte Alex.

»Ist das Ding geladen?«, fragte Max und zielte auf den Schornstein des Bauernhauses.

»Klar«, sagte Alex. »Zum Krähenschießen. Jetzt stell es wieder ab, ja?«

»HE«, brüllte Saul, als er Max mit dem Gewehr sah. »LASS DIE WAFFE FALLEN. SOFORT.«

Max erstarrte.

»IHR ANDEREN, AUF DEN BODEN MIT EUCH!«, brüllte Saul.

»Was?« Alex konnte es nicht fassen. Er hatte gedacht, das

Theater wäre vorbei. Max spielte bloß rum. Es war nur ein Luftgewehr und ...

»AUF DEN BODEN!«, kreischte Saul.

»Junge«, sagte Baz. »Der fängt schon wieder an.«

Max stand zwischen den Jungen und den Soldaten und legte das Gewehr an.

»Haut ab«, rief Max, das Gewehr im Anschlag. Er war in Panik, das konnte Alex sehen.

Levi trat hinter ihn. »Jetzt sei kein Arschloch, Max. Nimm das Gewehr runter.«

Alex blinzelte. Das Luftgewehr konnte nicht viel Schaden anrichten. Aber eine Regel hatte sich im Laufe der Jahre in ihm festgesetzt: Mit einem Gewehr spielt man nicht, auch nicht mit einem Luftgewehr. Er hätte es nicht dort abstellen dürfen.

»Nimm das Gewehr runter, Junge«, sagte Saul etwas ruhiger. »Mach nicht alles noch schlimmer.« Er stand aufrecht da, offenbar ohne jede Angst. Max jedoch zitterte.

»Max, das bringt doch nichts«, sagte Alex und hustete.

Für einen Moment wandte Baz den Blick von Max ab und schaute Alex an. Und erkannte ihn wieder.

»Du warst das, stimmt's?«, sagte er. »Da am Fluss. Du hast mein Scheißgewehr versteckt. AUF DEN BODEN MIT DIR.«

Alex sagte nichts, trat aber einen Schritt zurück.

»Lasst uns in Ruhe«, schrie Max bebend.

Saul kam einen Schritt näher. Er hatte nicht die Spur von Angst. »Was willst du mit dem Ding machen? Mich kitzeln?«

Erst ging er langsam auf Max zu, dann machte er plötzlich einen Satz nach vorn.

Da löste sich ein Schuss, Riley stieß ein entsetzliches Geheul aus und Saul schrie: »AUF DEN BODEN!«

Es schien, als würde alles in Zeitlupe ablaufen. Alex sah, wie Riley an sein Auge griff und zu Boden ging. Das Auge war die schlimmste Stelle, die Max hatte treffen können. Alex eilte Riley zu Hilfe.

»Lass mich!«, schrie Riley.

»Leg dich hin«, sagte Alex. Er hatte keine Ahnung, wie schwer die Verletzung war, denn der Soldat hielt die Hand vors Auge.

Baz guckte auf seinen Bruder, starr vor Schreck.

»Scheiße«, sagte er. »Der hat auf meinen Bruder geschossen«. Er starrte auf das Blut.

Saul schob Alex zur Seite. »Meine Güte«, sagte er und legte den verletzten Soldaten flach hin.

»Levi, du hast doch ein Telefon«, rief Alex in die Richtung seines Freunds. »Ruf einen Krankenwagen. Levi? Levi?« Er schaute sich um.

Aber Levi und Max waren abgehauen. Max rannte, so schnell er konnte, Richtung Zaun, mit Levi dicht auf den Fersen.

Alex fluchte.

»Ich kann nichts sehen«, brüllte Riley. Überall war Blut. Saul nahm dem verletzten Mann die Hand vom Gesicht und zuckte zusammen. Dann blickten sich Saul und Alex an.

»Ich kann ihn zum Krankenhaus fahren«, sagte Alex. »Das ist schneller, als wenn wir auf den Krankenwagen warten. Die verfahren sich bloß.«

»Ich fahre ihn«, sagte Saul. Er blickte sich nach Max um. »Wo ist der Idiot hin?«

Alex zuckte die Achseln.

»Scheiße, ich kann nichts sehen«, sagte Riley, jetzt etwas ruhiger. »Dieser Junge, der ist …«

»Kannst du gehen?« Saul und Alex halfen ihm auf die Füße. Alex zog sein Hemd aus und gab es Saul, der es auf Rileys Auge drückte. Baz stand da und guckte blöde.

»Er hat sein Auge verloren«, sagte er. Alex wollte nicht hinsehen, tat es aber doch. An der Stelle, wo Rileys Auge sein sollte, war nur eine dunkle blutige Masse.

»Ich trag einfach eine Augenklappe«, murmelte er. »Dann sehe ich aus wie ein Pirat.«

»Frauen mögen Piraten«, sagte Baz und kniete sich, um seinen Bruder zu stützen.

»Ich weiß«, sagte Riley. »Gehört zum Plan.«

»Alles okay, Bruder?«, fragte Baz.

»Bestimmt, wenn ihr Penner mich endlich ins Krankenhaus bringt«, sagte Riley.

»Schon unterwegs«, sagte Saul. Er rannte zum Abstellplatz und ein paar Sekunden später hörte Alex einen Motor aufjaulen.

Es blutete nicht mehr so stark, nur noch wenige Tropfen fielen auf den staubigen Boden.

»Ich bring den Typen um«, sagte Baz und rieb seinem Bruder das Gesicht mit einem Taschentuch ab.

»Nein, nein«, sagte Riley. »Das machst du nicht. Das ist meine Sache.« Er stöhnte. »AUTSCH.«

Saul kam mit einem Armeefahrzeug rückwärts auf sie zugefahren. Mit quietschenden Bremsen blieb er stehen. Alex half Saul und Baz, den verletzten Soldaten auf die Rückbank zu legen. Es roch stark nach Blut. Alex' Hose war blutbefleckt.

»Ich bring den um«, wiederholte Baz. »Ich schnapp mir den Jungen und dann bring ich ihn um.«

»Baz, beruhige dich, setz dich zu deinem Bruder«, sagte Saul.

»Mir geht's gut«, stöhnte Riley. Sein Barett rutschte ihm vom Kopf, der blanke Schädel war blutverschmiert.

Baz fluchte. »Ich bring den um«, sagte er wieder. Bevor ihn jemand aufhalten konnte, hatte er Alex' Gewehr aufgehoben und rannte Levi und Max hinterher.

»Scheiße!«, sagte Saul. Er sprach in sein Funkgerät. »Spieß? Spieß?« Er sah Alex an, der stumm im Staub stand. »War die Waffe geladen?«

Alex nickte.

Der Obergefreite fluchte wieder. »Wenn du die beiden Idioten vor Baz findest, bringe sie dazu, dass sie zurückkommen und sich stellen. Ihr kennt Baz nicht. Der ist durch nichts zu bremsen. Geh ihm aus dem Weg.«

»Ich hätte nie gedacht, dass auf britischem Boden jemand auf mich schießen würde«, hörte Alex Riley über das Brummen des Motors hinweg sagen. »Ein britischer Junge, der Bruder eines Offiziers! In Afghanistan, klar, im Irak, wahrscheinlich. Aber doch nicht hier, vor der eigenen Haustür!«

»Die Jugendlichen von heute«, sagte Saul. »Sind einfach irre.«

»War aber ein guter Schuss«, murmelte Riley. »Wir sollten ihn als Scharfschützen einstellen.«

»Scharfschützen schießen nicht auf kurze Entfernungen«, sagte Saul. »Rede nicht so viel. Spar deine Kräfte.«

»Das könnten meine letzten Worte sein«, sagte Riley.

»Das sind nicht deine letzten Worte«, sagte Saul. »Wenn sie es wären, würde ich dir zuhören.«

»Ich sollte dich festnehmen.« Saul wandte sich zu Alex um. »Aber du musst deine Freunde finden, bevor Baz sie erwischt. Wenn der durchdreht, hält den nichts mehr auf.« Er schlug die Tür zu, »Deshalb ist er bei der Armee. Beeil dich. Bring die beiden sofort zur Polizei. Weißt du, wo sie sein könnten?«

»Nein«, gab Alex ehrlich zu. Sie konnten sich jetzt schon verlaufen haben. Er rannte zum Tor, Gaffer und Sparky rasten hinterher.

»Geh Baz aus dem Weg«, sagte Saul noch einmal, als er an Alex vorbeifuhr. Er bremste plötzlich und warf ein Handy ins Gras. »Meine Nummer ist die erste. Halt mich auf dem Laufenden.«

Dann war er weg. Nur dicke Staubwolken blieben zurück.

Alex sah Baz über den Hügel rennen. Er musste randvoll mit Adrenalin sein. Alex überlegte. Wo mochten die beiden anderen stecken?

AUF DER FLUCHT

Ich schwöre, es war ein Unfall. Ich wollte nicht auf den Soldaten schießen. Aber als der andere auf mich los ist, da bin ich ausgeflippt. Ich wollte nicht abdrücken. Ich wurde gestoßen. Jetzt renne ich und renne und meine Lunge brennt, und es fühlt sich an, als hätten die Götter mich mit einer Nadel durchbohrt.

Das kann ich nie wieder gutmachen. Eigentlich könnte ich auch gleich sterben.

Ich spüre noch den Schlag des Kolbens an meiner Schulter und ich höre das leise Geräusch der Kugel, als sie ihn im Gesicht traf. Im Gesicht, verdammt. Was habe ich da getan?

Wenn ich ihn nun getötet habe? Als ich sah, was passiert war, bin ich ausgetickt und weggerannt. Und ich bin immer noch am Ticken. Ich renne jetzt schon ungefähr eine halbe Stunde lang, kräftiger und schneller als je in meinem Leben. Ich habe keinen Plan, ich will nur immer weiter und weiter ins Moor rein.

Ich muss weg.

Der Boden unter mir ist steil und uneben und die Sonne knallt mir erbarmungslos auf den Hinterkopf. Ich drehe mich um und mich trifft bald der Schlag, als ich sehe, dass der andere Soldat fluchend und schreiend hinter mir her durchs Heidekraut stapft. Gegen den sehe ich alt aus. Der Soldat ist unmenschlich schnell und holt mächtig auf. Vor mir sind Bäume und ein Fluss. Vielleicht kann ich mich auf der anderen Seite irgendwo verstecken.

Japsend wie ein Hund platsche ich ins kalte Wasser. Meine Hosen saugen sich voll und ziehen mich bei jedem Schritt runter. Das ist der größte Albtraum aller Zeiten. Autsch! Ich stolpere über einen Ast, aber kaum habe ich mich aufgerappelt, da rutsche ich auf einem glatten Stein aus. Meine Schnürsenkel sind auf, doch ich bleibe nicht stehen, um sie zuzubinden. Auf der anderen Seite des Flusses klettere ich am Ufer hoch und renne mit klatschenden Hosenbeinen und offenen Schuhbändern am Wasser entlang. Der Fluss schlängelt sich durch ein Tal, der steile Hang ist mit dichtem Buschwerk bewachsen. Ich krieche durch das Gestrüpp und kämpfe mich dann über das freie holprige Gelände nach oben. Es geht so steil aufwärts, dass meine Wadenmuskeln schier zerreißen wollen und mir das Herz den Hals hochwummert. Das ist meine einzige Chance zu entkommen. Hier gabelt sich der Fluss. Hinter mir liegt ein versumpftes Tal, vor mir dieser gewaltige Hügel. Ich muss weiterlaufen. Ich muss oben sein, bevor mich der Soldat sieht und mich erwischt. (Hat er ein Gewehr? Wollten die heute Nachmittag nicht Schießübungen mit scharfer Munition machen? Ich sehe im nächsten Tal eine rote Fahne wehen. Vielleicht hat der Soldat scharfe Munition.) Wimmernd steige ich weiter. Der Boden unter mir bewegt sich in langsamen Wellen. Mir tut alles weh. Zweimal falle ich, mir ist schwindelig, aber ich zwinge mich weiterzugehen, ich drücke meine Fußspitzen in den sonnenverbrannten Boden, stapfe durch das gelbe Gras und keuche dabei so laut, dass ich bestimmt meilenweit zu hören bin. Ich bin verloren. Ich fluche vor mich hin, das kann ich nicht abstellen. Und immer wenn ich denke, jetzt bin ich oben auf dem Grat, türmt sich vor mir ein neuer Horizont auf, wieder fünfzig Meter weiter oben.

Im Fluss unter mir höre ich ein Platschen. Gleich wird der ausgebildete Killer auftauchen, nach oben gucken und meinen Arsch mit Patronen vollpumpen oder mir mit seinem durchtrainierten Soldatenkörper hinterherjagen und mich in wenigen Minuten einholen. Ich weiß, was ich zu erwarten habe. Ich habe gesehen, wie sich mein Bruder von einem fitten Schulsportler in einen starken, muskulösen Supermann verwandelt hat, mit einem Stehvermögen, als hätte er Knochen aus Metall.

Körperliche Fitness war nie mein Ding, und ich bin diesem Soldaten nur deswegen voraus, weil ich einen riesigen Vorsprung hatte und weil ich um mein Leben renne und weil ich alles verlieren werde, wenn ich nicht das Äußerste aus mir heraushole.

Endlich sehe ich den höchsten Kamm mit einer Reihe dürrer, vom Wind gebeugter Bäume, die an verwachsene Rücken alter Frauen erinnern. Ich schwinge mich über eine alte Steinmauer, lande auf Schafkötteln in Tic-Tac-Größe und mein Atem kriegt sich überhaupt nicht mehr ein. (Brauche ich Sauerstoff?) Ich stütze mich auf die Ellbogen, richte mich vorsichtig auf und blicke hinunter.

Der Soldat steht ganz unten an der Böschung, wo der

Fluss sich gabelt. Er blickt den Fluss auf und ab, dann sucht er das Tal ab. Ich ducke mich, zähle langsam bis zehn, dann gucke ich noch einmal. Jetzt steht der Soldat mit dem Rücken zu mir, seine Schultern heben und senken sich von der Anstrengung. Ich krümme mich vor Angst zusammen. Ich kann mich nicht bewegen, ich muss einfach ein paar Minuten lang zu Atem kommen. Vor mir liegt weites Moorgelände. Abgesehen von einzelnen Ginsterbüschen oder Grasbüscheln gibt es dort keinerlei Deckung.

Horror. Der Soldat blickt den Hügel hinauf, direkt in meine Richtung. Ganz, ganz langsam lasse ich mich flach auf den Boden runter. Heißt der Typ Baz? Stimmt das? Baz? Baz. Ich laufe vor Baz weg. Ich höre Fluchen und Platschen. Ich robbe ein Stück an der Mauer entlang, bis ich eine Ritze mit Farnkraut finde, durch die ich gucken kann. Wenn der Soldat sich entscheidet, hier hochzukommen, kann ich nichts machen. Ich bin fertig. Die Anstrengung eben hat mich meine letzte Kraft gekostet. Ich weiß nicht, ob ich weitergehen kann, geschweige denn rennen.

Baz steht wieder mit dem Rücken zu mir. Ich sehe dunkle Schweißflecken auf seinem Hemd. Ah! Ich schöpfe Hoffnung. Baz watet in die andere Gabel des Flusses, weg von mir. Weg!

Ich lehne mich an die Steine, habe immer noch Mühe, meinen keuchenden Atem zu beruhigen. Über mir kreist ein Bussard. Sieht es ruhig aus von dort oben?

Was habe ich angerichtet? Eben noch haben alle rumgebrüllt und dann ging plötzlich das Ding los. Da war Blut. Der Soldat hielt die Hand vors Gesicht. Vielleicht bin ich ein Mörder! Vor lauter Nervosität beiße ich mir in den Finger. Ich weiß nicht, warum ich das tue, aber es tut weh und es kommt Blut.

Arme Sau! Ich wollte wirklich nicht auf ihn schießen. Das ist die Hölle.

Ich wünschte, ich könnte die Zeit zurückdrehen. Es war nicht meine Schuld. Die Soldaten waren so aggro. Sie haben angefangen! (Wirklich?) Sie haben mich in die Kloakengrube gestoßen. Niemand, der auch nur einen Funken Selbstachtung hat, hätte sich das gefallen lassen. Niemand.

Ich krieche ein Stückchen weiter. Vor mir liegen Meilen brauner Heide und zerklüfteter Aufschlüsse. Im Moor kann ich mich schnell verlaufen, aber wo zum Teufel soll ich sonst hin?

Ich habe auf einen Soldaten geschossen! Sie werden mich einsperren und zusammenschlagen. Soldaten gelten als Helden. In der Stadt gibt es oft Paraden von heimkehrenden Soldaten, flankiert von Menschen, die Fahnen und Wimpel schwenken und Trompeten blasen. Alle werden denken, ich bin schlimmer als ein Feind in einem fernen Land.

Über mir kreisen die Vögel wie Geier, die auf ihre Beute warten. Ich zittere. Ich zwinge mich, noch einmal durch den Ritz zu schauen. Soldat Baz ist aus dem Bild verschwunden, das heißt, er könnte überall sein. Er könnte fast hier sein. Ich rapple mich auf. Alles tut mir weh, aber ich muss weiter.

Ich laufe ins Moor hinein.

Ich glaube, ich bin jetzt etwa zwei Stunden unterwegs. Meine Kehle ist so ausgedörrt, dass es sich anfühlt, als wollte sie zerbrechen, und mein Kopf kocht vor Hitze. Jedes Knacken, jedes Rascheln lässt mich zusammenzucken.

In einem flachen Tal lasse ich mich neben einen verkrüppelten Baum mit stacheligen Blättern auf den Boden plumpsen. Ich habe keine Ahnung, wo ich bin. Ein smaragdgrüner Käfer krabbelt über meinen Schuh. Es ist bestimmt schon ein Uhr mittags. Die Sonne brennt, knallt durch die spillerigen Blätter auf mich drauf. Ich habe keinen Plan. Was soll ich machen? Wohin soll ich gehen? Die Panik lässt mich nicht los. Wenn dieser Soldat mich findet, zerreißt er mich in Stücke, da habe ich keinen Zweifel. Ich habe auf seinen Bruder geschossen, um Gottes willen! Ich möchte nicht wissen, was ich tun würde, wenn jemand Simon so verletzen würde.

Was war das? Ich blicke mich wie wild um, aber abgesehen von den winzigen Wolken über mir bewegt sich nichts. Hier ist nichts, aber auch gar nichts zu sehen, nur ein paar große alte Steine heben sich am Horizont ab. Ich schnipse den Käfer weg und ziehe meinen Schuh aus. Auf dem Spann habe ich eine spiegeleigroße Blase. Ich schiebe ein Taschentuch in meine heiße, feuchte, stinkende Socke und zieh den Schuh wieder an. Ich bilde mir ein, so würde es weniger wehtun.

Mein Gefühl sagt mir, ich sollte nach Süden gehen, so weit weg wie möglich von der Kaserne. Inzwischen haben sie mir sicher das ganze verdammte Regiment auf den Hals gehetzt. Die Soldaten werden wie Heuschrecken im Moor ausschwärmen, sie werden mich für eine militärische Übung benutzen. Gott, bin ich am Arsch.

Irgendwo höre ich Wasser tröpfeln, nicht weit weg. Wenn ich nicht bald was trinke, kippe ich um. Meine Lippen sind trocken und ich habe einen üblen Geschmack im Mund.

Was soll ich tun?

AUF DEM OAKE HÜGEL

Der Staub, den der Militärlaster aufwirbelte, überzog Alex' Kleidung und drang ihm in Hals und Nase. Zuerst hatte er wie besessen losrasen wollen, aber nicht seinen Freunden und Baz hinterher, sondern um sich seine Hunde zu schnappen und ganz schnell nach Hause zu verschwinden. Sollten die Jungs doch ihre Suppe selber auslöffeln. Aber er brachte es nicht fertig, sie einfach sich selbst zu überlassen. Er musste gründlich nachdenken. Das Ganze war wie eine Farce – jeder jagte jedem hinter. Wusste Max überhaupt, wohin er rannte? Alex bezweifelte es. Es hätte ihn nicht überrascht, wenn Baz ihn schon eingeholt hätte. Und das gab schließlich den Ausschlag für seine Entscheidung. Er musste Max und Baz hinterherlaufen und verhindern, dass Baz ausführen konnte, was immer er im Sinn hatte. Alex holte sein Fernglas und ein Seil aus dem Wagen und band die Hunde an die Frontschutzbügel. Im Auto war es viel zu heiß.

»Tut mir leid, Jungs«, sagte er in ihre enttäuschten Gesichter.

Er rannte über den Hof und bergab über die Weide und den Sumpf bis zum Zaun. Er kletterte durch das Loch und lief an den Bäumen vorbei ins offene Moorland. Hier mussten die anderen auch langgekommen sein, denn hier war der Boden zertrampelt. Das war der gepflasterte Weg, der nach Süden führte. Alex fand ein blutiges Taschentuch auf dem Boden und lief weiter.

Als der Weg einen Bogen machte, verlangsamte Alex seinen Schritt. Rechts von ihm lag weites Sumpfland und mittendrin sah er am Flussufer eine kleine Gestalt. Das war Baz. Er ging südwestlich in Richtung Mill Hügel. Alex guckte sich die Augen aus, konnte aber weder Max noch Levi entdecken. Doch es musste einen Grund geben, warum Baz diese Richtung einschlug. Sicherlich war er den anderen auf den Fersen. Alex lief weiter. Hinter ihm wellte sich die Moorlandschaft, es gab jede Menge Schafe und Steine zu sehen, aber weder Max noch Levi.

Das bedeutete, dass seinen Freunden keine unmittelbare Gefahr drohte. Irgendwie hatten sie Baz abgeschüttelt. Alex schaute zu, wie der Soldat in furchterregender Geschwindigkeit durchs Tal pflügte, aber vor ihm war niemand, es sei denn, Max und Levi hätten sich irgendwo versteckt.

Alex schaute hinüber zu der Gabelung des Flusses. Er lief ein paar Schritte weiter und beobachtete den steilen, mit Gestrüpp bewachsenen Hügel, der vom Fluss aufstieg. Oben auf dem Kamm verlief eine Steinmauer. Alex meinte, dort eine Bewegung gesehen zu haben. Ja, da bewegte sich was. Es war zu weit, als dass er hätte erkennen können, was es war, aber immer mal wieder erhaschte Alex den Blick auf etwas Dunkles, wie ein Rücken, der sich nach vorn schob. Ein Schaf war es jedoch nicht. Ja, das musste Max sein. Die Art, wie er sich bewegte, so plötzlich und ruckartig, überzeugte Alex davon, dass es Max war.

Das war gut. Max, die Beute, und Baz, der Jäger, bewegten sich offenbar in verschiedene Richtungen. Das gab Alex Zeit. Gott wusste, wo Levi sein mochte. Aber er war es nicht, der auf Baz' Bruder geschossen hatte.

Er war nicht die Beute.

Alex wollte nicht, so wie er war, ins brütend heiße Moor hinaus: müde, durstig, ohne etwas zu essen oder zu trinken und ohne Hemd. Das wäre Wahnsinn.

Doch da gab es noch ein Problem. Max lief direkt auf das Artillerieschussgebiet zu. Und heute sollte scharf geschossen werden. Aber vermutlich war das Manöver längst abgeblasen worden. Saul hatte mit Hauptfeldwebel Furzey Funkkontakt gehabt, als er den Strangeways-Hof verließ.

Alex rannte zurück zum Hof. Er machte die Hunde los und ließ sie in den Wagen steigen. Er wendete und raste los. Zehn Minuten später war er zu Hause. An der Zufahrt zum Strangeways-Hof hatte kein Posten mehr gestanden, in der Kaserne rührte sich nichts. Saul musste Riley direkt ins Krankenhaus gefahren haben. Und wahrscheinlich würde bald die Polizei hier aufkreuzen. Man konnte nicht einfach jemandem ins Auge schießen und ohne Weiteres davonkommen. Aber was war mit den Soldaten? Welche Befehle waren ausgegeben worden? Würde ein Trupp losgeschickt werden, der die Jungen einfangen sollte? Wenn ja, dann wollte Alex nichts damit zu tun haben. Andererseits wusste er, dass er der Einzige war, der vielleicht Max erreichen konnte, bevor Baz ihn erwischte. Gut möglich, dass der Soldat in diesem Moment schon umgekehrt war. Gut möglich, dass er Levi geschnappt hatte.

Alex sprang aus dem Wagen, die Hunde hinterher, ihre

Pfoten trappelten über das Hofpflaster. Im Innern der Kate sah alles so normal und friedlich aus. Aber draußen, da spielte die Welt gerade verrückt. Seine Freunde flohen vor einem wahnsinnigen Soldaten, sie rannten um ihr Leben. Max hatte einem Mann ins Auge geschossen. Das war so entsetzlich wie unwahrscheinlich. Max hätte bleiben sollen. Alle, die dabei gewesen waren, hätten geschworen, dass es ein Unfall war. Aber er war weggerannt (was Alex auch gemacht hätte, wenn Baz hinter ihm her gewesen wäre), sodass es jetzt so aussah, als wäre Max schuldig. Schuldig. Schuldig.

Alex griff sich die Zweiliter-Feldflasche aus dem Küchenschrank und füllte sie mit kaltem Wasser. Er überprüfte, ob er sein Taschenmesser einstecken hatte, und nahm eine Schachtel Streichhölzer vom Herd. Er schnappte sich einen Laib Brot und ein paar Schokoriegel. Er guckte, ob die Handys, seins und das von Saul, genügend Strom hatten, und nahm die kleine Taschenlampe von der Wand. In der Küchenschublade fand er einen Kompass, das kleine, leichte Fernglas und eine Landkarte. Hinter der Tür hingen sein Pulli und eine dünne Regenjacke. Das alles stopfte er in seinen Rucksack. Dann trank er zwei große Gläser Wasser.

Sein Quad stand im Holzschuppen. Alex schnallte seinen Rucksack auf den Rücksitz und donnerte die Piste zum Moor hoch. Aus dem kühlen Schatten unter den Bäumen schien er nun geradewegs in einen Backofen zu fahren. Die Hitze war heftig und drückend. Alex schlängelte sich an Felsbrocken und steinernen Aufschlüssen vorbei. Er holperte über das heiße gelbe Gras, jagte Schafe hoch und krachte in Furchen und Senken. Er kam an den Steinfeldern vorbei, den Sümpfen, der Steinreihe. Er gab ordentlich Gas und raste den Berg hoch, bis zu dem Steinhaufen auf dem Cosdon Hügel.

Alex stieg von seinem Quad und steckte den Schlüssel in die Tasche. Dann erklomm er den Steinhaufen. Die Sonne brannte und dörrte den Boden aus, die Luft flimmerte vor Hitze. Alex richtete sich auf, stellte die Füße sicher auf die heißen Steine und ließ sich von der leichten Brise umwehen. Er nahm das Fernglas vor die Augen und suchte das Moor nach seinen Freunden ab. Alex drehte sich einmal um die eigene Achse. Unter ihm, im Süden, lag das Moor, das weite, gelb-braune, heiße Moorland, aufsteigend und abfallend, mit Felsbrocken und Granitsteinen übersät. In den Taleinschnitten reihten sich Büsche und Laubbäume, Stechpalmen, Haselnuss, Eschen, Erlen, alle vom Wind gekrümmt. Der Flusslauf war von Kiefern gesäumt. Um Alex herum erhoben sich die Hügel, deren aberwitzig schroffe Gipfel die Landschaft dominierten. Hier und da sah er Moorponys, braune und weiße, die auf den trockenen Wiesen grasten. Im Nordosten senkte sich Moor bis hinunter zur Stadt und ging dann über in grüne Felder, schmale Straßen und Hügel, die sich irgendwann im Dunst verloren.

Eine halbe Stunde später war Alex auf dem Belstone Hügel. Wie zuvor stellte er sich hin und ließ seinen Blick über die Landschaft schweifen. Guckte, ob sich irgendwo was bewegte oder auffällig war.

Rechts unter sich sah er den Strangeways-Hof silbern glitzern, eingekeilt in das Tal am Fuße dieses Hügels. Es war niemand zu sehen. Dann richtete Alex sein Fernglas auf die Kaserne in der Ferne. Eine Fahne flatterte im Wind, aber die Straße zur Kaserne war leer, und abgesehen von der einen oder anderen Gestalt, die zwischen den Gebäuden hin und her ging, war alles ruhig.

Wo waren die alle?

Vor ihm erstreckten sich viele Meilen Moorland. In der Ferne hörte Alex plötzlich das leise Krachen und Donnern von Schüssen. Offenbar wurde im südlichen Gelände eine Übung durchgeführt. Aber die hätte doch abgesagt werden müssen?

Alex richtete sein Fernglas auf den Hof und folgte dem Weg, den Max gegangen war, weg vom Hof, runter zum Fluss, das Tal entlang und dann durchs Gestrüpp den steilen Hügel hinauf zur Steinmauer. Wo er jetzt wohl war? Wohin war er gelaufen?

Plötzlich war da ein schwarzer Punkt, der sich schnell bewegte, nicht zum Mill Hügel hinauf, sondern das Tal entlang. Alex hielt die Luft an. Das war Baz, die Augen am Boden, stetig vorwärtsgehend. Immer wieder blieb er stehen, suchte den Boden ab, blickte sich um. Er war umgedreht. Jetzt hatte er die richtige Richtung eingeschlagen.

Jetzt war er Max auf der Spur.

Alex schlug seine Karte auf und markierte die Stelle mit einem B. Er wandte den Blick nur ungern von Baz, dessen Arme feuerrot leuchteten, als er durchs lange Gras strich.

Hatte der Soldat ein Funkgerät? Ein Telefon? Die Versuchung war groß, einfach auf das Quad zu steigen und blind durchs Moor zu brettern, um die Jungen zu finden, aber er musste die Geduld bewahren. Er musste eine riesige Fläche absuchen und dazu war der Platz hier auf dem Belstone Hügel am besten geeignet. Oder? Alex hatte plötzlich das Gefühl, auf dem Präsentierteller zu stehen, dem Wind und der brennenden Sonne ausgeliefert.

Vielleicht konnte Max ihn jetzt sehen. Und wenn, was würde er denken? Alex war nicht mal sicher, ob er Max wirklich finden wollte. Max hatte auf einen Menschen geschossen, verdammt noch mal! Schon bei seiner ersten Begegnung mit Max hatte Alex das Gefühl gehabt, dass dieser Junge etwas furchterregend Kaputtes an sich hatte. Was würde Alex mit ihm machen, wenn er ihn fände? Ihm Zuflucht bieten oder ihn zur Polizei bringen? Er wusste nicht genau, ob er Max vor Baz oder Baz vor Max schützen wollte. Klar, Max hatte keine militärische Ausbildung, aber er war ein gefährlicher Typ. Er war völlig unberechenbar und hatte niemals erkennen lassen, dass er sich für irgendjemanden außer für sich selbst interessierte.

Und was war mit Levi?

SCHUHE

Mein Fuß tut grauenhaft weh. Es ist, als hielte jemand ein brennendes Feuerzeug an die Haut. Zuerst hab ich die Blase ignoriert, aber inzwischen tut es einfach höllisch weh. Ich kann nicht gut mit Schmerzen umgehen. Ich habe mich wie eine Amphibie in einem Schilfdickicht versteckt. Die langen spitzen Wedel verbergen mich. Es tut gut, einfach nur zu sitzen, den Fuß anzustarren und mit dem Finger die brennende Wunde abzutasten. Wäre ich zu Hause, hätte ich mich längst auf die Unfallstation geschleppt. Aber ich sitze mitten auf einer breiten halbtrockenen Sumpfwiese im tiefen Tal. Selbst wenn der Soldat sich hierher wühlt, wird er mich wahrscheinlich nicht sehen, also sollte ich einfach hierbleiben. Ich muss pinkeln, aber ich möchte nicht aufstehen, ich bin ZU KAPUTT. Ich laufe schon seit Stunden durch die Gegend und habe Hunger und Durst. Ich weiß nicht, wo ich bin, und auch nicht mehr genau, aus welcher Richtung ich eigentlich gekommen bin. Vor etwa einer Stunde bin ich an einigen gestreiften militärischen Pfosten vorbeikommen, solchen, an denen manchmal die roten Fahnen hängen, aber die haben mir auch nicht verraten, wo ich mich befinde.

Puh! Wie lange hocke ich schon hier? Woran habe ich gerade gedacht?

Ich weiß es nicht mehr. Ich lege die Hände über den Kopf, um mich ein oder zwei Minuten lang vor der Sonne zu schützen. Ich muss wirklich was trinken. Ich habe den Soldaten abgehängt, doch ich bin sicher, der bleibt so lange dran, bis er mich gefunden hat. Aber müsste er nicht bald in seine Kaserne zurück?

Vielleicht ist es am schlauesten (und die einzige Möglichkeit), wenn ich mich irgendwo verkrieche; einfach ein paar Tage im Moor verharren und dann weitersehen.

Was ist das? Ich entdecke etwas Weißes, dass aus dem Boden ragt. Es ist ein sonnenheißer Stein mit Kanten, die so scharf sind wie Glas. Ich denke an den Soldaten Baz, ziehe den Stein heraus und stecke ihn mir in die Tasche. Jetzt habe ich nicht mehr solche Angst. Ich glaube, ich bin schon jenseits von Angst. Ich fühle überhaupt nichts mehr (abgesehen von meinem Fuß). Es ist, als betrachtete ich alles von außen. Und wenn ich mich so umgucke, weiß ich vielleicht sogar DOCH, wo ich mich befinde. Mit fünfzehn habe ich auf der Risings für den Zehn-Hügel-Lauf trainiert (obwohl ich den dann doch nicht gemacht habe). Ich glaube, ich bin jetzt irgendwo im Mittleren Nordmoor, vielleicht zwischen Yes und Kitty Hügel. Ich muss Wasser finden. Ich ziehe meine feuchte, schmutzige Socke wieder über meinen geschwollenen, heißen Fuß und zucke zusammen, als der Stoff die Wunde berührt. Den Schuh anzuziehen ist eine wahre Tortur. Es ist so unerträglich, dass ich das schreckliche Ding gleich wieder ausziehe. Ich werde auf Socken weitergehen. Ich stehe auf und will den Schuh in die Tasche stecken, aber da passt er nicht rein, also schiebe ich ihn mir hinten in die Hose, aber da rutscht er runter und piekt mich am Hintern und ich KANN IMMER NOCH NICHT LAUFEN. Ich lasse den Schuh am Schnürsenkel baumeln und gehe los. Und schon patsche ich in weichen Modder, der meinen Fuß einsaut. Siedend heißer Zorn durchflutet mich, ich fluche und schleudere den Schuh weit von mir. Warum mache ich so was? Jetzt bin ich auch noch meinen Schuh los. Schnaufend und keuchend stolpere ich durchs Schilf, trete auf Stacheln, die Socke rutscht mir vom Fuß.

Wann wird das vorbei sein?

Die Sonne steht jetzt tiefer am Himmel. Es war der längste und heißeste Tag meines Lebens.

Ich liege bäuchlings unter einem umgefallenen alten Baum, der mir den dringend benötigten Schatten spendet. Ich lutsche an einem Stein, als wäre ich ein Leprakranker. Er schmeckt salzig, aber immerhin bildet sich auf diese Weise Spucke in meinem Mund, und die kann ich schlucken. Ich habe solchen Durst, dass ich glatt meine eigene Pisse trinken würde.

Mein einziger, mein verwaister Schuh steht neben mir. Er ist so verdreckt, dass er aussieht wie ein Bauerntreter. Zu Hause habe ich Schränke voller Schuhe: Turnschuhe, abgetragen und bequem; wasserdichte Gummistiefel mit runden Kappen. Selbst meine alten Risings-Schuhe sind besser als dieses lederne Folterinstrument. Die Sohlen sind glatt wie Glas.

Steht die Sonne wirklich tiefer oder habe ich mich nur *bewegt?*

Trockene Haut schuppt sich von meinen Lippen, als hätte ich zu viele zuckrige Donuts gegessen. DONUTS! In meinem Schädel tobt ein irrer Schmerz. Als wäre da ein anderes Wesen eingesperrt, ein stachliger kleiner Alien. Ich träume von Flüssigkeiten: von einer Packung kalter weißer Milch, einem Glas Eiswasser, in dem die Eiswürfel klicken. Ich denke an das Knacken und Zischen von Cola, wenn man am Ring der Dose zieht. Ich stelle mir vor, wie das kalte Getränk hinten im Rachen ankommt. Mutter fragt mich dauernd: »Möchtest du eine Tasse Tee?«, was mir komischerweise immer blöde vorkommt und ich jedesmal mit NEIN beantworte. Aber jetzt hätte ich gerne eine Tasse Tee in dem grünen Tonbecher, den Mutter schon ewig benutzt. Ich stelle mir einen Löffel Zucker vor, kling, kling, der Löffel rührt, Dampf steigt auf, silberne Tröpfchen schweben in der Luft. Ich denke an schwarzen, starken Kaffee, der mein Herz zum Rasen bringt, oder an die Kakaobrühe aus dem Automaten im Aufenthaltsraum auf der Risings, an den Schmerz an Finger und Daumen, wenn man den heißen Plastikbecher anfasst. Ich denke an die Zuckerpampe am Boden des Bechers.

Mann, der Druck in meinem Kopf wird stärker und stärker, als wäre er mit Schnur umwickelt und jemand zöge fest daran. Ich muss mich bewegen. Ich muss Wasser finden. Aber kaum habe ich mich stöhnend aufgerappelt und bin in die länger werdenden Schatten getreten, sehe ich auf einem Hügel ganz deutlich Baz. Er ist mir auf den Fersen. Das ist, als würde ich auf dem elektrischen Stuhl sitzen. Baz ist vielleicht, na, zwei Meilen entfernt? Ganz übel.

Baz läuft mit Methode, wie ein trainierter Läufer. Er ist fit, stark und trägt Stiefel – nicht bloß Socken wie ich. Eine bittere Substanz macht sich in meiner Kehle breit, während ich Baz den Moorweg abwärtsfegen sehe. Die Sonne glänzt auf seinem hellen Haar. Wenn er auf diesem Weg bleibt, ist er in dreißig Minuten, vielleicht sogar noch eher, hier bei meiner Baumhöhle. Mein ganzer Körper spannt sich vor Angst.

Ich höre ein Rufen im Wind und spüre den Hass, der mir entgegenschlägt. Ich bin gesehen worden, ich bin gesehen worden! Wo soll ich hin? Hier in der Senke gibt es keinen Schutz, aber der Hügel dahinter ist übersät mit Felsen und Steinen, als wären die direkt vom Himmel gefallen. Dort könnte ich mich verstecken. Die Entscheidung ist getroffen, ich presche auf Socken durchs Gras. Als ich die Sumpfwiesen erreiche, drehe ich mich um und sehe, dass Baz seine Geschwindigkeit erhöht hat. Ich quäle mich vorwärts und sehe ein Jelly-Tot-Einwickelpapier. Das muss mir vor Stunden aus der Tasche gefallen sein. Bin ich wirklich nur bis zu dem Baum gekommen? Und jetzt bin ich wieder hier. Ich kämpfe mich weiter vorwärts und merke, dass ich den zweiten Schuh unter dem Baum liegen gelassen habe. Ich kann ihn nicht mehr holen. Meine Beine sind wie Gummi und zu nichts nutze, mein Magen krampft sich zusammen. Ich habe solche Angst, dass ich mich am liebsten hinlegen und es hinter mich bringen würde, die Prügel oder was auch immer, denn dann wäre das hier wenigstens vorbei.

Vielleicht, wenn ich Baz ganz doll bitte, gibt er mir was zu trinken, bevor er mich umbringt?

Ich stolpere weiter, bei jedem Schritt beißt mir der Boden in die Füße. Das Gras ist hart wie Draht und meine Socken sind so nass, dass sie rutschen und ich drüberstolpere. Mit den Schlammpuscheln an den Füßen sehe ich bestimmt aus wie ein Clown. Ich wage nicht, mich umzudrehen, aber ich weiß, dass ich geliefert bin. Diese menschliche Maschine kann ich nicht abhängen. Baz ist für so was ausgebildet. Auf den Sumpfwiesen wachsen viele kleine Blumen, leuchtende, kleine, sonnige Gesichter, so gelb wie Eidotter.

Hat Baz-der-Soldat ein Gewehr?

Weiter. Vor mir ist ein riesiger Ginsterstrauch. Wenn ich bis dahinter komme ... wenn ich nur schneller wäre ...

»HEY!« Der Schrei hallt durchs Tal und schlägt mir an die Ohren. »HEY, DU! DU BIST TOT.«

Ich schleppe mich weiter, die gelben Blumen unter meinen Füßen verschwimmen, meine Beine bewegen sich von alleine. Ich bin ein menschlicher Tausendfüßler auf der Flucht vor dem mörderischen Stiefel. Aber jetzt habe ich den Ginster erreicht, ich bin durch den Sumpf durch und plötzlich sehe ich vor mir ein Ufer und einen Fluss! Wie aus dem Nichts! Strahlend weißes, klares silbernes Wasser gurgelt über dunkle Steine. Ich platsche auf die andere Seite rüber, erlaube meiner Hand, Wasser zu schöpfen und mir einen kostbaren Schluck in den Mund zu kippen, und werfe mich auf den Hügel. Meine Beine tragen mich höher und höher, bis hinauf zu den vielen Steinbrocken, die den Hügel bedecken. Hoch, immer höher, und dann erst wage ich mich umzublicken. Baz ist an meinem Schuhbaum. Mir bleiben vielleicht noch zehn Minuten, mehr nicht. Ich schiebe mich durch die Steine, einige sind riesig, andere winzig, meine bloßen Füße brennen, als hätte ich Feuer und Eis unter der Haut.

Ich muss mich verstecken. Sofort. Mir bleibt keine Wahl.

»HEY!« Die Stimme, die vom Tal zu mir hochfliegt, ist voller Hass. Ich schaudere. Das ist so furchterregend, dass ich weinen könnte. Plötzlich fährt ein scharfer Stich durch meinen Fuß und ich sehe Blut. Ich merke, dass ich heute kein Blut mehr sehen möchte, weder meins noch das von einem anderen. Je höher ich komme, desto größer werden die Felsbrocken. Ein Irrgarten mitten im Moor, ein Irrgarten aus Felsen und Steinen.

Ich blicke mich um und sehe Baz durch den Sumpf toben. Jetzt kann es sich nur noch um Minuten handeln. Niemand wird kommen und mich retten. Ich wähle einen fetten Felsen aus, der wie ein riesiger Lehnsessel aussieht, und schiebe mich in den Spalt zwischen ihm und dem nächsten Brocken. Ich liege still und atme auf. Ich bin gut versteckt, habe aber keinen Fluchtweg. Wenn ich eine schlechte Wahl getroffen habe, dann kann mir nur noch Gott helfen.

Still betrachte ich die Flecken und Muster im Fels um mich herum. Ich höre Schritte näher kommen. Baz' schwerer, militärisch trainierter Atem ist deutlich hörbar.

Das war's.

Dann höre ich ihn vor sich hin reden und schimpfen. Ich liege stocksteif. Müsste jetzt nicht mein Leben wie ein Film vor mir ablaufen? Soll ich mich wehren oder dauert es dann bloß noch länger? Besiegen werde ich ihn bestimmt nicht.

Ich kreische beinahe auf, als auf dem Stein, unter dem ich liege, ein Stiefel erscheint. Die geriffelte braune Gummisohle ist abgetreten und verdreckt. Ich rieche feuchtes Leder. Dieser Stiefel könnte mich in wenigen Sekunden zu Tode treten. Ich schließe die Augen, aber als ich sie wieder öffne, ist Baz immer noch da. Ich kann ihn voll und ganz sehen. Weiß er, wo ich bin? Ist das der Beginn seiner Folter? Die Hosen des Soldaten sind aus strapazierfähigem Material und stecken in dicken Socken. Sein Hemd ist voller Schweißflecken. In der Hand hält er Alex' Luftgewehr.

Wieder überkommt mich blankes Entsetzen. Ich wusste nicht, dass er es mitgenommen hat. Und da ist sein rot geflecktes Gesicht, die Lippen sind aufgerissen, die wütenden Augen suchen das Tal ab.

Guck bloß nicht nach unten.

Ich lege mir die Hand auf den Mund, weil ich fürchte, dass ich vor lauter Erschöpfung, Angst und Irrsinn mit irgendwas herausplatze. So was ist mir schon passiert.

»Ich weiß, dass du irgendwo hier bist, du widerlicher Mistkerl«, ruft Baz. »Komm lieber freiwillig, sonst hol ich dich.«

Meine Zeit ist abgelaufen.

ÜBERLEBEN

Zuerst klingen die Stimmen ein bisschen wie aus dem Radio – weit entfernt und sehr hell –, unter die sich ein Kichern mischt, als wäre eine ganze Sippe Feen unterwegs.

Ein dumpfer Schlag. Der Soldat landet auf dem Boden. Ich tue so, als gäbe es mich nicht.

Die Stimmen branden wieder heran wie eine Welle, laut und hoch. Kinderstimmen. Der Soldat knurrt.

»Was zum ...?«

Recht hat er. Ich muss das sehen. Die Stimmen kriechen in meinen Stein hinein, sie plappern, lachen, trillern und rufen. Fröhliche kleine Stimmen, die die Flecken auf den Steinen lebendig machen, sie zum Tanzen bringen.

Ist das Wahnsinn? Ist es mit mir endlich so weit?

Ich höre den Soldaten über die Steine davonklappern. Unfassbar. Ich will es lieber nicht glauben, falls ich mich irre. Dann richte ich meinen schmerzenden Körper auf, stoße mir den Kopf am Felsen, gebe aber keinen Laut von mir. Ich rutsche vorsichtig zurück.

Die Silhouette des untersetzten, muskulösen Soldaten hebt sich vom dunkelblauen Himmel ab. Er beobachtet zwei Frauen, die eine Gruppe hell gekleideter Mädchen anführen. Alle tragen schwere Rucksäcke und haben Kartentaschen umhängen. Die Mädchen sind vielleicht zwölf oder dreizehn Jahre alt, ich zähle zwanzig. Vor lauter Überraschung bin ich zu keinem Gedanken fähig.

Baz-der-Soldat flucht vor sich hin, als die Gruppe ihn entdeckt. Die Leiterinnen bleiben auf der Stelle stehen und starren ihn an. Sie sehen aus, als hätten sie Angst – völlig zu Recht. Sie beraten sich und blicken auf ein Blatt Papier. Schließlich winkt eine zögerlich, doch Baz reagiert nicht darauf. Die Frauen blicken einander an und gehen weiter, die Mädchen kichern erneut.

Als Baz sich umdreht, verstecke ich mich wieder. Er blickt in die Runde und geht dann zwischen den Steinbrocken hindurch hinauf auf den Gipfel. Mit großer Befriedigung schaue ich zu, wie der Soldat immer weiter hinaufsteigt, sich immer weiter von mir entfernt und schließlich am Horizont verschwindet.

Die Gruppe campt auf den Flächen jenseits der Sumpfwiesen. Neun Zelte haben sie im Kreis aufgestellt. Ein Lagerfeuer leuchtet in der Dunkelheit, Taschenlampen geistern durchs Tal. Sie haben zusammen gesungen, eigenartige Lieder über die Jahreszeiten, und sie haben sogar gebetet.

»AFFE!«, ruft eine Stimme.

»OOH, OOH, OOH«, erwidern alle anderen wie besessen.

Ich schaue ihnen von meinem Versteck aus zu. Entweder sind es Pfadfinderinnen oder Hexen. Der Geruch ihres Essens, das über dem Feuer schmort, macht mich verrückt. Das und die winzigen Mücken, die in Massen auftreten und mich bei lebendigem Leib auffressen. Ich komme mir vor wie ein Unwesen, ein Monster im Dunklen, aber gleichzeitig fühle ich mich sicherer als in den vergangenen zehn Stunden. Ich beobachte das Feuer und die dunklen Gestalten, die darum herumrennen. Die Älteren erzählen von den Geistern und den Legenden des Dartmoors. Ihre klaren Stimmen klingen durch die Stille. Ich glaube nicht an kopflose Jäger oder heimtückische, behaarte Hände, trotzdem jagen mir kalte Schauer über den Rücken. Auch die Mädchen rücken näher ans Feuer.

Als ich sicher bin, dass alle mit ihren dampfenden Tellern Eintopf vor sich im Kreis sitzen, krieche ich hinaus. Schleiche auf leisen Socken über Steine und um Brombeeren herum bis zum nächstgelegenen Zelt. Ich ziehe den Reißverschluss auf. Das macht einen schrecklichen Lärm, aber am Feuer scheint es niemand zu hören, also stecke ich meinen Kopf ins Zelt. Ein scharfer Geruch nach Deodorant, vermischt mit einem Hauch Käsefuß, schlägt mir entgegen. Ich ertaste einen Rucksack und wühle darin herum. Eine Zahnbürste. Brauche ich nicht. Ein Paar Socken, viel zu klein. Dann endlich ein Schoko-Riegel und das stumpfe Leuchten eines Handys. Es gibt kein Netz, aber die Batterie ist voll. Ich stecke es in meine Tasche.

Dann finde ich eine Packung Saft, reiße sie auf und verschütte dabei etwas auf den Zeltboden. Ich trinke gierig, doch mein Durst wird nicht gestillt. Ich nehme mir den nächsten Rucksack vor, schnappe mir eine Taschenlampe, Müsliriegel und ein Päckchen Pflaster. Ich finde eine Wasserflasche mit Wasser, halb voll und lauwarm, aber ich schlucke es hinunter wie einen himmlischen Trank.

Ich klaue eine Box mit Broten und einen Schlafsack, klemme beides unter den Arm und wage mich ins nächste Zelt. Hier erbeute ich einen Schal, einige Decken und noch mehr zu essen. Ich kippe den Inhalt einer Tasche aus und packe mein neues Zeug rein. Unglaublich: Innerhalb von zwölf Stunden ist aus mir ein Mörder und ein Dieb geworden. Das hier muss das Zelt der Leiterinnen sein, denn alles ist ordentlich aufgeräumt und es liegen keine blöden Kuscheltiere herum. Ich finde ein Paar große Socken, einen großen Schlafsack, einen Kompass, eine Karte, eine volle Flasche Wasser und ein ganzes Päckchen Kekse. Ein Jammer, dass die so kleine Frauenfüße haben, sonst hätte ich auch noch Schuhe gestohlen. Ah! Was ist das? Meine Finger stoßen auf etwas aus Plastik, weich und gummiartig. Flip-Flops! Ich will sie gerade fallen lassen, da merke ich, dass sie ganz schön groß sind. Sie könnten passen. Allemal besser als Socken.

Ich schlüpfe aus dem Zelt und ziehe mich ins Dunkle zurück. Ich werde einfach hier in der Nähe bleiben. Baz würde mich doch wohl nicht neben einem Pfadfinderinnenlager umbringen? Da gäbe es zu viele Zeuginnen.

Zurück unter dem Felsen, der jetzt mein Lieblingsfelsen ist, wickle ich mir die weichen, gestohlenen Decken um die Schultern, ziehe die neuen Socken an und stelle alles Essbare vor mich hin. Erst stürze ich mich auf das Wasser, trinke so hastig, dass mir schwindelig ist, als ich die Flasche absetze. Das Brot ist trocken und zu salzig, der Käse darauf hat einen metallischen, künstlichen Beigeschmack, aber ich verschlinge jeden Krümel. Als ich fertig bin, stelle ich fest, dass ich noch nie in meinem Leben so einen Hunger gehabt habe. Ich schaue zu, wie unter mir auf dem Plateau die Flammen flackern und die Lichter der Taschenlampen herumhüpfen. Die Mädchen gehen schlafen. In den Zelten lachen und kreischen sie, das Geplapper reißt gar nicht ab. Aufgeregte Stimmen, lautes Klagen (der verschwundene Schlafsack verursacht allerhand Streit) und wildes Gekicher dringen bis zu meinem Nest hoch.

Schließlich lege ich mich zwischen zwei Felsen auf eine Decke und ziehe den Schlafsack über mich. Die andere Decke dient mir als Kopfkissen. Ich spüre, wie ich entspanne. Selbst im Dunkeln fühlen sich die Steine warm an, weil sie den ganzen Tag von der Sonne aufgeheizt wurden. Das Feuer der Pfadfinderinnen geht langsam aus, es ist nur noch rote Glut zu sehen. Meine Augenlider flattern. Ich bin fertig. Aber jetzt muss ich darüber nachdenken, was ich tun werde, vor allem, in welche Richtung ich gehen soll. Wahrscheinlich ist Baz zurück zur Kaserne gelaufen. Soldaten dürfen nicht einfach ohne Grund abwesend sein, so weit kenne ich die Armeevorschriften. Unerlaubtes Entfernen von der Truppe wird bestraft. Also wird Baz wütend nach Hause gestapft sein. Dafür ist vielleicht die Polizei hinter mir her (und die Armee auch?). Aber ich glaube, für den Augenblick bin ich in der Nähe dieser zwitschernden Mädchen sicher.

Meine Augen quellen mir aus dem Kopf. Das Feuer ist aus und das Mondlicht scheint auf die Steine. Der Wind ist stärker geworden und macht unheimliche Töne. Ich zittere. Ich habe etwas gehört; irgendwas hat mich geweckt. Ich höre Schritte und spüre, wie sich mir die Nackenhaare aufstellen. *Ich höre jemanden.* Wie aus dem Nichts pulsiert männlicher Atem, langsam und regelmäßig.

Eine Stimme schallt aus dem Dunkel, trifft mich wie eine Kugel.

»Hallo, Fremder. Ich wusste doch, dass ich dich finde.«

UNTER DEM LONG MEG

Eigentlich hätte die Polizei eine Großfahndung veranstalten müssen. Von seinem Aussichtspunkt aus müsste Alex überall blaue Lichter flackern sehen. Auch die Armee sollte im Einsatz sein. Armeefahrzeuge müssten eilig über die Pisten holpern, Männer in Tarnkleidung das Moor absuchen.

Aber außer ihm war niemand hier draußen, es sei denn, alle bewegten sich sehr, sehr still und verstohlen, was auch verständlich wäre.

Alex hatte sein Quad zwischen einer Steinmauer und Ginstergestrüpp versteckt. Die Nacht war hereingefallen, nur der Halbmond leuchtete. Im Moor war kein Geräusch zu vernehmen, keine Bewegung zu sehen. Die Stille war unheimlich. Alex glaubte, Max war nach Südwesten gegangen, Richtung Lydford. Wenn er ab und zu rannte, konnte er zwanzig Meilen geschafft haben.

Baz war nicht in die Kaserne zurückgekehrt. Alex wusste genau, wo sich der Soldat befand. Unterhalb vom Dinger Hügel flackerten zwei Feuer zwischen den Felsen. Das war ein guter Platz, denn er war geschützt und in der Nähe floss ein Bach. Auch Alex hätte zwei Feuer gemacht, zwischen denen er selbst ohne Decken einigermaßen warm bleiben konnte. Baz kannte das Moor sicher von den Manövern her. Er war Soldat. Er hatte Überlebenstechniken gelernt. Aber Max und Levi mussten inzwischen entsetzlich müde und hungrig sein. Alex hoffte, sie hatten Wasser gefunden. Er dachte an die Camper, eine Gruppe Mädchen, tief unten im Tal. Hatte Max die auch gesehen? Alex überlegte, ob er sie warnen oder lieber in Ruhe lassen sollte.

Die Feuer in der Ferne, auf dem anderen Hügel, waren bis auf die Glut runtergebrannt. Alex überprüfte sein Handy. Es war inzwischen halb elf und er hatte endlich ein Netz. Er rief Sasha an.

»Wo zum Teufel seid ihr alle?«, sagte sie. Ihre Stimme tat gut in der Dunkelheit. »Heute waren weder du noch Max oder Levi in der Schule. Was macht ihr? Ist da 'ne Art Verschwörung im Gange?«

»Komplizierte Sache«, sagte Alex vorsichtig.

»Geht's um die Gewehre?«

»Was?« Alex war verblüfft. Soweit er wusste, hatte niemand Sasha davon erzählt.

»Levi hat's mir gesagt. Der kann einfach nichts geheim halten, vor mir schon gar nicht.«

»Was hat er dir erzählt?«

»Alles.«

Alex blinzelte. Er überlegte, wem Levi sonst noch was erzählt haben mochte.

»Er hat mich schwören lassen, es keinem weiterzusagen, aber mir gefällt das Ganze überhaupt nicht. Ich wollte dich heute Nachmittag bei unserer Wanderung überreden, zur Polizei zu gehen. Gewehre, Alex! Mit so was macht man keinen Scheiß.«

»Ich weiß«, sagte Alex. Er biss sich auf die Lippe. Er hatte völlig vergessen, dass er mit Sasha verabredet gewesen war.

»Levi geht nicht an sein Telefon. UND seine Mutter hat mich angerufen und gefragt, ob ich wüsste, wo er ist. Wie denn!«

»Sasha, hast du Nachrichten geguckt?«, unterbrach sie Alex. Er hätte gerne gewusst, ob der Vorfall auf dem Strangeways-Hof erwähnt worden war. Wenn schon keine Großfahndung nach Max lief, so mussten doch zumindest die lokalen Nachrichten in Radio und Fernsehen davon berichten.

»Ja, ich habe eben Nachrichten und Wetter gesehen«, sagte Sasha. »Morgen wird's wieder sehr heiß. Alex, wo ist Levi? Normalerweise geht er ran, wenn ich anrufe. Und was ist mit dir? Du hast mich sitzen lassen, du Ratte! Du wolltest heute Nachmittag mit mir wandern gehen. Ich stand wie ein Volltrottel pünktlich auf dem Parkplatz, mit Karte und allem. Ich habe ZWEI STUNDEN gewartet.«

»Tut mir leid«, sagte Alex. »Ich habe eine gute Entschuldigung. Und die anderen auch.«

»Wer's glaubt«, sagte Sasha. »Konntest dich wohl nicht von den Ratten trennen, oder?«

»Das nicht«, sagte Alex. »Hör zu, Sasha, es ist was passiert.«

Schnell erzählte er Sasha von dem Unfall, von Max, der ins Moor geflohen war, und von Levi und Baz, die ihm auf den Fersen waren.

»Sasha? Bist du noch da?«

»Boah!« Sasha holte tief Luft. »Der arme Soldat, hoffentlich ist es nicht so schlimm. Ich hab gewusst, dass Max nicht ganz richtig im Kopf ist. Ich wusste das einfach, verstehst du?«

»Hör mal, Sasha, bist du sicher, dass das nicht in den Nachrichten war?«

»Ja. Ich habe gerade *Devon heute* gesehen. Die haben nichts von einer Fahndung gesagt.«

Sehr merkwürdig, überlegte Alex. Das müsste doch eine fette Nachricht sein, es sei denn, die Sache war vertuscht worden. Das war ein Gedanke, der ihn nervös machte.

»Brauchst du mich? Soll ich kommen?«, fragte Sasha.

»Nein«, sagte Alex schnell. »Ganz bestimmt nicht. Es sind schon jetzt viel zu viele Leute im Nordmoor unterwegs. Mit Baz auf dem Kriegspfad ist das garantiert nichts für dich. Er hat mein Luftgewehr.«

»Das ist wahr«, sagte Sasha nachdenklich. »Aber was ist mit Levi? Du musst ihn finden. Er ist ja auch da irgendwo und hat sich bestimmt verlaufen. Der ist kein Moormensch wie du oder so einer wie Max, der sich wie eine Kakerlake überall durchschlägt. Levi ist bloß ein großes Weichei, trotz all seinem Fitnesstraining. Er muss ESSEN, Alex, sonst sinkt sein Zuckerspiegel und er kippt um.«

»Ich weiß, ich weiß.« Sasha sprach so laut, dass Alex das Telefon ein Stück vom Ohr weg hielt. Was hatte Levi an sich, dass alle Frauen ihn bemuttern wollten?

»Wo bist du?«, fragte Sasha. »Ich sollte doch kommen. Ich bring was zu essen mit. Mum kann sich um Sammy kümmern.« Sie sprach eher zu sich selbst.

»Nein«, sagte Alex. »Das ist zu gefährlich. Hier läuft ein gefährlicher, bewaffneter Mann rum. Bleib, wo du bist.« Er wünschte, er hätte sie nie angerufen, aber er hatte einfach wissen wollen, was los war.

»Halt mich auf dem Laufenden, ja?«, sagte Sasha. »Oder ich schwöre, ich komme und ich finde dich.«

»Meld dich bei mir, wenn Max oder Levi dich anrufen«, sagte Alex.

»Soll ich den Eltern Bescheid sagen?«, fragte Sasha.

»Ich weiß nicht«, sagte Alex. »Ja und nein.« Er verstand nicht, warum die nicht längst benachrichtigt worden waren, aber es bestand die Gefahr, dass die Eltern dann ins Moor kommen würden, und je weniger Leute heute Nacht unterwegs waren, umso besser.

»Ich rufe jetzt den Hauptfeldwebel in der Kaserne an«, sagte er. »Der wird wissen, was los ist.«

Sasha ließ ihn schwören, dass er sie wieder anrufen würde, und nachdem sie versprochen hatte, niemandem etwas zu sagen, bis sie von ihm hörte, legte sie auf.

Alex lehnte sich an einen uralten stehenden Stein und fuhr sich mit den Fingern durchs Haar. Dieser Stein hier hieß Long Meg. Hier oben hatten alle Steine einen Namen. Dad kannte die meisten, denn er interessierte sich für Archäologie und solche Sachen. Er wünschte, Tim wäre jetzt hier. Er wüsste, was zu tun wäre. Der Wind hatte aufgefrischt und ließ Alex zittern.

Alex nahm sein Telefon und blickte auf das Display. Er platzte nicht gerne mit einem Anruf bei anderen Leuten rein, vor allem nicht bei solchen wie Hauptfeldwebel Furzey. Aber gab es etwas Wichtigeres als das hier? Er hätte ihn schon vor Stunden anrufen sollen, statt durchs Moor zu rasen. Doch bislang hatte er kein Netz gehabt.

Alex rief die Nummer an, die er von Furzey bekommen hatte, und es ging sofort jemand ran.

»Jebbs Sohn?«

»Ja. Wie geht's Ihrem Soldaten?«

»Ein Glück, dass du anrufst. Der Gefreite Hurley hat eine schwere Augenverletzung. Wo bist du? Hast du den Täter gefunden? Kannst du seinen Namen bestätigen?«

Alex stotterte sich durch die Antworten. »Ist einer von denen zurückgekommen?«, brachte er heraus.

»Nein, aber ich habe zwei Züge und eine Streife losgeschickt, die euch suchen sollen.« Hauptfeldwebel Furzey hielt inne. »Als der Obergefreite Powers und ich nach Strangeways kamen, fanden wir etwas sehr Merkwürdiges. Wir fanden mitten auf dem Hof einen Sack mit Waffen. Hast du eine Erklärung dafür?«

»Oh«, sagte Alex. Er biss sich auf die Lippe. Den mussten Levi und Max dort gelassen haben.

»Weißt du was über diese Waffen?«

Alex holte tief Luft und erklärte, wie er und Levi in dem verfallenden Schuppen auf die Waffen gestoßen waren, wie sie sie ausgebuddelt und überlegt hatten, was sie damit machen sollten.

»Da sind noch mehr Waffen?« Der Hauptfeldwebel klang ungläubig. »Warum hast du mir das nicht gleich gemeldet?«

»Ich wollte nichts damit zu tun haben«, sagte Alex.

Furzey fluchte. »Ich habe immer gedacht, du wärst ein vernünftiger Junge«, sagte er. »Sag mir jetzt alles, was du weißt.«

»Viel mehr ist da nicht.«

»Dann erzähl's mir noch mal.«

Der kühle Wind ließ Alex frösteln. Als er die Laserausrüstung erwähnte, fluchte Furzey noch heftiger.

»So«, sagte Furzey, als Alex fertig war. »Das ist unglaublich. Aber jetzt müssen wir die verdammten Jungs aus dem Moor holen. Der Gefreite Baz Hurley kann im Gegensatz zu seinem Bruder Riley höchst unberechenbar sein. Verstehst du, was ich damit sagen will? Er neigt zu Wutausbrüchen. Er ist ein guter Soldat und die Armee ist genau das Richtige für ihn. Man sollte sich nur nicht mit ihm anlegen. Ich denke, dass er am Morgen zurückkommen wird, sobald er sich beruhigt hat, aber ich möchte nicht, dass meine Soldaten wegen euch Jungs in irgendwas reingerissen werden.«

Einige Sekunden lang herrschte Stille.

»Ich brauche deine Hilfe. Du sagst, du kannst zwei Feuer sehen? Kannst du mir auf der Karte beschreiben, wo sie sind?«

Alex erklärte es, so gut er vermochte. Sie waren irgendwo zwischen dem Dinger und dem Kneeset Hügel.

»Du bist ungefähr eine Meile von der Zinnmine entfernt?«

»Ich glaube. Im Dunkeln ist das schwer zu schätzen.«

»Ich werde die schnelle Eingreiftruppe direkt zu dir schicken. Und du behältst derweil den Soldaten im Auge, aber gehe NICHT in seine Nähe. Okay?«

»Okay.« Die Situation wurde immer surrealer.

»Ich bleibe mit dir in Verbindung. Wenn mein Mann seine Position verändert, musst du mir sofort Bescheid geben, verstanden? Und sprich mit niemandem über die Gewehre, hast du mich verstanden? Ich will keinen Medienzirkus da oben haben.« Furzey beendete das Gespräch.

Alex lehnte sich an den stehenden Stein. Also war eine Patrouille unterwegs. Das klang gut. Jetzt musste er nur noch darauf warten, dass die Leute ihn fanden.

Der Stein wärmte ihm den Rücken. Er legte den Kopf weit nach hinten und blickte hinauf zu dem Stein, der sich blass von der Dunkelheit abhob. Es hieß, dieser Stein stellte die Hochzeit zwischen einer Fee und dem Teufel dar, der sich als Prinz verkleidet hatte. Als die Fee die Wahrheit erfuhr, verfluchte sie den Ort und stürzte sich in den Sumpf. Alex mochte Märchen eigentlich nicht besonders. Aber hier draußen, im Dunkeln, mit den seltsamen Lichtern, die übers Moor flackerten, und der Melodie des Windes, der durch den Irrgarten aus Granit blies, schien alles möglich.

DIE KRÖTE SCHLÄGT ZU

Ich knurre und schlage um mich, direkt in Brennnesseln.

»Ruhig, Junge. Ich bin's. Levi.«

Ist er das wirklich? Es ist seine Stimme. Aber inzwischen scheint nichts mehr wirklich zu sein.

Langsam erkenne ich die Konturen von Levis dunklem Gesicht und das blasse T-Shirt.

»Bin ich froh, dass ich dich gefunden habe. Ich habe mich total verlaufen. Ich habe dich nur gefunden, weil ich dich husten gehört habe, und ich dachte, den Husten kenne ich, obwohl ich dachte, dass es dann vielleicht doch nur ein Schaf oder so was ist. Ich bin dir hinterhergelaufen. Eine Weile bist du immer mal vor mir aufgetaucht, aber dann habe ich dich verloren.« Levi klingt so fröhlich wie immer.

»Aber wie hast du mich gefunden?« Ich hatte Levi fast vergessen.

»Ich habe das Feuer der Mädchen gesehen und wollte sie um Hilfe bitten, aber dann dachte ich, sie hätten vielleicht Angst vor mir. Und dann habe ich gesehen, wie du dich in die Zelte geschlichen hast. Ich konnte es nicht fassen. Ich dachte: ›Was hat der Typ denn jetzt vor?‹ Und nun bin ich hier. Hast du was zu essen? Ich bin am Verhungern.«

»Ich habe auf ihn geschossen.« Ich weiß nicht, warum ich das sage, es kommt einfach so aus mir heraus.

»Es war ein Unfall, oder? Warum bist du denn weggerannt? Dadurch hast du alles noch viel schlimmer gemacht.«

»Was soll ich bloß tun?«, flüstere ich.

»Weiß der Himmel«, sagt Levi. »Aber du kannst dich nicht für immer hier verstecken.« Er kommt näher. »Du stinkst echt übel.«

Ich lasse mich an meinen Stein sinken. »Glaubst du, dass jetzt die ganze Armee hinter mir her ist?«

»Wahrscheinlich«, sagt Levi. »An deiner Stelle würde ich mich stellen. Die finden dich sowieso. Sag, hast du was zu essen? Oder hast du bloß aus Spaß in den Zelten der Mädchen gewühlt? Oder nach Kuscheltieren gesucht?«

Ich denke an den Hunger, den ich eben noch gehabt habe, ziehe ein Päckchen in Folie eingewickelte Brote heraus und gebe sie ihm, wenn auch ungern. Die hatte ich fürs Frühstück aufheben wollen.

»Danke sehr«, sagt Levi höflich und beißt ab. Trotz allem muss ich grinsen. Mir drohen Gefangennahme, Folter und Tod, aber Levi weiß sich zu benehmen. Seine Mutter wäre stolz auf ihn. Ich schaue ihm beim Essen zu. Es ist schön, nicht allein zu sein.

»Was ist denn mit deinen Füßen, Mann? Puh, was ist denn DAS?« Levi hält einen meiner dreckverklumpten Socken hoch.

Mein einer Fuß steckt in einer dicke Socke von der Gruppenleiterin. Der andere ist nackt. Ich hoffe, dass die Wunde an der Luft besser heilt.

»Du bist ja in einem grauenvollen Zustand. Bist ja noch schlimmer dran als ich.« Er erklärt, dass er aus einem Bach jede Menge Wasser getrunken hat. Er hatte mehr Glück als ich. An einem Vermessungspunkt hat er einen geschmolzenen Marsriegel gefunden.

»Was für ein Glück!«, sagt Levi. »Das Ding war richtig flüssig. Ich musste es trinken. Ihhhh. Aber das war die Wende, danach ging's mir besser. Und jetzt habe ich dich gefunden. Und jetzt ...«

»Was jetzt?«, frage ich. Ich bin so müde, dass meine Stimme tief und kratzig klingt.

»Jetzt müssen wir die Suppe auslöffeln«, sagt Levi behutsam. »Wenn du dich hier wie ein Straßenräuber versteckst, machst du alles nur noch schlimmer.«

Vor meinem inneren Auge taucht ganz kurz das Bild meiner Mutter auf. Ich sehe die Feder an ihrem Hut beben.

»Niemals«, sage ich.

»Komm schon, Maximus. Wie stellst du dir das denn vor? Was wirst du essen? Der Soldat kriegt dich sowieso bald. Und der Typ, den du niedergeknallt hast, der ist Soldat und zäh wie Leder. Der kommt schon durch.«

»Vielleicht.« Ich kauere mich in meinen Schlafsack. »Aber ich geh nicht zurück.«

»Komm schon, was willst du denn machen? Auf der Straße leben?«

»Weiß nicht«, fauche ich ihn an. Levi geht mir auf die Nerven. Wie könnte ich mich stellen? Die werfen mich ins Gefängnis oder machen noch Schlimmeres mit mir. Ich hätte die ganze Britische Armee gegen mich. Und was würde Simon sagen? Ich stelle mir das ratlose Gesicht meines Bruders vor. Und Dad – na, Dad, würde dafür sorgen, dass sie mich umbringen. Nach der Sache auf der Risings hat er mich regelrecht aus dem Haus geworfen. Ich musste im Gartenschuppen schlafen und konnte mich erst am nächsten Tag wieder ins Haus schleichen. Fast zwei Wochen lang hat Dad nicht mit mir gesprochen, hat mir mein ganzes Taschengeld gestrichen und mich nirgends mehr hingefahren. Und dann kam die richtige Bestrafung.

»Dann stimmt das also?« Levis Stimme dringt durch die Dunkelheit zu mir. »Du warst der Bombenleger von der Risings?«

»Die Bomben waren nicht echt«, sage ich. »Die sahen nur so aus. Alle haben total übertrieben. Die Sache ist voll aus dem Ruder gelaufen«, sage ich.

»Aber wie!«, sagt Levi. »Warum hast du das gemacht?«

Warum habe ich das gemacht? Warum mache ich überhaupt irgendwas? Die Risings ist ein Witz. Da sind nur eingebildete Schleimer. Ich hatte eine Idee und die musste ich umsetzen. Ich habe oft davon geträumt, die ganze Schule in die Luft zu jagen. Einmal zum Beispiel, als ich gerade meinen Kumpels den Pokal zeigte, den ich für den zweiten Platz im North Devon Hip-Hop-Wettbewerb bekommen habe, da verkündete Mr Able, der Musiklehrer, vor der ganzen Klasse, ich sei »so musikalisch wie ein Misthaufen«. Und beim »Hören meiner Raps« würde er im »medizinischen Sinne depressiv« werden. Insofern war es kein Zufall, dass die dickste »Bombe« im Schrank der Blasinstrumente platziert war. Aber ich habe eine Million weitere Gründe, die Schule zu hassen: die Lehrer, die meisten Schüler, die langweilige Büffelei. Und ich wollte sie ja nur ein bisschen kitzeln, der Schule mit ein oder zwei Wespenstichen unter die Haut gehen, genauer gesagt, ein paar kleine Päckchen, die aussehen wie Sprengkörper, gut verteilt im Hauptgebäude, sollten für ein bisschen Aufregung sorgen. Ich hätte nie gedacht, dass ich die Schule damit bis auf die Grundfesten erschüttern und das zu Massenevakuierungen führen würde, dass Armee und Sonderkommandos und per Hubschrauber anreisende Regierungsvertreter eingeschaltet werden würden. Die haben total überreagiert!

»Hätte ich das bloß nicht gemacht!«, sage ich und lasse den Kopf auf meine Knie sinken. Den folgenden Teil würde ich am liebsten vergessen.

Zwei Wochen nachdem ich von der Schule verwiesen worden war, brachte mich Dad zur Kaserne, weil Hauptfeldwebel Furzey und einige der Sprengstoffspezialisten, die mit der Sache zu tun gehabt hatten, mit mir reden wollten. Ich weiß, dass ich nervös war, aber nicht allzu sehr. Schließlich habe ich mir schon jede Menge Strafpredigten anhören müssen. Am Tor der Kaserne wurde Dad durchgewinkt, er fuhr direkt auf den hinteren Teil des Geländes und parkte vor einem kleinen, alleinstehenden gemauerten Gebäude.

Wir gingen hinein und es kam mir komisch vor, dass es so kalt war und es keine Fenster gab. Als Dad mir befahl, ich solle mich in die Mitte des dunklen Raumes auf den Zementfußboden setzen, geriet ich in Panik. Dann kamen Soldaten rein. Mit Hauptfeldwebel Furzey waren sie zu sechst, alle rausgeputzt, als kämen sie von einer Parade, alle mit ihren persönlichen Waffen. Ich hatte solche Angst, dass ich mich nicht rühren konnte. Sie guckten mich an, als wollten sie mich umbringen. Dann wurde es noch schlimmer. Sie zeigten mir Bilder von Verwüstungen, die Bomben anrichten können, Bilder von der gefährlichen Arbeit der Bombenentschärfer. Sie erzählten mir von zerstörten Existenzen und verzweifelten Familien. Sie zeigten mir Bilder von Kindern, deren Väter bei der Entschärfung von Bomben getötet worden waren. Dann zeigten sie mir die toten Väter. Ein Soldat schaltete einen Projektor an und ich sah riesige Farbdias von Bombenverletzungen. Ich musste mich übergeben und der Hauptfeldwebel schrie mich an und ich musste das Zeug vor aller Augen selber aufwischen und dann ging das Martyrium weiter. Ich sah Filme, in denen echte Bomben explodierten und echte Leute verletzt und getötet wurden. Ich sah Fotos, die jetzt in meinem Kopf herumschwirren und nie verschwinden werden, entsetzliche Bilder, schrecklicher als alles, was ich mir je hätte vorstellen können.

Und dann ließ sich der Hauptfeldwebel auf die Knie hinunter, kam ganz an mich heran und brüllte mir ins Gesicht, wie dumm und wie nutzlos ich sei. Ich sei ein wertloses Stück Scheiße, das man eigentlich erschießen sollte. Ich brach zusammen und weinte und schluchzte vor allen wie ein kleines Kind, so verängstigt und verschreckt war ich. Und mein Dad saß die ganze Zeit in der Ecke und rührte keinen Finger.

Es war mein lieber Vater, der dies mit seinen Verbindungen zur Armee extra für mich arrangiert hatte. Ich glaube, die Idee hatte er aus *Clockwork Orange*. Dad hat das Buch schon immer gemocht. Ich habe nur den Film gesehen.

Jetzt muss ich die Tränen zurückhalten, die aus meinen Augen quellen wollen.

Auf dem Weg nach draußen sagte Dad zu mir, er habe das tun müssen. Er sagte, ich müsse »zurechtgebogen« werden.

Da bin ich weggelaufen.

Und was wird jetzt? Gott weiß, was mein Vater diesmal für mich arrangieren wird. Was auch immer, es wird in jedem Fall entsetzlich sein. Dad wird nicht glauben, dass der Schuss versehentlich losgegangen ist. Ich kann nie wieder nach Hause. Diesmal bringt mein Vater mich um. Aber dann habe ich plötzlich eine Idee.

Vielleicht könnte ich ja trotzdem nach Hause.

Levi will, dass ich den Reißverschluss vom Schlafsack aufmache, damit er ihn auf dem stacheligen Gras ausbreiten kann. Er legt sich auf eine Seite und deckt sich mit einer von den geklauten Decken zu. Es ist zwar unbequem, aber er ist trotzdem innerhalb von zehn Minuten eingeschlafen und schnarcht so laut, dass ich fürchte, die Gruppenleiterinnen könnten herkommen und nachgucken, was das wohl ist.

Levis Füße sind ein bisschen größer als meine. Er hat noch immer seine großen, weichen grauen Turnschuhe an den Füßen. Ich betrachte sie im Mondlicht. Ohne Schuhe komme ich nirgendwohin. Nachdem ich darüber ein paar Minuten lang nachgedacht habe, treffe ich meine Entscheidung und beuge mich über meinen Freund. Sein Mund steht auf, die Augen hat er fest geschlossen. Der erste Knoten ist schwierig. Der Schnürsenkel ist nass und dreckig und meine Finger sind steif, aber nach einer Weile habe ich ihn auf. Dann halte ich die Luft an und ziehe Levi den Schuh vom Fuß. Ich rutsche zur Seite und probiere ihn an. Es ist, als liefe ich auf Kissen. Sogar meine Blasen melden sich nicht. Ohne Zögern mache ich mich an den anderen Schuh. Diesmal ist es ein bisschen schwieriger, denn der Fuß liegt ein bisschen verkantet. Levi bewegt sich und sein

Bein rutscht auf die falsche Seite. Falls Levi aufwacht, werde ich ihm sagen, ich wollte ihm nur die Schuhe ausziehen. Levi würde niemals auf die Idee kommen, ich täte das, was ich tue. Der Schuh gleitet vom Fuß, er ist feucht-warm und auch Levis Fuß strahlt Wärme aus. Einen Moment lang betrachte ich Levis schlafendes Gesicht und überlege. Dann ziehe ich meinem Freund vorsichtig die Uhr vom Handgelenk und mache sie an meinem fest. Die dicken Wollsocken lasse ich Levi da, packe aber das ganze Essen in die gestohlene Tasche und hänge sie mir über die Schulter. Levi wird mich verstehen. Er kann die Pfadfinderinnen um was zu essen bitten. Er wird schon klarkommen, aber für mich steht alles auf dem Spiel.

Ich krieche weg, um den Hügel herum, hinein in die Dunkelheit.

VIER UHR MORGENS

Die Uhr zeigt vier Uhr morgens. Fünf Stunden lang bin ich schon gelaufen. Ab und zu bin stehen geblieben und habe etwas gegessen oder mithilfe der gestohlenen Taschenlampe auf die gestohlene Karte geguckt. Meine Beine tun höllisch weh. Die Schuhe sind weich und bequem. Ganz kurz quälen mich Skrupel wegen Levi. Was wird mein Freund machen, wenn er mitten im Dartmoor aufwacht, ohne Schuhe, ohne Essen, ohne Uhr? Aber Levi ist ein guter Mensch. Er weiß, wie übel ich dran bin. Der findet das bestimmt komisch. Wenn das hier vorbei ist und wir wieder in der Schule sind, werden wir alle an unserem Lieblingstisch in der Cafeteria sitzen und uns kaputtlachen.

»... Und dann ... dann hast du mir die Schuhe geklaut!«, wird Levi sagen und seine Stimme wird sich überschlagen.

Nach ein paar weiteren Metern tun meine Beine nicht mehr einfach nur weh, sondern sie schmerzen richtig. Jeder Schritt fühlt sich an, als würde ich die Muskeln meiner Waden und Oberschenkel bis zum Anschlag strapazieren. Ich bin in flachem Moorland, wo das Farnkraut in dichten Büscheln wächst und das Gras kurz geschoren ist. Im Osten färbt sich der Himmel rosa und die Vögel fangen an zu singen.

Ich muss eine Pause machen. Ich bin ziemlich sicher, dass mir niemand folgt. Dazu bin ich schon zu weit gekommen, und auch das komische Prickeln im Nacken ist weg, das mich dazu bringt, stehen zu bleiben und mich umzugucken, mir ein Gesicht vorzustellen, das mich beobachtet. Ich schlage die Karte auf, schnipse die Schafköttel von einem großen flachen Stein und breite darauf die Karte aus. Dieser Gipfel vor mir könnte der Sharp Hügel sein und dann wäre der Hügel da im Westen der Hare Hügel. Wenn ich mich weiterhin südwestlich halte, werde ich auf die A 386 stoßen, irgendwo zwischen Tavistock und Lydford. Dann weiß ich wirklich, wo ich bin.

Aber ich muss mich ausruhen. Wenn ich jetzt weitergehe, mache ich mich kaputt. Ein paar Meter weiter ist eine kleine Senke, die von schweren, flachen, beinahe rechteckigen Steinen flankiert ist. Von den obligatorischen Risings-Schulausflügen habe ich so viel behalten, dass diese Dinger Steinkisten heißen und prähistorisch sind. Ich falte meine Karte zusammen und gehe durchs Heidekraut. Ich setze mich neben die Steinkiste und esse das letzte feuchte Käse-Tomaten-Brot. Dann lege ich mich in die Steinkiste, als wollte ich sterben. Jetzt bin ich zumindest von Weitem unsichtbar. Ich ziehe mir den Schlafsack über die Ohren. Der Wind wird stärker. Grashalme und Heidekraut rascheln an meinem Schlafsack. Die Morgenwolken rasen über den heller werdenden Himmel. Ich schließe die Augen.

Alex hatte nicht wirklich geschlafen. Die Nacht war zu kalt gewesen. Er hatte sich in alles gewickelt, was er bei sich trug, aber das hatte immer noch nicht gereicht. Die Wildhüter-Kate war vermutlich nur etwa drei Stunden entfernt, aber er durfte Baz nicht aus den Augen verlieren, und der Hauptfeldwebel hatte ihm gesagt, er solle hier an diesem Treffpunkt warten. Immer wieder setzte sich Alex auf, prüfte, ob die Feuer des Soldaten noch brannten, ob er Rauch roch und ob er irgendeine Bewegung im Moor entdecken konnte oder ein Geräusch hörte. Aber er war ziemlich sicher, dass Baz sich für die Nacht eingegraben hatte. Er meinte sogar, im Schein des Mondlichts durch das Fernglas neben den beiden glimmenden Feuern Baz' Stiefel und seine Umrisse auszumachen.

»Mach dich bemerkbar, sobald du meine Patrouille siehst«, hatte der Hauptfeldwebel befohlen. »Sprich mit sonst niemandem.«

Nachdem er Alex noch befohlen hatte, ihn anzurufen, wenn irgendwas passierte, hatte er das Gespräch beendet.

Das war vor zwei Stunden gewesen und jetzt, um vier Uhr früh, hatte Alex genug. Er aß das halbe Stück Käse und trank sein Wasser fast aus. Im Tal war ein Bach, da könnte er die Flasche wieder auffüllen. Er nahm sein Gewehr in die Hand und dachte an die Karnickel, die nur ein paar Meter entfernt Gras knabberten. In einer Stunde könnte er gebratenes Kaninchen essen, aber der Schuss würde allen seine Anwesenheit verraten. Er biss noch ein Stück Käse ab.

Sein Telefon piepte, eigenartig, dieser digitale Laut hier in der Wildnis. Alex las die Nachricht.

Kannich schlafen. Was los? Melde dich, BTE.

Er schrieb zurück.

ALLES RUHIG. SCHLAF BEVOR SAM AUFW8.

Er bekam sofort eine Antwort.

Sam auch wach! Machen uns Sorgn um dich. Komm heim.

SCHLAFE JETZT. ALLES GUT. ARMEE PATROUILLE UNTERWEGS. KEINE BANGE.

Dann steckte er das Telefon weg.

Alex nahm das Fernglas und suchte das dunkle Tal ab. Es war eine unangenehme Vorstellung, dass eine Horde ausgebildeter Soldaten auf ihn angesetzt war, obwohl er auf ihrer Seite war.

Er wartete, konnte weiterhin nicht schlafen und schaute zu, wie der Himmel heller wurde.

Jemand tippte ihm auf die Schulter.

»Du musst Alex sein.«

Alex sprang erschrocken auf. Direkt hinter ihm stand ein bewaffneter Soldat.

»Wie lange sind Sie schon hier?«, platzte er heraus, vollkommen überrascht.

»Lange genug«, erwiderte der Soldat. Er hatte Tarnkleidung an, sogar sein Stahlhelm war mit Schilf und Gras bedeckt. Sein Gesicht war mit schwarzer Erde verschmiert, sodass das Weiß seiner Augen leuchtete. Er trug ein SA80-Sturmgewehr und einen Gürtel mit mehreren Reihen Munition dazu. Er sah wild und furchterregend aus.

»Du bist Alex?«

»Ja«, sagte Alex, immer noch erschrocken. Bislang war er sehr stolz auf sein Gehör und seine Fähigkeit gewesen, jede Veränderung und Bewegung in der Wildnis zu bemerken. Das gehörte zu seiner Arbeit. Aber eben hatte er nicht mal *geahnt*, dass jemand hinter ihm war. Erschreckend war das.

Jetzt erkannte er den Soldaten. Über seiner Brust kreuzten sich zwei Einsatzgürtel, zudem war er mit Funkgerät, Rucksack und diversen nicht identifizierbaren Ausrüstungsgegenständen ausgestattet. Es war der Obergefreite Powers. Oder auch Saul. Warum hatte Furzey ihn geschickt?

Saul nahm eine Aluminiumflasche aus seinem Rucksack und trank mit großen Schlucken.

Dann reichte er Alex die Flasche, was den sehr erstaunte.

»Nein danke.« Alex zeigte auf das Quad, wo er seine Vorräte hatte. Er blickte sich um, erwartete, dass noch mehr Soldaten auftauchen würden. Hatte Furzey nicht gesagt, ein ganzer Trupp sei unterwegs?

»Wie geht's dem Typen, der den Schuss abgekriegt hat?«, fragte Alex unverblümt. Hauptfeldwebel Furzey hatte zwar gesagt, Riley gehe es gut, aber er wollte das noch von einem anderen hören.

»Er wird's überleben«, sagte Saul überraschend ruhig. »Aber er hat ein Auge verloren. Seine Armeelaufbahn wird er wohl vergessen können. Das hat er euch zu verdanken.«

Alex sagte nichts. Die Unterstellung, auch er sei für den Unfall verantwortlich, passte ihm nicht.

Saul blickte ihn scharf an. »Wo ist Baz? Oder hast du dir das bloß ausgedacht?«, fragte er barsch.

Alex biss sich auf die Lippen. Dann nahm er das Fernglas vom Hals und reichte es dem Soldaten.

»Unter dem Hügel – sehen Sie die Sträucher da, die Stechpalmen? Haselnüsse? Direkt unter den drei Schafen. Da ist eine Senke, mit Steinen drum rum. Sehen Sie die?«

»Nein«, sagte Saul. »Wonach soll ich Ausschau halten?«

»Rauch«, sagte Alex. »Sie können sehen, wo er in der Erde gegraben hat – sehen Sie die schwarzen Äste? In der

Nacht haben die noch rot geglüht. Wenn Sie ein bisschen nach links gucken, sehen Sie ein zweites Feuer, das glimmt noch. Und Sie können seine Stiefel sehen. Er schläft unter dem Busch, zwischen den beiden Feuern.«

»Ich sehe nichts«, sagte Saul. »Das denkst du dir bloß aus, nicht wahr? Du hast doch keinen blassen Schimmer, wo Baz steckt.«

»Zu Fuß sind wir in ungefähr einer Stunde da«, fuhr Alex fort. »Mein Quad schafft das nicht da rauf. Der Boden ist zu löchrig, zu steinig, außerdem würde der Krach uns verraten.«

»Ich sehe ihn«, sagte Saul plötzlich verblüfft. Er nahm das Fernglas runter und blickte Alex an. »Fantastisch. Wie hast du das geschafft?«

»Zufall«, sagte Alex. »Ich habe gehört, wie er mit sich selbst gesprochen hat. An einem stillen Tag sind Geräusche meilenweit zu hören.« Mehr sagte er nicht. Die Tatsache, dass er Baz mehr oder weniger verfolgt hatte, seit er den Strangeways-Hof verlassen hatte, erwähnte er nicht. Kurz bevor er Baz entdeckt hatte, hatte er Zigarettenrauch gerochen, der vom Wind hergetragen wurde. Und Alex hatte einen leeren Saftkarton ausgemacht, über dem Fliegen schwärmten, und er hatte gesehen, wie aus einem kleinen Wäldchen plötzlich Saatkrähen aufflogen. Der Rest war eine Mischung aus Mutmaßungen, langem Stillstehen, dem Absuchen der Landschaft mit dem Fernglas gewesen. Und dann mit dem Quad auf den nächsten Hügel donnern.

»Was ist mit deinen Freunden? Hast du sie gesehen?«

»Levi nicht.« Alex schluckte. Um Levi machte er sich wirklich Sorgen. Von ihm hatte er keine Spur entdeckt. »Aber Max hat, glaube ich, am Hang des nächsten Hügels übernachtet. Ich bin beiden auf der Spur geblieben. Mit dem Quad ist das allerdings nicht so einfach.«

»Also gut«, sagte Saul. Er setzte sich. »Gut, gut.« Er rückte sein Mikrofon zurecht und tippte auf das Gerät, das an seiner Hüfte hing. Alex ging ein Stück weg, aber Saul schien sich an seiner Gegenwart nicht zu stören.

Wer immer das war, den er angefunkt hatte, antwortete sofort.

»Powers hier, Herr Hauptfeldwebel. Kontakt mit Alex Jebb hergestellt. Ich wiederhole. Kontakt zur Zielperson A hergestellt. In gutem Zustand. Position.« Er gab zwei Koordinaten durch. »Jawohl! Wir können definitiv eine Person mit Armeestiefeln ausmachen, wahrscheinlich Zielperson B. Er schläft, Herr Hauptfeldwebel. Von Zielperson C gibt es keine bestätigte Position, obwohl Jebb eine Vermutung hat.« Saul blickte kurz zu Alex rüber. »Bislang haben seine Beobachtungen gestimmt, Herr Hauptfeldwebel.«

Er hörte zu. »Bitte wiederholen Sie das, Herr Hauptfeldwebel. Werden Sie, äh, die Patrouille jetzt losschicken?«

Die Antwort schien Saul nicht recht einzuleuchten.

»Bitte noch einmal ...? ... Jawohl. Wird ausgeführt.« Er rieb sich das Kinn. »Ende.« Er schaltete das Gerät aus.

Alex wartete.

»Gut gemacht«, sagte Saul.

»Sagt das Furzey?«, fragte Alex ungläubig.

»Nein, das habe ich gesagt«, fuhr Saul ihn an. Er nahm noch einen Schluck, wischte sich wieder das Gesicht ab. Er setzte sich auf den Stein und blickte noch einmal durchs Fernglas.

»Sind die anderen unterwegs?«, fragte Alex voller Hoffnung.

»Nicht mehr«, antwortete Saul knapp. Alex wartete.

»Es ist ein knifflige Angelegenheit«, sagte Saul schließlich. »Der Spieß denkt, Baz dreht durch, wenn zu viele Männer unterwegs sind.« So wie er das sagte, war er offenbar nicht derselben Meinung.

»Aber Max rennt voller Panik durch die Gegend«, sagte Alex. »Wir müssen ihn und Levi finden, bevor die beiden austrocknen.«

»Über die beiden Vögel mache ich mir später Gedanken«, sagte Saul stirnrunzelnd. »Ich will Baz kriegen. Ich will verhindern, dass der Scheiße baut.«

Genau das hatte auch der Hauptfeldwebel gesagt, dachte Alex. Die Armee sorgte zuallererst für die eigenen Leute. Saul schniefte und blickte Alex an. »Der Hauptfeldwebel hat mir gesagt, ich soll dir die Situation erklären, damit du das verstehst.

Baz ist ein Mann, den man in der zivilen Welt am besten als jemanden mit einer Persönlichkeitsstörung bezeichnen würde oder so. In der Armee können wir seine Fähigkeiten gebrauchen. Baz ist normalerweise ein guter Soldat, aber wir müssen ihn im Auge behalten. Sein Bruder Riley hat ihn immer beruhigen und zur Vernunft bringen können. Deshalb haben wir die beiden stets in derselben Gruppe. Als Team sind sie hervorragend.«

Saul räusperte sich und spuckte aus.

»Aber jetzt hat sich Baz unerlaubt von der Truppe entfernt und ich muss ihn entweder entwaffnen oder, falls er unzugänglich ist, ihn zu einem bestimmten Ort führen, wo eine Gruppe auf ihn wartet, die ihn festnimmt.«

»Aber was ist mit Max und Levi?«, fragte Alex.

»Die suchen wir dann«, sagte Saul. »Mit deiner Hilfe.«

Er fragte Alex, ob einer der beiden ein Telefon dabeihabe. Alex antwortete, sie hätten keinen seiner Anrufe beantwortet. Er wusste, dass Levi ein Handy besaß, aber er hatte keine Ahnung, ob er es bei sich trug.

Saul blies die Backen auf.

»Wir sollten jetzt losgehen«, sagte er. »Baz wird kein Problem sein. Er hat sich bestimmt schon vor Stunden abgeregt. Wir müssen uns nur an ein paar Regeln halten. Zunächst mal hältst du dich zurück, während ich die Lage überprüfe.«

»Schön«, sagte Alex. »Ich bleibe hier.«

»O nein, dich lass ich jetzt nicht aus den Augen«, sagte Saul. »Du wirst mich bei jedem Schritt begleiten. Mein Befehl lautet, ich soll Baz und euch alle drei zurückbringen.«

»Warum sind Sie allein?«, drängte es Alex zu fragen.

Saul zuckte die Achseln. »Leider darf ich das nicht sagen. Der Befehl lautet ... egal, ich hab's dir gesagt. Baz könnte durchdrehen, wenn ihn ein ganzer Zug aufspürt.«

»Aber Sie haben gesagt, er hat eine Persönlichkeitsstörung!«, protestierte Alex. »Da geh ich doch nicht in seine Nähe!«

»Ach komm, reg dich ab«, sagte Saul. »Kein Grund zur Panik. Wir haben alle unsere Macken.«

»Ich denke, es ist sinnvoller, wenn ich Levi suche«, sagte Alex unbeeindruckt. »Um den mache ich mir echt Sorgen.«

»Das machen wir als Nächstes«, sagte Saul. »Jetzt kommt erst mal Baz dran. Du musst lernen, dich an Befehle zu halten, Kamerad.«

»Aber ich bin nicht in der Armee«, sagte Alex.

»Doch, das bist du jetzt«, sagte Saul.

»Und was wird mit den Waffen auf dem Strangeways-Hof?«, fragte Alex.

Saul blickte ihn an. Über sein Gesicht huschte ein Ausdruck, den Alex nicht deuten konnte.

»Nun, das ist eine Sache, über die wir reden müssen«, sagte Saul. »Sobald wir die Zielperson festgenommen haben, solltest du mir alles erzählen, was du weißt.«

SIMON

Ich stehe oben auf dem Corn Ridge und platze fast vor Stolz. Ich bin eine halbe Ewigkeit gelaufen. Ich weiß nicht, wie ich es bis hierhin geschafft habe, aber ich habe es geschafft. Noch vor einer Stunde hätte ich mich am liebsten ins Heidekraut geknallt und mich von den Bussarden fressen lassen, aber jetzt stehe ich voll unter Dampf. Die letzten Stunden bin ich wie benommen unzählige Hügel rauf- und runtergelaufen, habe dauernd auf die Karte geguckt und immer befürchtet, in die falsche Richtung zu gehen. Aber jetzt weiß ich genau, wo ich bin. Es ist acht Uhr morgens und unter mir liegt das breite Tal, durch das sich die A 386 schiebt. Der Wind bläst mir durch die Kleidung. Ich schaue den Autos zu, die in der Ferne hin- und herfahren. Ich hoffe, die Leute da unten gucken nicht zu mir hoch. Bestimmt wird inzwischen nach mir gefahndet. Aber ich glaube, hier bin ich sicher. Im Moor sind überall Wanderer unterwegs. Da falle ich nicht auf, jedenfalls nicht aus der Ferne.

Ich habe einen Plan, habe aber keine Ahnung, ob ich ihn verwirklichen kann. Ich pinkle an einen Stein. Es kommt nicht viel und stinkt so, dass ich würgen muss. Ich pinkle Gift.

Okay. Jetzt oder nie.

Ich jogge stetig abwärts, meine Gelenke knirschen. Je näher ich an die Straße komme, desto mehr weicht das Moor den Feldern. Ich laufe an ihnen entlang. Ich spüre die Hitze wieder. Ich greife in meine Tasche und wickle mir ein Tuch um den Kopf, um mich vor der Sonne zu schützen. Auf der Straße unter mir sehe ich mehrere Campingwagen entlangkriechen. An diesem Wochenende sind meine werten Eltern verreist. Nach Wales, in die Black Mountains. Eine ihrer vielen Verschrobenheiten besteht darin, sich an Orten zu erholen, an denen es fast genauso aussieht wie zu Hause. Aber egal, wichtig ist nur, dass niemand zu Hause sein wird, es sei denn, sie haben erfahren, was ich getan habe, und sind schnurstracks umgekehrt. Aber das ist höchst unwahrscheinlich, denn wenn sie wegfahren, dann nehmen sie kein Telefon mit. Bis Lydford sind es etwa zwei Meilen und von dort könnte ich, wenn ich von irgendwoher Geld bekäme, mit dem Bus über die A 386 am Moor entlang nach Hause fahren. Oder ich besuche einen alten Freund. Ich entscheide mich für Letzteres.

Wenn mein Plan nicht klappt, werde ich in ein paar Tagen im Dartmoor-Knast sitzen, zusammen mit den fürchterlichsten Typen aus dem ganzen Land. Ich werde wegen schwerer Körperverletzung verknackt werden. Aber in der Zelle gibt es wenigstens ein Bett und Decken. Und ich bekomme Essen und Wasser! Was für ein Quatsch. Ich habe einen Soldaten erschossen. In der Knasthierarchie werde ich ganz unten sein. Niemand wird Mitleid mit mir haben.

Ich gehe weiter.

Nach einer halben Stunde habe ich genug. Selbst Levis kuschelweiche Turnschuhe fangen an zu drücken. Und ich habe Hunger, so einen Hunger, dass sich mein Magen verkrampft. Meine Arme reiben sich an meinem feuchten, dreckigen T-Shirt. Ich muss die Arme von mir abhalten, damit sie nicht scheuern. Aber egal, ich habe es geschafft, lebend aus dem Moor zu kommen.

Ich laufe über ein Feld, auf dem nichts außer sehr langem Gras wächst, das nur so wimmelt von scheußlichen Insekten. Jetzt sind es nur noch wenige Schritte bis zur Straße und bis zu dem Dorf Beardon.

Da wohnt Gerry.

Gerry – mein sogenannter bester Freund von der Risings, derselbe Freund, der seit meinem Rausschmiss nicht einen meiner Anrufe beantwortet hat. Jetzt ist Sonnabendvormittag, da wird er in der Schule sein und Tennis spielen. Er ist ein Turnierspieler, sein ganzes Zimmer wimmelt von Trophäen. Seine jüngere Schwester Rachel ist bestimmt auch in der Schule, bei irgendeiner Sporttortur, welche auch immer sie gerade bevorzugt. Ihre Mutter wird mit ihren Freundinnen im Two Bridges beim Mittagessen sein. Da treffen sie sich jeden Sonnabend. Also ist bestimmt niemand im Haus. In zwanzig Minuten müsste ich dort sein.

Ich bin da. Ich kenne mich hier gut aus. Bis vor zwei Monaten war ich fast jedes Wochenende hier. Jetzt bin ich ein Ausgestoßener. Meine Augen funkeln wütend.

Arschlöcher. Ich schiebe mich durch die Lücke in der Hecke, die Gerry und seine Schwester gemacht haben, und linse durch eine Ritze in der Tür vom Hintereingang. Da sind die alte Schaukel und der Wasserschlauch (Wasserschlachten). Und da ist das Haus mit seinen großen weißen, ausgestellten Erkerfenstern. Bei dem Anblick stößt mir wieder alles sauer auf. Gerry hätte mich anrufen sollen.

Im oberen Badezimmer bewegt sich jemand; ein dunkler Schatten hebt sich vom Milchglas ab. Dann verschwindet der Schatten und erscheint unten an der Hintertür als Gerrys Vater George. Er ist ein etwas dicker dunkelhaariger Mann mit tiefbraunen Augen und behaarten Unterarmen. Er lacht viel, kann aber ganz schnell ausrasten. Für mich hatte er nie viel Zeit übrig. Gerrys Vater läuft um das Haus herum und geht vorne raus. Kurz darauf höre ich, wie ein Auto startet und davonfährt.

Vermutlich fährt er zur Risings, um seine geliebten und angebeteten Kinder von ihrem gesundheitsfördernden morgendlichen Sportprogramm abzuholen. In einem anderen Leben würde er auch mich mit hierhernehmen. Wir würden uns Eiscreme in riesige Schüsseln schaufeln, Schokoladensoße drüberkippen und dann im Garten alles gemütlich verspeisen. Oder wir würden uns den ganzen Nachmittag lang online abschlachten.

Ich klettere mit steifen Gliedern über den niedrigen, geschnitzten Holzzaun, lasse mich in den Garten fallen und schleppe mich über den Rasen. Ich öffne die Tür eines kleinen Schuppens und greife nach innen, nach dem Schlüssel. Ich blicke ihn an und wieder wallt eine Welle Zorn in mir hoch. Von ihr angetrieben schließe ich die Hintertür auf und betrete das Haus.

Gerrys Küche! Es ist so schön ruhig und kühl hier drinnen, und so sauber. Alles Gläserne blitzt hygienegesprayt, die Edelstahlflächen glänzen. Ich mache mich wieder mit der Spüle bekannt, bewege den Kaltwasserhahn und hänge meinen geschwollenen Kopf unter den Strahl. Der Kaltwasserschock ist fantastisch, es ist, als würde mir eine Eisfee mit seidigen Fingern über die Schläfen streichen. Bis jetzt habe ich noch nie darüber nachgedacht, wie verwunderlich es ist, dass man einfach einen Hahn aufdrehen kann und es kommt sauberes Trinkwasser heraus.

»Du siehst ja furchtbar aus!«

Ich schrecke so zusammen, dass ich mir den Kopf am Hahn stoße. Ich drehe mich um, Wasser tropft auf den Boden. Ein dunkeläugiges, etwa vierzehnjähriges Mädchen steht in der Tür.

Rachel. Sie war im Plan nicht vorgesehen.

»Tut mir leid«, sage ich. »Ich wollte dich nicht erschrecken.« Rachel ist vier Jahre jünger als Gerry und ich fand sie immer ziemlich nervig. Weil sie zum Beispiel immer so lässig dasteht, als würde sie sich über einen lustig machen.

»Du hast Hausverbot«, verkündet sie. »Und du machst mir keine Angst«, fügt sie hinzu.

»Hausverbot?« Ich stehe auf einmal so unter Strom, dass ich nicht weiß, was ich tun soll. Aber Angst will ich ihr jedenfalls keine machen.

»Na klar. Mum hat gesagt, Gerry darf nie wieder mit dir reden.«

»Oh.« Ist das nicht ein bisschen übertrieben? Dass Gerry sich nicht die Mühe gemacht hat, mir das zu sagen, macht mich WÜTEND.

»Sie hat gesagt, wenn sie ihn dabei erwischt, dass er mit dir spricht, dann kriegt er sechs Monate lang kein Taschengeld«, fährt Rachel fort. »Und du weißt doch, wie wichtig Geld für Gerry ist.«

Ich nicke und versuche immer noch, diese Informationen zu schlucken, ohne weiteres Unheil anzurichten.

»Du hast mir noch nicht gesagt, warum du aussiehst, als

wärest du gerade aus einem Abwasserkanal gestiegen.« Rachel kommt auf mich zu. »Du stinkst ekelhaft.«

Sie sieht älter aus. Sie trägt silbrige Jeans und eine schwarze Weste. Scheiße, Mann. Trotzdem, sie macht mir weniger Angst als der Soldat Baz, der vielleicht immer noch hinter mir her ist. Er könnte jetzt draußen vor der Tür stehen.

»Ich habe ein Problem«, gebe ich zu.

»Was für eine Überraschung!«, sagt Rachel. »Aber wenn du in fünfundvierzig Minuten immer noch hier bist, wirst du ein noch viel größeres Problem haben, dann kommt nämlich Dad zurück.« Von der Schießerei hat sie offensichtlich noch nichts gehört. Ich habe echt gedacht, mein böses Gesicht wäre bereits längst in allen Nachrichtensendungen gezeigt worden.

»Sag ihm nichts«, bitte ich.

»Natürlich nicht.« Rachel geht zum Kühlschrank, nimmt eine Cola raus und gibt sie mir.

Ich nehme alles zurück. Ab sofort ist Rachel bei mir die Nummer eins. Ich lasse den Verschluss knacken und trinke das kalte, spritzige Getränk. Meine Kehle saugt es auf.

»Ich bin auf der Flucht«, sage ich und fühle mich jetzt schon deutlich besser. »Es hat einen Unfall gegeben.« Ich blicke sie forschend an. Ich vermute, dass Rachel schon immer ein bisschen in mich verknallt war. Wie kann mir das jetzt weiterhelfen?

»Kann ich ein Brot haben?« Damit fange ich an.

»Klar«, sagt Rachel. »Mit Schinken oder mit Käse?«

Zwanzig Minuten später sause ich mit Gerrys Profi-Mountainbike los. Es hat achtzehn Gänge, einen 120 mm-Aluminiumrahmen, eine 2-Liter-Wasserflasche, 26-Zoll-Reifen, eine aufgemotzte Federung und hydraulische Bremsen. Soweit ich weiß, benutzt Gerry das Rad nie.

Ich biege von der Hauptstraße in eine kleine, steile Gasse. Das Essen und die Cola haben mich mit neuer Energie versorgt. Wenn ich ordentlich in die Pedale trete, bin ich in fünfundvierzig Minuten zu Hause. Ich habe diese Fahrt schon x-mal gemacht. Aber bevor ich weiterfahre, nehme ich das gestohlene Telefon aus der Tasche und rufe zu Hause an.

Beim letzten Klingeln, gerade als ich abbrechen will, geht jemand ran.

»Hallo?«

Ich erkenne die Stimme meines Bruders. Das hatte ich gehofft. Simon wollte heute nach Hause kommen und mit mir Mittag essen. Den Rest des Tages wollte er dann mit Andrea verbringen.

»Hallo?«

Auf einmal bin ich so überwältigt, dass ich keinen Ton herausbringe.

»Max. Das bist doch du. Wo bist du? Du solltest doch hier sein! Das ist ja vielleicht ein nettes Willkommen zu Hause.«

»Hast du's nicht gehört?«, krächze ich. Das muss eine Falle sein.

»Was soll ich gehört haben?«

»Nichts. Hör mal, sind die Alten zu Hause?«

»Natürlich nicht. Die sind in Wales, das weißt du doch.«

»Sie sind nicht umgekehrt?«

»Nein. Hör mal, was soll denn das? Kommst du jetzt nach Hause? Ich bin heute Nachmittag mit Andrea verabredet. Wenn du nicht kommst, gehe ich gleich zu ihr.« Er klingt verärgert.

Aber warum weiß er nichts von der Schießerei?

»Ist die Polizei da?«

»Was?«

»Polizei. Kannst du bitte mal aus dem Fenster gucken, ob vor der Tür Polizeiautos stehen?«

»Max ...«

»Tu's einfach.«

Kurze Pause.

»Nein, Max, keine Polizeiwagen zu sehen. Warum ...«

»Ich bin auf dem Weg nach Hause«, sage ich. »Geh nicht zu der Zicke, bis ich da bin.«

»Wie bitte?«

»Geh nicht, ich bin gleich da. Ich brauche deine Hilfe, Simon.«

»Was hast du nun schon wieder gemacht?«

Ich mache eine Pause. »Später.«

Ich fahre durch die schmalen Straßen außerhalb von Lydford bis zu unserem Haus in Sourton. Eine Stunde habe ich gebraucht. Meine Beine sind gefühllos vor Anstrengung.

Unser Haus steht in einem großen Garten, am Ende einer kurzen Sackgasse. Bevor ich dort einbiege, steige ich ab und schiebe das Rad in die Hecke. Dann schleiche ich vorsichtig weiter. Vielleicht überwacht die Polizei das Haus ja doch und Simon hat das nur nicht bemerkt. Wenn das der Fall ist, bin ich geliefert.

Ich linse durch die Hecke, sehe aber kein Polizeiauto, auch sonst nichts und niemanden, so wie Simon gesagt hat. Das Auto meiner Eltern ist tatsächlich nicht da. Sie sind also noch unterwegs.

»Mann, wie siehst du denn aus!«, japst Simon, als ich in

den Garten gehumpelt komme. Er sitzt in Flip-Flops, roten Shorts und einem gelben T-Shirt unter dem Sonnenschirm und tippt was in seinen Laptop.

»Ich müsste mal duschen«, sage ich.

»Du müsstest desinfiziert werden«, sagt Simon. »Was ist passiert? Du siehst aus wie ein Penner.«

»Das ist eine sehr lange Geschichte.« Ich setze mich an den Gartentisch.

»Du stinkst«, sagt Simon und rückt ab.

»Du kriegst eine Glatze«, gebe ich zurück. Aber dann entfährt mir ein lauter Seufzer. Einfach so, ungeplant. Ich bin zu Hause. In Sicherheit, jedenfalls im Moment. Ich liege nicht tot im Moor. Dad steckt irgendwo in Wales und die Fahndung nach mir ist aus unerfindlichen Gründen noch nicht bis nach Sourton durchgedrungen.

Wenn ich nicht die Nerven verliere, könnte ich mich vielleicht doch irgendwie rauslavieren.

»Hat jemand angerufen?« Ich nehme einen Schluck von Simons Smoothie.

»Nein«, sagt Simon. »Geh duschen. Nein. Sag mir erst, wo du warst.«

»Sekunde«, sage ich. »Muss pissen.«

Im Flur streife ich Levis Schuhe von den Füßen und ziehe die Telefonschnur aus dem Stecker. Dann durchsuche ich Simons Jacke nach seinem Handy, stelle es aus und verstecke es unter einem Stapel Tischwäsche. Ich bin ganz ruhig. Ein Schritt nach dem anderen. Zeit schinden. Ich laufe hinauf in mein Zimmer und werfe einen Blick auf meine Sachen: Die teuren Turnschuhe, die Designerhemden, die Spielkonsolen und die Geräte, alles meins, aber jetzt kann ich davon nichts gebrauchen. Sehnsüchtig blicke ich auf mein bequemes breites Bett. Was würde ich dafür geben, wenn ich unter die Decke schlüpfen und in tiefen, tiefen Schlaf fallen könnte!

Stattdessen gehe ins Bad, verriegle die Tür und ziehe meine versifften Sachen aus. Ich stelle mich unter die Dusche und lasse heißes Wasser auf meinen müden Körper prasseln.

Beim Abtrocknen gucke ich aus dem Fenster und sehe, wie Simon sich am Ohr kratzt und in seinen Laptop starrt. Der ist beschäftigt. Ich ziehe ein sauberes T-Shirt und Shorts an und gehe ins Schlafzimmer meiner Eltern. Ich krieche unters Bett und nehme den losen Teppichboden ab, unter dem der Safe versteckt ist. Ich tippe die Chiffre ein, mache die Tür auf, nehme vier Kreditkarten raus und tausend Pfund in bar. Das alles stecke ich in einen kleinen schwarzen Beutel, den ich mal als Kind bekommen habe und irgendwie nie losgeworden bin. Ich packe T-Shirts, Jeans, Unterwäsche und eine leichte Jacke in meinen Rucksack, dazu noch meinen Pass, Sonnenbrille und ersetze das Telefon der Pfadfinderinnen durch mein eigenes. Dann bringe ich alles nach unten.

»Du musst mich nach Plymouth fahren.«

Mein Bruder wendet die Augen nicht vom Bildschirm. »Wieso das? Wann erzählst du mir, was los ist?«

»Unterwegs.«

»Was hast du gemacht?«

»BITTE, Simon.« Meine Stimme zittert. Ich bin nicht so cool, wie ich dachte. Ich schiebe immer noch voll die Panik. »Fahr mich einfach, ja? Ja, ich habe Scheiße gebaut. Und wenn Dad nach Hause kommt, bringt er mich um. Ich will nicht hierbleiben.«

Endlich löst sich Simon aus der virtuellen Welt und sieht mich in der wirklichen Welt leiden. »Das muss ja wirklich was Übles sein. Ich fahre dich nirgendwohin, bevor du mir nicht sagst, was passiert ist.«

»Dann fahre ich eben mit dem Scheiß-Bus.« Ich will losgehen, aber Simon packt mich am Arm.

»Steig ins Auto«, sagt er. Als wir losfahren, setze ich meine Sonnenbrille auf. Ich wusste, ich kann mich auf Simon verlassen. Konnte ich immer. Selbst als Simon noch ein Kind war, hat er mich in Schutz genommen. Mich durchströmt ein Gefühl der Zuneigung für meinen Bruder. Er ist ein Star. Wir fahren um Tavistock herum und biegen dann auf die Straße nach Plymouth.

»Also, was hast du gemacht?«, fragt Simon.

»Das erfährst du noch früh genug«, antworte ich und taste nach dem Pass in meiner Jacke.

WÜRSTCHEN

Die beiden Feuer waren heruntergebrannt. Baz schnarchte laut, das morgendliche Licht spielte in seinem pummeligen Gesicht. Alex' Gewehr hielt er fest im Arm.

Saul und Alex hockten etwa sechs Meter entfernt hinter einem Stein, mit der aufgehenden Sonne im Rücken. Alex' Handflächen waren schweißnass. Ihm war klar, dass das hier richtig schiefgehen konnte.

»Wir müssen ihn überraschen«, flüsterte Saul und band sein Schuhband fester. »Jedes Geräusch könnte dem Feind unsere Position verraten.« Er schaute Alex an. »Hast du mal daran gedacht, zur Armee zu gehen?«

»Ja«, antwortete Alex leise. »Aber ich schieße lieber auf Dinge, die nicht zurückschießen. Kaninchen zum Beispiel.«

Saul schüttelte den Kopf. »Da vergeudest du dein Talent.«

Das überraschte Alex und freute ihn insgeheim.

»Ehrlich«, sagte Saul. »Die Armee braucht Leute wie dich. Leute mit einem kühlen Kopf. Intelligente Leute.«

»Ich bin dafür nicht geeignet«, gab Alex zu. »Ich bin gerne für mich. Dieser ganze Teamgeist und so, das ist nichts für mich.«

»Würde ich nicht so sehen«, flüsterte Saul und stellte

sein Funkgerät aus. »Was war denn in den letzten vierundzwanzig Stunden? Du hast dich um deine Kumpels gekümmert, oder? Und wirst noch nicht mal bezahlt dafür.«

Alex brummte. Ihn wunderte, dass Saul ihn auf einmal so anders behandelte. Plauderte mit ihm, als wäre er einer von ihnen!

»Ich schnapp ihn mir jetzt«, sagte Saul und gab Alex sein Funkgerät sowie seinen Rucksack. »Denk dran: Sobald es irgendwelche Probleme gibt, meldest du das sofort Furzey. Wenn ich dir ein Zeichen gebe, kommst du und holst dir deine Waffe. Verstanden?«

Alex nickte. Er fand das alles furchterregend.

»Pass gut auf, denn wenn wir Cosgrove finden, machen wir das ganz genauso.«

Saul nahm ein Seil aus seinem Rucksack und hängte es sich über die Schulter. Dann entsicherte er seine Waffe. Alex legte die Hand auf den Mund, während er Saul hinterherguckte. Saul rannte ein kurzes Stück, dann warf er sich auf den Bauch und robbte mit unglaublicher Geschwindigkeit vorwärts. Hinter einem Ginsterbusch, kurz vor Baz, hielt er inne. Alex hatte das Gefühl, einer Maschine zuzusehen. Ehe er sich versah, hatte Saul Baz das Luftgewehr entrissen, ihn an den Knien gepackt und auf den Bauch geworfen. Als Saul sich auf Baz setzte und ihm den Kopf in den Boden drückte, stöhnte Baz auf und schlug um sich.

»HÄNDE ÜBER DEN KOPF«, brüllte Saul, packte die Hände von Baz, drehte sie auf den Rücken und band sie zusammen.

Alex schaute fasziniert zu und war froh, dass Saul das nicht mit ihm gemacht hatte.

»RUNTER von mir!«, schrie Baz, der inzwischen zu sich

gekommen war. Er strampelte mit den Beinen, konnte aber den Soldaten auf seinem Rücken nicht abwerfen.

»LIEG STILL«, bellte Saul. Alex zuckte zusammen. Der Obergefreite gab nicht einen Deut nach. Baz strampelte noch einmal, eher schwach, dann rührte er sich nicht mehr. Er stöhnte.

»Ich bin das, du blödes Arschloch«, sagte Saul mit ganz anderer Stimme. »Hast du dich beruhigt?«

»Riley?«, japste Baz.

»Dem geht's gut. Der sitzt im Krankenhaus und zeigt den Krankenschwestern seine Wunde. Wirst du dich benehmen?«

»Ja«, stieß Baz hervor.

Saul sprang runter und stellte sich neben Baz' Kopf.

»Kein Scheiß, sonst landest du vor Gericht, Soldat.«

Baz stöhnte wieder und spuckte Sand aus. Er rollte sich herum und setzte sich auf. Seine Hände waren fest hinter seinem Rücken zusammengebunden.

»Musstest du mich unbedingt Dreck fressen lassen?«, beschwerte er sich. Saul machte Alex ein Zeichen, dass er näher kommen solle. Nervös kam Alex aus seinem Versteck hervor.

»JEBB, LOS, HOL DIR DEINE WAFFE ZURÜCK«, bellte Saul und Alex rannte los.

Als Baz ihn sah, spannten sich seine Gesichtsmuskeln.

»Was macht der denn hier?«, brüllte er.

Alex ging einen Schritt zurück.

»Beruhige dich«, sagte Saul, gab Alex sein Luftgewehr und bedeutete ihm, sich ein Stück zu entfernen. »Der ist jetzt auf unserer Seite.«

Er blickte Baz scharf an. »Hast du dich im Griff?«

»Ja«, stöhnte Baz. »Mach mich los.« Er zwinkerte. »Ich habe Durst.«

Saul ließ ihn aus seiner Flasche trinken. Wasser tropfte Baz vom Gesicht.

»Was hast du dir eigentlich gedacht?«, fragte Saul. »Dem Jungen hinterherlaufen, Befehle verweigern, nicht zurückkommen. Das war unerlaubtes Entfernen von der Truppe, Kamerad.«

»Der Killer ist mir entwischt«, sagte Baz. »Auf einmal waren da lauter kleine Mädchen. Das war total irre, und dann war er weg.« Er hustete. »Willst du mich jetzt festnehmen? Aber ich muss pissen und dafür brauche ich meine Hände.«

»Ich werde dich jetzt nicht festnehmen«, sagte Saul. »Das wird wahrscheinlich später passieren. Zwar wird jeder verstehen, warum du das gemacht hast, aber einfach so losstürzen geht gar nicht.« Er band Baz los, was Alex ausgesprochen beunruhigend fand.

Baz stand auf, rollte mit seinen Schultern und blinzelte in die Sonne. Dann machte er ein paar wacklige Schritte zur Seite und pinkelte. Saul nahm Alex das Funkgerät und die Kopfhörer ab und setzte sie auf. Er schaltete das Gerät an.

»Obergefreiter Powers an Hauptfeldwebel Furzey.

Guten Morgen, Herr Hauptfeldwebel. Zielperson B festgesetzt. Ich wiederhole. Ich wiederhole. Zielperson B wie Bravo ist festgesetzt. Ende.«

Der Obergefreite ging ein paar Schritte zur Seite, ließ aber Baz nicht aus den Augen.

»Wiederholen Sie bitte ... Wiederholen Sie bitte ... Jawohl. Höre Sie laut und deutlich. Herr Hauptfeldwebel, der Zug ... Negativ ... Negativ. Keine Anzeichen von Zielperson C wie Charlie oder Zielperson D. Er kann nicht weit sein. Jawohl. Nordwestwind. Okay.« Er ging noch ein Stück weiter und Alex konnte ihn nicht mehr verstehen.

Baz setzte sich, starrte Alex an, der dem Blick nicht ausweichen konnte.

»Weißt du, wo er ist?«, fragte Baz schroff.

Beide wussten, er meinte Max.

»Nein«, sagte Alex.

»Der ist ein Psycho«, sagte Baz. »Der ist gefährlich.«

»Ich weiß«, sagte Alex.

Saul rief etwas und beide drehten sich um.

»Guckt mal, da oben.« Er deutete auf den großen Hügel hinter ihnen. Etwa auf dreiviertel Höhe bewegte sich eine Gestalt aufwärts.

»Das ist Levi«, sagte Alex erfreut, als er durchs Glas geguckt hatte. »Er ist okay. Sollen wir hinterher?« Rufen konnten sie nicht, dazu war Levi zu weit weg und der Wind blies aus der falschen Richtung. Alex stellte das Glas auf seinen Freund ein. Fantastisch! Er grinste, als er sah, wie Levi den Hügel erklomm. Aber warum humpelte er? Als er das Glas auf die Füße richtete, verstand er, warum. Levi hatte keine Schuhe an.

»Ja, Herr Hauptfeldwebel, Zielperson D ist jetzt deutlich zu sehen. Bewegt sich von uns weg.«

Alex konnte nicht aufhören zu grinsen. Plötzlich ging alles bergauf.

Aber nachdem Saul das Funkgespräch beendet hatte, schüttelte er den Kopf. Er trat zu Baz und beide führten ein hastiges Gespräch unter vier Augen.

Fast im selben Moment klingelte Alex' Telefon.

»Bist du das, mein Sohn?« Es war Hauptfeldwebel Furzey.

»Ja«, sagte Alex misstrauisch.

»Gut gemacht«, sagte der Hauptfeldwebel. Er räusperte sich. »Das hier kann ich nicht über Funk regeln. Das betrifft die Waffen, die ihr gefunden habt. Ich hoffe, du hast den Armeeangehörigen, mit denen du zu tun hast, nichts davon erzählt?«

»Nur Saul«, sagte Alex verwirrt. »Aber der war doch bei Ihnen, als Sie den Sack gefunden haben, oder nicht? Ich glaube, er erzählt das gerade Baz.«

»Natürlich«, sagte der Hauptfeldwebel knapp. »Wer sonst weiß davon?«

»Nur Max«, sagte Alex.

»Und sonst niemand? Das ist wichtig, Alex. Kann sein, dass die betroffenen Personen Schutz brauchen.«

Alex schauderte es plötzlich. Er dachte an Sasha.

»Warum?«

»Das ist eine sehr sensible Angelegenheit, das wirst du nicht verstehen können. Bis wir nicht wissen, wer hinter der Sache steckt, steht jeder unter Verdacht. Sogar Angehörige der Armee. Verstehst du, was ich dir sagen will? Du darfst niemandem davon erzählen. Keiner Menschenseele.«

»Okay.«

»Diese Gewehre sind nach dem Falklandkrieg angeblich in der Argentinischen See versenkt worden. Es waren konfiszierte Waffen des Feindes. Wir haben keine Ahnung, wie sie in einen alten Schuppen mitten in Dartmoor gelangen konnten. Und so wie es aussieht, sind sie höchstens seit ein paar Monaten dort.«

Wieder wünschte Alex, dass er diese Gewehre nie zu sehen bekommen hätte. Er wollte in diese Sache einfach nicht reingezogen werden.

Furzey fuhr fort. »Bist du sicher, dass du die Gewehre und die Ausrüstungsgegenstände niemandem gegenüber erwähnt hast? Hast du deinem Vater was gesagt? Komm schon, Alex, das ist wichtig. Es ist schon schlimm genug, dass du das nicht gemeldet hast. Jetzt mach es nicht noch schlimmer. Kann sein, dass Menschenleben in Gefahr sind. Wir haben es mit sehr unangenehmen Leuten zu tun.«

»Sonst weiß keiner davon«, sagte Alex.

»Was ist mit dem Mädchen?«

»Sasha weiß es«, sagte Alex. »Aber die sagt nichts.«

»Sasha?«

»Sasha Tavey. Hören Sie, ich kann sie anrufen und ...«

»Adresse?«

»Irgendwo in Bloomfield Close.« Alex konnte sich nicht an die Hausnummer erinnern.

»Macht nichts. Die finde ich raus, dann schicke ich einen von meinen Jungs vorbei. Bis wir die Schuldigen gefunden haben, müssen wir sehr darauf achten, was wir sagen und mit wem wir sprechen. Das ist eine Angelegenheit von höchster Wichtigkeit. Diese Gewehre wurden auf unserem Gelände vergraben. Wirklich unbegreiflich ist das.«

»Was wird mit Max?«, fragte Alex mutig. »Werden Sie ihn festnehmen?«

»Natürlich«, sagte der Hauptfeldwebel kurz. »Je eher er gestellt wird, umso besser. Du bleibst jetzt beim Obergefreiten Powers und machst, was er sagt.« Er schwieg und Alex nahm an, dass das Gespräch beendet wäre.

Alex steckte sein Telefon ein. Er hatte das Gefühl, der

Hauptfeldwebel interessierte sich viel mehr für die Gewehre als für das, was sich hier draußen abspielte. Wer immer die Gewehre dort versteckt haben mochte, war vielleicht schon tot. Und niemand hatte mehr von den Gewehren gewusst.

»War das der Hauptfeldwebel?«, fragte Saul beiläufig.

Alex nickte.

Saul murmelte vor sich hin, nahm Alex das Fernrohr ab und blickte eine Weile lang dem sich entfernenden Levi nach. Dann gab er Alex das Glas zurück und griff nach seinem Rucksack.

»Das hier sind die wichtigsten Teile unserer Ausrüstung«, sagte er und packte ein Kochgeschirr und einen kleinen Gaskocher aus. »Wir sollten erst mal frühstücken.« Er langte wieder in seinen Rucksack und zog ein braunes Päckchen heraus. »Unser Koch ist ein Kumpel von mir«, sagte er und wickelte einen Ring Würstchen aus. Er machte den Kocher an und kippte ein paar Tropfen Öl aus einer kleinen Flasche ins Kochgeschirr. »Wenn ich nicht gleich was esse, kippe ich um. Bin die ganze verdammte Nacht auf gewesen. Und wenn wir erst mal gefrühstückt haben, wird Baz so glücklich sein wie ein kleiner Regenbogen.«

Baz blickte von dem Stein herüber, an dem er gerade seine Stiefel vom Dreck befreite. »Und wo sind die Eier?«

»Stecken noch in den Hühnern.« Saul stach die Würstchen mit seinem Taschenmesser an. Schon brutzelten sie und Alex lief das Wasser im Mund zusammen. Die sich ständig verändernden Stimmungen der beiden Soldaten beunruhigten ihn. Eben noch waren sie als laut schreiende, aggressive Kämpfer aufgetreten, jetzt scherzten sie mit ihm und brieten Würstchen. Aber als er in das weiße Brot mit dem heißen Würstchen darin biss, war er froh, dabei zu sein. Allerdings brachte er es nicht fertig, direkt neben Baz zu sitzen. Ihm traute Alex immer noch nicht und er hätte gerne gewusst, wie die Soldaten reagieren würden, wenn sie Max schließlich aufstöberten. Alex wusste, er würde keine Ruhe finden, bis nicht alles geklärt war. Saul und Baz allerdings kauten vor sich hin, als wären sie auf einem Sonntagspicknick. Ihm fiel ein, dass die Männer, die hier gemeinsam mit ihm frühstückten, an viel gefährlicheren und furchterregenderen Einsätzen teilgenommen hatten. Diese Aktion war für die beiden wahrscheinlich eher harmlos.

Saul nahm sein Funkgerät und führte ein kurzes Gespräch. Offenbar wieder mit Hauptfeldwebel Furzey.

»Dein verrückter Freund ist auf dem Weg nach Lydford gesehen worden«, sagte Saul und nahm das letzte Würstchen aus dem Topf. »Wir haben Befehl, ihn festzunehmen. Der Spieß sagt, eine Patrouille kommt von Osten und ein weiterer Trupp kommt von Princetown hoch, für den Fall, dass wir die Zielperson verlieren sollten.«

Baz nickte. »Gut«, sagte er und trat die letzte Glut aus. Betrübt fügte er hinzu: »Wenn wir auf die Patrouille stoßen, werde ich festgenommen, stimmt's?«

Ängstlich wartete Alex auf Sauls Antwort. Er war nicht scharf drauf, dass Baz noch mal in Rage geriet. »Keine Ahnung«, sagte Saul. »Bringen wir's hinter uns.«

Bis Lydford waren es bestimmt noch zehn Meilen durch steiles Moorland. Alex würde sein Quad zurücklassen müssen, da das Gelände zu rau war. Außerdem wollte er Levi hinterher, nicht Max.

»Wir holen uns erst mal deinen Kumpel«, sagte Saul und blickte noch einmal durchs Fernglas. »Der sieht aus, als könnte er Hilfe brauchen.« Er machte sich daran, das Frühstückszeug wegzupacken.

Alex räusperte sich. »Hören Sie, ich habe keine Ahnung von Armeevorschriften und dem ganzen Zeug. Aber Sie haben jetzt Ihren Mann gefunden.« Er deutete mit dem Kopf auf Baz. »Ist der Rest nicht Sache der Polizei?«

Saul zuckte die Achseln. »Wir haben unsere Befehle«, sagte er. »Wir sind vor Ort. Ich kann mir nicht vorstellen, dass uns ein Polizist in einem Landrover hier nützen würde. Du?«

»Die müssten erst mal eine Gefahreneinschätzung durchführen«, schnaubte Baz.

»Ich frage mich, ob Max' Vater dahintersteckt«, sagte Alex und lief eilig hinter den beiden her, durch das Tal hindurch. »Er arbeitet für die Armee. Ziemlich weit oben. Er ist ein Ex-Soldat. Ich meine, wenn er dahintersteckt, vielleicht hat er ein Interesse, die Sache zu vertuschen?«

»Scheiße, da wird nichts vertuscht«, sagte Baz ärgerlich.

Alex blickte ihn erschrocken an. Würde er wieder durchdrehen?

Saul schien sich um Baz keine Sorgen zu machen. »Wenn Cosgrove mein Vater wäre, würde ich auch bis ans Ende der Welt rennen.« Er erzählte Alex von dem falschen Bombenalarm und der Bestrafung, die Max hatte erleiden müssen. »Ich war nicht dabei, aber alle haben darüber geredet. Ich meine, er war doch noch ein Junge, aber sein Vater wollte, dass die Männer ihn richtig fertigmachen. Die Bilder, die sie ihm gezeigt haben, waren nichts für einen Jungen.«

Alex merkte überrascht, dass er plötzlich so was wie Mitleid für Max empfand. Tim hätte so was nie im Leben mit ihm gemacht.

Kurz danach kamen sie zu dem Quad, das hinter einem

Felsen parkte. Widerwillig zog Alex den Schlüssel ab. Er ließ das Fahrzeug äußerst ungern zurück, aber es sah nicht so aus, als hätte er eine Alternative.

»Komm schon, wir müssen uns beeilen«, bellte Saul.

Sie gingen schnell. Alex hielt sich sonst für ziemlich fit, doch er konnte nur mit Mühe Schritt halten. Vor allem, weil es immer heißer wurde. Der Himmel war wolkenlos und tiefblau. Trotz des Windes würde es ein brüllend heißer Tag werden. Er dachte an die Fasanenküken. Verdammt! Er musste nach Hause und ihnen Wasser geben. Wenn die nichts zu trinken bekamen, könnten sie alle sterben.

Alex fluchte.

»Ist was?«, fragte Saul und drehte sich um.

Alex sagte nichts, sondern fischte sein Telefon aus der Tasche. Er rief Jason an. Wie erwartet war nur die Box an, aber Alex hinterließ eine kurze Nachricht, dass die Küken Wasser bekommen müssten. Dann versuchte er, seinen Vater zu erreichen. Er wartete lange, nachdem er die Nummer eingetippt hatte. Ihm wurde ein bisschen mulmig, als er auch hier nur den Anrufbeantworter erreichte.

»Dad, ich bin's. Ich musste einem Kumpel helfen, der sich im Moor verfranzt hat. Ich bin immer noch hier und die Fasanen haben heute noch kein Wasser bekommen. Und ich erwische Jason nicht. Dad, ich mach mir Sorgen um die Vögel. Es ist so heiß. Kannst du bitte versuchen, Jason zu erreichen? Ich habe hier nicht immer ein Netz.« Er legte auf und seufzte verzweifelt. Hoffentlich würde er nicht den Tod von Tausenden Küken zu verantworten haben.

Alex war außer Atem. Es war so heiß und es roch nach Holzkohle. Die Erde war spröde und aufgerissen, vollkommen ausgetrocknet. Die Luftfeuchtigkeit ging gen null.

Weit vorne sah er Levi, der sich aufwärts kämpfte und inzwischen fast oben war. Wenn er sich umdrehte, würde er sie entdecken. Über Levi schien sich Dunst zu bilden. Vielleicht würde es regnen!

»Riechst du auch Rauch?«, fragte Saul.

Baz zuckte mit den Schultern. »Ich wurde ohne Geruchssinn geboren.«

»Vielleicht hängt noch was Angebranntes an der Pfanne?«, meinte Alex.

Sie gingen weiter. Alex glaubte nicht, dass er das Tempo noch viel länger würde durchhalten können, fürchtete sich aber, etwas zu sagen. Und er sorgte sich um die Küken. Bei so einer Hitze brauchten sie zweimal am Tag Wasser. Dann hatte er eine Idee. Sein Telefon hatte immer noch ein bisschen Saft. Er gab Sashas Nummer ein.

»Alex, endlich! Gibt's was Neues?«

»Ja.« Alex sagte ihr, dass er Levi sehen konnte, kurz unter dem trüben grauen Horizont.

»Super. Und Max?« Es war so windig, dass sie schwer zu verstehen war.

»Er ist auf dem Weg nach Lydford gesehen worden.«

»Na, Gott sei Dank. Und wie geht's dir?«

»Prima. Hör mal, Sasha, bitte tu mir den Gefallen und …«

Erleichtert steckte Alex das Telefon weg. Sasha hatte gesagt, sie würde sofort zu den Vögeln fahren und ihnen Wasser geben. Sie sagte, sie würde schon rausfinden, wie das geht. Mit neuer Energie beschleunigte Alex seine Schritte, um die anderen einzuholen. So wie Saul vornewegmarschierte, hätte niemand geglaubt, dass er bereits die ganze Nacht gelaufen war.

»Das sieht aber eigenartig aus«, sagte Saul. Die graue

Wolke, die über dem Kamm stand, senkte sich und schien auf sie zuzurollen. Alex blieb stehen und guckte. Es war auch ein eigenartiges Geräusch zu hören, ein Krachen und Knacken, das er nicht einordnen konnte. Plötzlich drehte sich Levi um und kam auf sie zugerast. Die Männer blieben verblüfft stehen.

»Hat er uns gesehen?«, fragte Alex.

»Vor einer Minute konnte er sich kaum noch rühren«, sagte Baz. »Und auf einmal rennt er, als wollte er olympisches Gold holen.«

»Scheiße«, sagte Saul.

Am Horizont zeigte sich jetzt eine orangefarbene Linie. Das Knacken wurde immer lauter. Alex blieb stehen und sah voller Entsetzen Flammen über den Kamm des Hügels schlagen. Angefacht vom böigen Wind raste das Feuer den Hügel abwärts. Das Moor brannte! Mit wachsender Angst sah Alex Levi vor dem Feuer fliehen.

»Levi!«, schrie er. »Levi!« Er ließ alles fallen und rannte ihm entgegen.

PONYS

Ich sitze am Hafen im Warteraum für die Passagiere. Die meisten meiner Mitreisenden nach Frankreich warten in ihren Autos darauf, dass sie an Bord der Fähre fahren können, ich aber sitze auf einem orangen Polstersitz und blättere in meinem Pass. Fast alle Seiten sind vollgestempelt. Hier der ovale Stempel vom letzten Jahr, als wir zwei Monate in den USA waren. Ich blicke auf die nächste leere Seite. Da wäre jetzt ein südafrikanischer Stempel, wenn ich nicht vorgetäuscht hätte, ich wollte unsere Schule in die Luft jagen.

»Also, ich nehme an, du hast wieder mal eine spektakuläre Max-Cosgrove-Nummer abgezogen.« Simon trinkt tatsächlich den Tee aus dem Automaten. Bemerkenswert. »Und hast jetzt Schiss, stimmt's?« Ich antworte nicht, obwohl ich weiß, dass ich antworten muss. Wie kann ich meinem Bruder sagen, dass ich auf einen Soldaten geschossen habe und auf der Flucht bin?

Diesmal kann ich nicht erwarten, dass er mich deckt. Simon ist Offizier der Britischen Armee, verdammt noch mal. Er ist einer von *ihnen*! Disziplin, Gehorsam und Ehre sind ihm bis ins Mark eingedrillt worden.

»Sag bloß, der Bombenleger von der Risings hat wieder zugeschlagen?«

Er sitzt mir gegenüber und sucht Augenkontakt.

Ich stecke den Pass in die Tasche, ich kann Simon weder antworten noch ihn angucken. Ich spiele auf Zeit.

»Max«, sagt Simon. »Mache ich mich strafbar, indem ich dich hierherbringe?«

Vielleicht. Wird Simon bestraft werden? Weil er einen Verbrecher unterstützt und begünstigt? Ich schaue hinüber zu den wartenden Autos mit den großen Dachboxen. Meinetwegen könnte Simon alles verlieren.

Das Wasser im Hafenbecken ist aufgewühlt, der Wind sehr stark. Die Fahrt über den Kanal wird unangenehm werden.

»Max«, sagt Simon. »Komm, lass uns nach Hause fahren, ja? So schlimm kann das doch nicht sein, was du getan hast.«

O doch.

Ich war böse, Bruder / richtig böse
tat 'ne böse Tat / säte böse Saat
muss weg aus dem Dreck / laufe weg, laufe weit
segel durch den Nebel in die Ewigkeit

Ich klopfe den Rhythmus mit einer Hand auf meinen Oberschenkel und versuche, mich auf den Fernseher zu konzentrieren, der unter der Decke des Warteraums hängt. Mit der anderen Hand halte ich mich krampfhaft an meinem Ticket fest. Ich kann mich nur durch Flucht retten.

Woher soll ich das wissen / ein Ding zum Krähenschießen
haut einen Mann von den Füßen
und ich muss jetzt büßen
ein Schuss und / sein Auge war futsch
er hat mich gedisst
mein Leben verbittert
meine Kraft zersplittert
mein Selbst erschüttert
die Latrine war voll übel / Dreck wie aus dem Kübel
dieser böse Traum / löst sich auf im Wellenschaum

Ich bin so in die Reimerei versunken, dass ich eine ganze Weile gar nicht mitbekomme, was in den Nachrichten gesagt wird. Auf dem Bildschirm tobt ein gewaltiges Feuer. Riesige Flammen schießen hoch, bestimmt über zehn Meter hoch. Das muss in Australien sein.

Aber die Landschaft kommt mir bekannt vor.

»Nein.« Ich gehe durch den Warteraum zum Fernseher. Ohne Rücksicht auf die anderen Wartenden steige ich auf einen Stuhl und stelle den Ton laut.

»Simon, guck doch.«

Das Feuer tobt im nördlichen Dartmoor, und zwar jetzt, in diesem Augenblick. Menschen und Tiere werden evakuiert. Es folgt ein Interview mit einer Gruppenleiterin, die von plappernden Pfadfinderinnen umringt ist.

»Ein Glück, dass wir ausgeraubt wurden, sonst wären wir immer noch im Moor gewesen.«

Das war ich! Ich habe ihr Leben gerettet!

Wir schauen gebannt auf eine Luftaufnahme des Brandes.

Ich bin so erschrocken, dass ich kaum atmen kann. Das

Feuer tobt genau dort, wo ich erst vor wenigen Stunden rumgelaufen bin. Das Moor ist jetzt ein Meer aus Rauch und Flammen. Ich hole zitternd Luft und erlaube meinen Gedanken, zu Levi und Alex zu flattern und natürlich auch zu Baz-dem-Soldaten. Die sind bestimmt noch dort.

»Nein«, flüstere ich wieder.

Levi hat keine Schuhe.

Der Kommentator sagt. »Die Feuerwehr schließt nicht aus, dass es sich um Brandstiftung handelt.«

Simon blickt mich oberscharf an.

»NEIN«, sage ich. »Das war ich NICHT.«

Ein Raunen geht durch den Warteraum.

Meine Füße stecken immer noch in Levis Turnschuhen. Sie sind so viel bequemer als irgendwelche Schuhe von mir, daher habe ich sie wieder angezogen, obwohl sie eingesaut sind. Und jetzt läuft mein Freund da draußen ohne Schuhe rum. Weil ich, Max Cosgrove, sie ihm von den Füßen gestohlen habe.

»Wir müssen zurück«, sage ich.

»Aber du hast gerade ein Ticket nach Roscoff gekauft«, sagt Simon sichtlich verwirrt.

»Wir müssen zurück«, wiederhole ich. »Meine Freunde sind da draußen.«

Schwarzer beißender Rauch stand in der Luft. Er wälzte sich über sie, drang in ihre Kehlen, ihre Nasen, in die Augen.

»Zurück«, schrie Saul und packte Alex am Ärmel. Alex blieb stehen.

»Levi«, brachte er heraus. Seine Kehle brannte.

In der Ferne hörte er den Hauch einer Stimme.

»Hilfe.«

Genau in dem Moment klingelte die fröhliche Melodie von Alex' Telefon.

Alex ging ran. »Dad?«

»Mach, dass du aus dem Moor kommst«, bellte Tim. »Vom Cocks Hügel aus breitet sich ein Feuer aus. Es brennt schon seit drei Stunden und ist total außer Kontrolle. HAU SOFORT AB.«

»Ich weiß«, sagte Alex. »Ich kann es sehen.«

Kurze Stille. »Wo bist du?«, fragte Tim jetzt etwas ruhiger, obwohl ihm die Spannung anzuhören war.

»Unterhalb vom Rough Hügel. Dad, Levi ist da oben.«

»Wirklich?« Dads Stimme wankte. »Mach keinen Blödsinn, Alex. Lauf zum Sumpf.«

Saul riss Alex das Telefon aus der Hand.

»Hier spricht Obergefreiter Powers. Haben Sie Luftaufnahmen gesehen? In welche Richtung müssen wir uns bewegen? Ich bekomme hier keinen Funkkontakt. Wir sind in Südlage, windabwärts.« Er gab die Koordinaten durch.

Alex schaute wie benommen zu. Um sie herum wirbelte Rauch.

Er konnte nicht hören, was Saul zu seinem Vater sagte. In seinen Ohren toste das Feuer. Er sah, wie ein Weißdorn kaum 400 Meter entfernt zu schwelen begann und dann eine gelb-blaue Stichflamme den Stamm hinaufschoss.

Saul beendete das Gespräch.

»Kommt«, sagte er. »Wir müssen nach Norden, raus aus dem Wind.« Er blickte zu Alex, der unfähig war, sich zu bewegen. »Wenn du da hochläufst, bist du ein toter Held. Levi kann runterrennen. Der schafft das. In dem Rauch finden wir ihn nie. Wenn du da jetzt hochgehst, müssen wir dir hinterher und dann gibt's drei tote Helden.«

Alex biss sich in die Wangen.

»Komm schon«, brüllte Baz und stieß ihn in den Rücken. »LAUF!«

Jetzt konnten sie deutlich die Flammen sehen und ihre Hitze spüren, eine starke, gnadenlose Hitze. Die ganze Welt schien zu brennen. Der Rauch biss Alex in die Kehle, seine Augen tränten. Er wischte sich schwarze Tränen aus dem Gesicht.

Er spürte, wie Saul und Baz ihn rechts und links am Arm packten und mit ihm losrannten. Er hatte keine Wahl.

»Nach Boulder's Marsh«, schrie Saul. »Das Feuer schließt uns ein, wenn wir dahin zurückgehen, wo wir herkommen.«

»Warum, verdammt noch mal, hat uns der Spieß hierhergeschickt?«, brüllte Baz, während sie vorwärtsstolperten.

»Keine Ahnung«, rief Saul. Die Luft wurde klarer. Alex sah, dass sie auf eine Felsengruppe zugingen. Dahinter lag Boulder's Marsh, das wusste er. Wie sollten sie das überleben?

»Ich kann doch nicht zugucken, wie Levi verbrennt!«, rief Alex.

»Und wir können nicht zugucken, wie *du* verbrennst«, rief Saul. »Das liegt nicht mehr in deiner Hand, Kamerad.«

Alex wurde vorangezerrt und bald spürte er, wie sein Körper mitmachte. Gemeinsam mit den beiden Soldaten floh er mit aller Kraft vor den Flammen, die hinter ihnen herrollten.

Hörte er da einen Schrei? Oder war das nur das Zischen und Platzen von Millionen Pflanzen, nur das Heulen und Singen des Feuers?

Saul blieb stehen.

»Wartet«, sagte er. »Was ist mit den anderen Gruppen? Die kriegen das doch auch ab.« Dichter, beißender Rauch waberte um sie herum. Saul wollte sein Funkgerät einsetzen, aber das funktionierte nicht. Er nahm Alex' Telefon, gab eine Nummer ein und führte ein Gespräch, das immer wieder unterbrochen wurde.

Alex' Dad hatte gesagt, sie sollten Richtung Sumpf rennen. Warum? Die Feuchtigkeit würde die Flammen nicht aufhalten; das Schilf und die Grasbüschel würden genauso in Flammen aufgehen wie die Büsche und Farnkräuter.

Dann erinnerte Alex sich an den kleinen Fluss, der durch den Sumpf floss. Der würde die Flammen nicht stoppen, aber doch aufhalten. Dieser Fluss trocknete nie aus, egal wie heiß es war. Er mündete in den West-Dart-Fluss, ein paar Meilen südlich von hier.

Aber in welche Richtung sollten sie gehen?

»Ich verstehe das nicht«, schrie Saul. »Ich habe meinen Freund, den Oberstabsgefreiten Higgins, angerufen. Der sagt, sein Trupp nähert sich Grimspound. Er sagt, außer ihnen ist niemand unterwegs.«

»Aber das ist im Süden«, sagte Alex. »Und Furzey hat gesagt, er hätte zwei Züge losgeschickt.«

Flammen donnerten auf sie zu.

»LOS jetzt!«, schrie Baz und zerrte so kräftig an Alex' Arm, dass Alex fürchtete, er würde ihm den Arm ausreißen. Sie rannten blindlings weg von den Flammen, immer in die Richtung, wo etwas weniger Rauch zu sein schien. Sie rannten gebeugt, die Hände vor dem Mund. Alex spürte seine Lunge heiß und die Kehle eng werden. Keiner wusste mehr, wo sie waren. Alex versuchte, sich an den großen Felsen und Steinen zu orientieren, aber er erkannte nichts. Seine Beine wurden immer schwerer. Er wusste, wenn die anderen ihn nicht mitziehen würden, hätte er längst angehalten. Weglaufen schien vollkommen sinnlos zu sein. Er spürte, wie ihm furchtbare Angst über den Rücken in den Kopf kroch, ihm die Schultern betäubte.

War das das Ende?

Alex hustete und spuckte. Der Boden unter seinen Füßen schien zu zerbröseln, als enthielte er keinen einzigen Tropfen Flüssigkeit. Plötzlich war da ein anderes Geräusch: Wiehern und Trampeln. Durch die Rauchschwaden entdeckte er direkt vor sich die Rücken verschreckter Moorponys.

»Guckt mal, hier!«, rief er.

Er stand auf einem schmalen Pfad, einem glatt getrampelten Ponypfad. Er führte in die richtige Richtung. Saul nickte; er hatte sich ein Taschentuch um den Mund gebunden. Die Männer rannten den Ponys hinterher. Alex wusste, dass diese Tiere intelligent waren. Vielleicht konnten sie einen Weg hier hinaus finden. Plötzlich spürte er einen starken Schmerz an der Schulter und schrie auf. Er hatte ein Stückchen Glut abbekommen. Er klopfte sich heftig auf die Schulter. Überall flogen Teilchen herum, meist war es graue Asche, aber manchmal eben auch Glut.

Alex hörte wieder sein Telefon klingeln und riss es im Rennen aus der Tasche.

»Alex?«

»Dad«, schnaufte Alex.

»Das Feuer hat sich festgesetzt.« Dads Stimme war hoch und angsterfüllt. »Seid ihr inzwischen im Sumpf?«

»Nein«, japste Alex. »Wir können kaum was sehen.« Um sie herum war es nachtdunkel.

»Alex, ich bin am Fernseher. Das Feuer wandert nach Süden, aber im Westen und im Norden fängt es auch an zu brennen.«

»Und wo sollen wir hin?«, brüllte Alex ins Telefon. Er versuchte, seine Angst zu unterdrücken.

Dad rief: »Lauft zum Sumpf, ja? Windabwärts. Da ist ein Fluss.«

Da wollten sicher auch die Ponys hin.

»Wir müssen zum Sumpf.« Alex spürte, wie ihm der Rauch in die Lungen biss. »Von da ist es nicht weit bis zur Militärstraße.«

Aber Saul brüllte in sein eigenes Telefon.

Baz packte Alex, sein Gesicht war mit Dreck und Asche verschmiert. »Wo lang? Du bist doch der Moorjunge.«

Alex blickte sich um. Es gab keine Orientierungspunkte, nirgends. Sie stolperten den Ponys hinterher und dann sah er sie, eine ganze Reihe stehender Steine, die aus dem Rauch aufragten.

»Da, wo die Steine sind, da geht's zum Sumpf«, sagte er.

Saul nahm sein Telefon vom Ohr und blickte Alex an.

»Sicher?«

»Ja«, sagte Alex. Das da war Gladboy, ein großer stehender Stein mit einer unverwechselbaren Wölbung. Jetzt wusste Alex ganz genau, wo sie waren. Das erklärte er hastig Saul, während sie an den Steinen vorbeistolperten, und der schrie diese Information in sein Telefon. Die Männer brachten die großen Steine zwischen sich und die Flammen. Endlich liefen sie hustend und würgend auf welligem, weichem, mit Riedgras bewachsenen Boden.

»Ich versteh das nicht«, keuchte Saul. »Niemand in der Kaserne wusste, dass wir hier draußen sind. Der diensthabende Offizier hatte keine Ahnung, dass ich euch gefunden habe. Der Spieß ist verschwunden und es gibt keine Funkverbindung zum Kontrollpunkt.«

Sie konnten diese Information nicht weitergeben, denn sie mussten weiter vor dem rasenden Feuer fliehen. Die Ponys standen ein Stück entfernt, eingeschüchtert von der Hitze und dem Rauch, sie drängten sich wiehernd und schnaubend aneinander, unsicher, in welche Richtung sie fliehen sollten. Der Rauch schien direkt über sie hinwegzublasen, denn der Sumpf lag in einer Senke und das Feuer wogte an seinem Rand. Alex kniete sich hin und fing an, Grasbüschel auszureißen, um an die nackte Erde zu gelangen. Die anderen schauten zu, dann machten sie mit. Saul hatte ein Messer, Baz Schlüssel. Sie brachen die Erde auf, rollten die Grasnarbe weg und legten den feuchten Torf frei.

»In Irland heizen die doch mit Torf?«, fragte Baz. »Bauen wir hier etwa einen Ofen?« Niemand antwortete. Sie bewegten sich rückwärts, auf die Ponys zu, zogen und zerrten die oberste Schicht des Bodens weg. Erst hatten sie einen Meter blanke Erde freigelegt, dann doppelt so viel. Das trockene Gras ließ sich wie tote Haut abziehen. Alex trat und kickte mit den Füßen. Jetzt hatten sie vielleicht drei Meter feuchte Erde freigelegt. Die Männer arbeiteten wie besessen, bis sie einen groben Kreis von etwa vier Metern um sich herum freigelegt hatten. Dann wandten sie sich um und säuberten den Boden hinter sich, machten den Kreis größer.

Alex blickte von der Arbeit auf und schnaufte. Durch den schwarzen Rauch tauchte eine Feuerwand auf, verbrannte die Büsche, die in der Nähe der aufgestellten Steine standen. Die Flammen wurden immer größer, die schwarze Luft war voller Funken.

Die Männer wichen zurück. Aber jetzt walzte von der anderen Seite der Steine eine weitere Feuerwand heran. Die Hitze war so intensiv, wie Alex es noch nie erlebt hatte.

»Grabt weiter und haltet euch dicht am Boden«, befahl Saul. Alex folgte, aber er hatte das Gefühl, es wäre gerade etwas in ihm drin zerbrochen. Das war's. Die Ponys wieherten und stampften und machten auf diese Weise den Boden auch platt.

Dann erreichten die Flammen die Steine. Sie rollten mit entsetzlicher Macht über sie hinüber. Die Männer gruben weiter, tief in den Boden, zerrten ganze Büsche trockenen Ginsters weg. Saul schmierte Alex eine Handvoll feuchten Schlamm ins Gesicht und auf die Haare. Die Feuchtigkeit tropfte auf Alex' Sachen. Er sah, dass sich auch Saul und Baz mit Schlamm bedeckten und dann weiter die Erde freilegten. Die Hitze der Flammen war unglaublich, es war, als stünden sie direkt vor einem Ofen. Alex hatte das Gefühl, als wäre sein Gesicht trotz der Schlammschicht schon angesengt.

Ein Funke landete auf seinem Stiefel und flammte auf. Er trat ihn aus. Aber dann flog noch ein Funke und noch einer und noch einer. Alex trampelte wie verrückt, schaute zu den anderen rüber, die beiden schlugen die gleiche Schlacht wie er. Hinter ihm wieherten und schnaubten die Ponys, es gab keinen Fluchtweg. Es schien, als wären die Flammen heißer denn je.

Alex trampelte um sein Leben.

WASSER

Es brachte nichts. Die freigelegte Erde hielt das Feuer zwar auf, trotzdem kamen die Flammen mit jeder Sekunde näher. Alex war noch nie so heiß gewesen, und jetzt schien der Rauch auch in seinen Kopf zu dringen. Sein Telefon klingelte, er ging nicht ran. Dad würde das nicht hören wollen.

Aber dann schien plötzlich der Himmel zu explodieren und Alex wurde mit einer solchen Wucht getroffen, dass er umfiel. Hustend lag er auf dem dampfenden Boden, er wusste nicht genau, was ihn da erwischt hatte, aber er bekam kaum Luft. Irgendwas war ihm in die Kehle geraten und drohte ihn zu ersticken. Er tastete seinen Körper ab und bekam nasse Hände. Von seinem Gesicht tropfte Wasser, seine Haare waren klatschnass. Verwirrt setzte sich Alex auf und Wasser lief ihm den Rücken runter. Er war pitschnass, als stiege er gerade aus einem Schwimmbecken. Um ihn herum zischte es und der Rauch war weg. Er hörte ein Donnern und Stampfen und sah, wie die Ponys aus ihrem dampfenden Kreis ausbrachen. Warum war er so nass? Er hatte schon von regelrechten Wolkenbrüchen gehört, aber nicht gewusst, dass es so was wirklich gab. Doch wie hätte es einen Wolkenbruch geben können, wenn nicht eine Wolke am Himmel gewesen war?

»Steh auf!«, schrie ihm eine Stimme ins Ohr. Saul packte ihn an der Schulter und zerrte ihn hoch. »Komm. Wir warten hier nicht auf den Bus.« Saul schob ihn durch zischenden Dampf.

Und plötzlich, als hätte es eben erst angefangen, hörte Alex ein Donnern und Brausen und der Boden schien zu beben. Der Lärm war ohrenbetäubend.

»Das war eine Wasserbombe«, rief Saul. Offenbar hatte er gemerkt, dass Alex vollkommen desorientiert war. »Die hat der Hubschrauber abgeworfen.« Er deutete auf ein wirbelndes Ding am Himmel. »Komm, hier lang.«

Alex kämpfte darum, wieder zur Besinnung zu kommen, während sie durch Schwaden von grauem Rauch und Dampf den Ponys hinterherliefen. Auf dem Hügel tobte immer noch das Feuer. Der Rauch war ein wenig abgezogen, und jetzt konnte Alex einen zweiten Hubschrauber sehen, an dem ein Behälter hing, vermutlich mit Wasser gefüllt. In selben Moment wurde der Behälter geöffnet und das Wasser prasselte wie ein Regen aus Ziegelsteinen auf das Feuer runter.

»Komm schon, träum nicht«, blaffte Saul. Sie stolperten weiter in den Sumpf, traten auf heiße, nasse Steine und dann erschien am Horizont ein gewaltiger Rettungshubschrauber.

»Ich hoffe, du hast keine Höhenangst«, rief Saul. »Die werden uns hochziehen müssen.«

Als Nächstes wurde Alex von einem Gewirr aus Lärm, Rauch und gebrüllten Anweisungen überrollt. Eben noch hatte er auf einem heißen, flachen Stein gestanden und auf den Bauch eines gewaltigen, in der Luft stehenden Hubschraubers geguckt, da wurde schon ein Mann in orangem Overall zu ihm herabgelassen. Alex war wie betäubt, als der Mann mit ihm auf Augenhöhe kam. Er hatte rote Haare und grüne Augen. Alex konnte ihn nur anstarren. Der Mann hängte ihm einen Gurt um und klopfte ihm auf den Rücken.

»Ich bin Ben. Keine Panik, dann passiert dir nichts«, sagte er. »Halt dich einfach an mir fest.« Der Gurt um Alex spannte sich und seine Füße hoben vom Boden ab – ein irrsinniges Gefühl. Dann hing er in der Luft, wurde höher und höher über die brennende Landschaft gezogen. Das Schlimmste war, dass sie in der heißen Luft hin und her schwangen und der Wind immer stärker an ihnen zerrte, je höher sie gezogen wurden. Alex kam sich so winzig und schwerelos vor und dachte: Bin ich das? Geschieht das hier wirklich? Ben hatte gut reden. Von wegen »keine Panik«. Wie kann man denn Panik abstellen? Wie kann man aufhören zu zittern? Wie kann man den Atem verlangsamen? Hinter Alex ballte sich der Rauch und jenseits davon sah er die Ponys in einer Reihe davongaloppieren. Das raue Material der Jacke seines Retters kratzte an seiner Wange und er roch seinen Schweiß. Die Angst schnürte ihm so die Brust ein, dass er kaum atmen konnte.

Er würde überleben.

Nun saß er im Hubschrauber und wurde angeschnallt. Die Männer brüllten sich über das Knattern des Motors etwas zu. (Es war so laut!) Alex war noch nie in seinem Leben so müde gewesen. Ihm tat alles weh und seine Hände hörten nicht auf zu zittern. Saul und Baz saßen neben ihm, verdreckt von Schlamm und Asche.

»Was ist mit Levi?«, schrie Alex über den Lärm hinweg.

Ben, der Mann, der ihn gerettet hatte, legte die Hand auf Alex' Schulter. »Zwei Teams sind unterwegs und suchen ihn. Wir tun unser Bestes.«

Es fiel Alex schwer, die Männer nicht anzuschreien, sie sollten schneller fliegen, sich mehr Mühe geben. Er blickte aus dem verschmierten Fenster zum Moor hinunter, sah die Flammen und die schwarze Verwüstung dahinter. Unmöglich, sich vorzustellen, da könnte jemand überlebt haben.

Am schwersten zu verstehen war, warum Hauptfeldwebel Furzey ihre Funkmeldungen nicht weitergegeben hatte. Die Jagd nach Max fand im südlichen Moor statt, viele Meilen entfernt von der Position, die Furzey Saul gegenüber angegeben hatte. Erst als Sauls Kollege, der Obergefreite Higgins, Alarm geschlagen hatte, waren die Hubschrauber mit den Wasserbomben von der Küste gekommen und hatten Alex und die beiden Soldaten gefunden.

»Vielleicht war Furzey zu sehr mit den Gewehren beschäftigt«, rief Saul.

Ben blickte ihn verständnislos an.

»Gewehre? Von Gewehren ist überhaupt nicht die Rede. Alle reden von Brandstiftung. Wir glauben, dass an mindestens drei verschiedenen Stellen Feuer gelegt wurde, im Abstand von je einer halben Stunde.«

Dann wurde es noch lauter, weil die Tür aufgemacht wurde und Luft hereinströmte. Ein Besatzungsmitglied hockte an der offenen Tür und suchte die Landschaft unter ihnen ab. Alex konnte nichts mehr aufnehmen und lehnte sich ans Fenster. Der Lärm schien ihm die Ohren abzusprengen. Ben schob ihm Ohrenschützer auf den Kopf und Alex nahm seine Umgebung nur noch gedämpft wahr.

Sie flogen wieder zurück über die Flammen. Das verbrannte Moor sah aus wie eine andere Welt, schwarze Bäume krallten sich durch den Rauch. Alex hatte furchtbare Angst, dass Levi es nicht geschafft hatte. Er wollte aufhören, sich verrückt zu machen, doch es quälte ihn noch ein anderer Gedanke.

Wenn nun das Feuer *ihretwegen* gelegt worden war? Wenn das Ganze mit ihrer Entdeckung der Gewehre im Sumpf zusammenhing? Er sah das Gesicht von Hauptfeldwebel Furzey vor sich.

Du darfst niemandem davon erzählen. Keiner Menschenseele.

Der Hubschrauber war umgekehrt, flog niedrig über dem Nordmoor, wo der Boden gelb-grün und nicht verbrannt war. Alex erkannte den Rough und den Cosdon Hügel. Er blickte hinunter und hielt nach Golden Combe Ausschau und dort, links davon, lag der Strangeways-Hof. Zwei Dinge fielen Alex auf, als sie darüberflogen. Auf dem Abstellplatz parkte ein Auto, ein schmuddelig weißer Wagen mit Fließheck. Alex drückte sein Gesicht ans Fenster. Denn außerdem sah er eine winzige blonde Gestalt in einem grünen T-Shirt zum hinteren Teil des Hauses gehen. Das war Sasha, keine Frage. Er erkannte ihr Top. Was hatte sie dort zu suchen? Sie blickte zum Hubschrauber hoch. Alex fummelte in seiner Tasche nach seinem Handy, da sah er ein Militärfahrzeug die Piste entlangrasen. Auf dem Kühler war deutlich ein orangefarbener Fleck zu erkennen. Alex schlug die Hand an den Mund. Das war der Wagen von Hauptfeldwebel Furzey, der da eiligst über die unebene Piste bretterte!

Bist du sicher, dass du die Gewehre niemandem gegenüber

erwähnt hast? Hast du deinem Vater was gesagt? Komm schon, Alex, das ist wichtig.

»O Gott!«, sagte Alex. Das war gruselig. Hatte Furzey mit den Gewehren im Sumpf zu tun? Warum hätte er sie sonst in die Flammen schicken sollen? Warum hatte er niemandem von den versteckten Gewehren erzählt? Das alles passte zusammen. Alex hatte keine konkreten Beweise, nur ein sehr bedrohliches Gefühl.

»Sasha!« Alex beugte sich vor, um besser zu sehen, weil der Hubschrauber wieder Richtung Feuer flog. »Sasha!«, schrie er, als Furzey aus seinem Fahrzeug stieg. Alex wollte aufstehen, wurde aber vom Gurt festgehalten. Er fand sein Fernglas, das wie durch ein Wunder noch unversehrt um seinen Hals hing. Jetzt konnte er Furzey deutlich sehen, er rannte ohne Kopfbedeckung, aber bewaffnet hinter die Scheune. Warum das? Alex stieß sich den Kopf am Fenster, als er Sashas Nummer eingab. Er zog die Kopfhörer vom Kopf und sofort war wieder der unglaubliche Lärm da. Er konnte nicht hören, ob sie was sagte, und der Hubschrauber ließ schon den Strangeways-Hof hinter sich.

»HAU GANZ SCHNELL AB. FURZEY KANN DIR GEFÄHRLICH WERDEN. BITTE.«

Am Display sah er, dass das Gespräch abgebrochen war. Er wusste nicht, ob sie ihn gehört hatte. Saul tippte auf seinen Arm und machte das Zeichen für okay.

»NEIN.« Alex schüttelte wie wild den Kopf. »Wir müssen ZURÜCK!«, schrie er. »Sasha ist in Gefahr. Furzey ist hinter ihr her, auf dem Strangeways-Hof.«

Saul und Baz blickten ihn verwirrt an. Ben drehte sich von der Tür weg und hielt die Hände hoch. »Was?«, formte er mit den Lippen.

»FLIEGT ZURÜCK«, schrie Alex und zeigte wie wild in Richtung des Hofes. »DA IST SASHA. FURZEY IST HINTER IHR HER. DER IST HINTER DEN GEWEHREN HER.«

Saul schüttelte den Kopf: »Ich kann nichts verstehen.«

»FURZEY IST DA UNTEN«, heulte Alex. »DER STECKT DAHINTER.«

Saul schrie Ben was ins Ohr, der über seine Sprechmuschel mit dem Piloten redete.

Nach ein paar endlosen Augenblicken setzte Ben Alex seine Kopfhörer auf und der Pilot redete mit ihm.

»Wir haben verstanden, dass du deine Freundin gesehen hast. Aber wir können jetzt nicht umkehren. Wir suchen den vermissten Jungen. Sein Leben ist in Gefahr. Wir müssen erst versuchen, ihn zu retten.«

»ABER SASHAS LEBEN IST AUCH IN GEFAHR«, brüllte Alex. »BITTE VERSTEHEN SIE MICH DOCH. ES KANN SEIN, DASS FURZEY IHR WAS ANTUT.« Er sah, wie die Soldaten Blicke austauschten, und stöhnte. Sie waren inzwischen meilenweit weg von dem Hof. Er konnte nichts mehr sehen.

»Ich wiederhole, wir müssen die Suche nach dem vermissten Jungen fortsetzen. Das ist nicht so leicht unter diesen Bedingungen.«

Alex legte die Hände vor die Augen.

RAUSCHEN

Dieser Anruf ist der helle Wahnsinn. Ich höre nur ein fürchterliches Rauschen und von ganz weit weg jemanden rufen. Dann erkenne ich ein Wort.

»SASHA!«

»Alex«, sage ich. »Bist du das?« Was für ein Durcheinander.

Simon hält an und beugt sich zu mir, um zuzuhören.

»Alex, ich kann dich nicht verstehen.« Dann höre ich FURZEY und GEFAHR.

»Alex, wo bist du?« Der Lärm im Hintergrund ist ein einziges Donnern. Was ist da los? Plötzlich höre ich Alex ganz deutlich. Seine Stimme klingt heiser und hektisch, aber es ist eindeutig Alex.

»Jetzt hat er endlich die Tür zugemacht. Max, hörst du mich jetzt?«

»Ja, Alex. Bist du in Sicherheit – hast du Levi gesehen?«

»Mir geht's gut, Levi ist noch irgendwo hier draußen. Aber Sasha ...«

SCHHHHHHHH SCHHHHHHH SCHHHHHHHH Wieder verschluckt das Rauschen seine Stimme.

»... auf dem Strangeways-Hof. Ich bin sicher, Furzey hat

was mit den verbuddelten Waffen zu tun. Hörst du mich? Er ist jetzt da, ich habe seinen Wagen gesehen, den mit dem orangen Farbfleck ...«

SCHHHHHH SCHHHHHHHH SCHHHHHHHH

»... JETZT, MAX.«

SCHHHH SCHHHHHH SCHHHHHH

»... Feuer gelegt, um seine Spuren zu verwischen ...«

SCHHHHHHHHHHHHHHHHHHHHHH schhhhh-hhhh

»... ich glaube, er ist ...«

SCHHHHHHH

»... ihr was antun ...«

Die Verbindung ist weg. Ich versuche zurückzurufen, aber vergeblich. Ich bekomme eine Gänsehaut. Offenbar will Alex herausgefunden haben, dass Furzey hinter der Waffengeschichte steckt. Was für ein Schlitzohr! Vergräbt der das Zeug direkt unter der Nase der Armee. Furzey IST die Armee. Und jetzt sieht es so aus, als wäre Sasha (Sasha, die mich immer anguckt, als wäre ich ein Stück Scheiße) auf dem Strangeways-Hof und in Gefahr. Ich mag sie nicht, aber ich kann sie nicht im Stich lassen wie Levi.

»Bieg hier links ab«, befehle ich meinem Bruder. O je, meine Hände zittern.

»Wo fahren wir hin?«, fragt er und setzt den Blinker.

»Die Zeit reicht nicht, um dir alles zu erklären. Du wirst es mir sowieso nicht glauben.« Ich klopfe mit den Fingern an die Scheibe und zapple mit den Füßen. Und ich gucke immer aus dem Fenster, weil ich erwarte, dass sich jeden Moment ein Sondereinsatzkommando auf mich stürzt. Ich will da nicht noch einmal hin. Der Strangeways-Hof hat mein Leben ruiniert. Aber ich muss.

Kurz nachdem wir aus der Stadt sind, fährt Simon rechts ran und bleibt stehen.

»Was soll das?« Ich bin außer mir. »Wir müssen zum Strangeways-Hof. SOFORT.« Ich habe gerade versucht, Sasha zu erreichen, aber sie geht nicht an ihr Telefon.

Simon schaltet den Motor aus und verschränkt die Arme. »Erst wenn du mir alles erzählst. Warum vertraust du mir nicht?«

Weil du mich für einen Psychopathen halten wirst. Weil du mich zur Polizei bringen und nie wieder mit mir sprechen wirst. Ich drehe bald durch. »Du wirst es mir nicht glauben«, sage ich. »Bitte, Simon. Ich glaube, meine Freundin Sasha ist echt in Gefahr.«

Simon steckt den Schlüssel in die Tasche. »Und warum das?«, fragt er.

Ich stöhne. Ich muss es ihm sagen. Ich blicke meinem Bruder ins Gesicht, in dieses anständige, kluge Gesicht, das so ganz anders ist als meines. Er wird nichts mehr von mir wissen wollen, wenn er das erfahren hat.

»Also, da war dieser Unfall.« Ich zögere. »Ich habe auf jemanden geschossen, sozusagen ...«

Ich habe jedes Gefühl für die Zeit verloren und bin unglaublich erleichtert, als wir uns endlich dem Sperrgebiet nähern. Simon hat sich meine gestotterte Geschichte angehört, nach der Hälfte ließ er den Motor an. Ich war überzeugt, er würde mir die Sache mit Sasha und dem Hauptfeldwebel nicht glauben, sondern mich direkt zur Polizei bringen, aber zu meinem Erstaunen und meiner Erleichterung musste ich feststellen, dass er weiter ins Moor und in Richtung Sperrgebiet fuhr.

»Jetzt klären wir erst mal das«, sagt Simon in seiner aufreizend ruhigen Art. »Es muss dafür eine vernünftige Erklärung geben. Dann kümmern wir uns um den Unfall. Ich will nur erst meinen Vorgesetzten anrufen ...«

»NEIN«, sage ich. »Die Zeit haben wir nicht. Du musst nicht bei allem deinen Vorgesetzten fragen.«

Simon gibt einen verärgerten Laut von sich, tritt aber aufs Gaspedal, sodass ein Kaninchen in Deckung flitzen muss. »Ohne Probleme geht's bei dir einfach nicht, oder?«, murmelt er vor sich hin.

Kurz darauf erreichen wir das Sperrgebiet. Es gibt keine Wache, die uns aufhalten könnte. Das Gatter über dem Viehgitter steht weit offen.

»Ich lehne mich für dich ganz schön weit aus dem Fenster«, sagt Simon und fährt auf das Tor zu. »Ich bezweifle sehr, dass ein Hauptfeldwebel heimlich gestohlene Waffen in einem Sumpf im Dartmoor versteckt.« Langsam hoppelt er über das Viehgitter. »Und dann willst du mir auch noch erzählen, er hätte das Feuer gelegt, um alle umzubringen, die was von den Waffen wussten.«

Ich runzle die Stirn. Genau das hat Alex gemeint. »Die Gewehre sind da«, sage ich. »Ich habe eins in der Hand gehabt.«

»Deshalb bin ich ja jetzt hier«, sagt Simon. »Aber wegen ein paar Gewehren begeht man doch keinen Mord.«

»Und was ist mit dem Laserzeug?«, frage ich.

Simon fährt beinahe in die Hecke. »Was?«

»Hab ich vergessen zu erzählen. Levi hat in dem Schuppen auch Kisten mit elektronischem Material gefunden.«

»Ich muss meinen Vorgesetzten anrufen«, sagt Simon.

»Zu spät«, sage ich. »Wir sind da.« Ich sehe die Hecke, an der Levi und ich vor einer halben Ewigkeit unsere Räder abgestellt haben, bevor wir über die Felder und übers Moor zu dem Schuppen hinter dem Hof gelaufen sind. »Wir müssen Sasha helfen. Wenn du jetzt telefonierst, kommen wir vielleicht zu spät.«

Simon passt das nicht. Was ist der für ein Schlappschwanz geworden. Immerhin fährt er jetzt die unebene Piste zum Hof runter. Ich bin froh, dass da kein Armeefahrzeug steht.

»Da ist Sashas Auto.« Ich erkenne den schmutzig-weißen Fiat mit dem Kindersitz auf der Rückbank. Kindersitz. Sie wird doch ihr Kind nicht mit hierhergebracht haben?

Simon stellt den Motor ab und blickt aus dem Fenster. »Bis jetzt stimmt alles, was du sagst. Aber sollte hier nicht auch ein wild gewordener Hauptfeldwebel rumlaufen? Ich kann den berühmten Wagen mit dem orangefarbenen Fleck nirgends entdecken.«

»Du musst das ernst nehmen«, sage ich.

»Was glaubst du, warum ich hier bin?«, antwortet Simon. Er dreht sich zu mir um. »Wenn irgendwas passiert, machst du genau das, was ich sage. Verstanden? Ganz genau das.«

Es ist so, als wären wir wieder sechs und zehn und Simon hat das Sagen.

Ich schlucke. »Klar.«

»Gut. Dann bleib im Wagen, bis ich zurückkomme«, befiehlt Simon und steigt aus.

»Niemals«, sage ich und folge ihm.

Ich bin total durcheinander. Meine Gefühle fahren Achterbahn. Ich fühle mich schuldig, weil ich auf Riley geschossen habe, ich habe Angst vor dem, was mir hier passieren wird, und vor dem, was danach geschehen wird, und natürlich mache ich mir Sorgen um Sasha. Und ich muss andauernd an Levi denken. Wenn er das Feuer nicht überlebt, dann ist das meine Schuld. Ich habe ihm die Schuhe weggenommen! Das hätte ich nicht tun dürfen. Ich hätte ihn niemals allein lassen dürfen. Der Hof steht da, als gäbe es mich nicht. Ich blicke auf das Bauernhaus mit dem Garten und den verfallenen Nebengebäuden drum herum. Das Gebäude scheint irgendwie vorwurfsvoll zu gucken, aber vielleicht bin ich ja bloß irre.

Ich zeige auf die Bäume am Zaun hinter den Weiden.

»Da sind die Waffen«, sage ich leise.

»Das guck ich mir später an«, sagt Simon ebenso leise. »Jetzt wollen wir erst mal deine Freundin finden. Guck mal.« Er hebt etwas auf, das im Gras gelegen hat. Eine Kinderpuppe. Bestürzt schaue ich Simon an. Also hat Sasha ihr Kind mitgebracht. Das gefällt mir gar nicht. Warum würde jemand mit seinem Kind hierherkommen wollen? Ich versuche mir auszumalen, was das bedeuten könnte. Weit können sie nicht sein. Aber müssten wir sie dann nicht hören?

Wir laufen vorsichtig an einem der steinernen Gebäude entlang. Als wir die alte Armeelatrine sehen, wird mir sofort übel. Das war einer der schlimmsten Momente meines Lebens, als Baz mich da reinstieß. Ich habe inzwischen eine ganz ordentliche Sammlung von schlimmsten Momenten.

»Wie weit ist das Feuer von hier?«, fragt Simon und guckt durch ein Fenster. »Ich habe das Gefühl, ich rieche es.«

»Oh, das ist meilenweit weg«, sagte ich. »Im Fernsehen haben sie gesagt, es rast über den Cocks Hügel.« Ich überlege noch, ob ich Sasha rufen soll, da fällt mir was an der alten Latrine auf. Irgendwas ist anders. Ich gucke genauer hin und atme dann tief durch. Dahinter ist das Heck eines ordentlich abgestellten Armeewagens zu sehen.

Mir wird kalt vor Angst. »Guck«, flüstere ich Simon zu. »Da drüben.«

Simon runzelt die Stirn. »Sieht aus, als wäre der mit Absicht versteckt worden.« Er reibt sich das Kinn. »Das gefällt mir gar nicht.« Mir auch nicht.

»Was sollen wir machen?«, flüstere ich. Ich bin mir plötzlich sicher, dass wir beobachtet werden.

»Wir gehen hin und gucken«, sagt Simon leise. »Mach kein Geräusch.« Wir schleichen über die Wiese zur Latrine. Ich verziehe das Gesicht, als ich den mit Fliegen übersäten Haufen toter Ratten davor sehe. Simon bedeutet mir, ich soll hinter ihm bleiben, und wir schleichen auf die Rückseite des Gebäudes.

Der Wagen ist leer. Der orange Fleck auf der Kühlerhaube stimmt mit Alex' Beschreibung überein. Simon holt sein Telefon aus der Tasche und tippt eine Nummer ein und ich habe so eine Angst, dass ich ihn diesmal nicht davon abzubringen versuche. Ich will nicht mehr hier sein. Das alles ist so furchtbar echt. Simon bedeutet mir, dass ich stehen bleiben soll, und wartet darauf, dass sein Anruf entgegengenommen wird.

Ich schaue hinauf zu dem Hügel hinter den Gebäuden, aber da ist nichts weiter, abgesehen von friedlich grasenden Schafen. Ich mache vorsichtig einen Schritt von der Latrine weg und blicke hinter die Gebäude und über die Wiesen, sehe aber niemanden. Es sieht aus, als wäre kein Mensch hier. Vielleicht ist Sasha losgelaufen, um Levi zu suchen.

Und Furzey ist ihr gefolgt. Womöglich hat Sasha in ihrem Auto einen versteckten Hinweis hinterlassen. Stillstehen kann ich überhaupt nicht, also gehe ich zurück zum Haus.

Da spricht mich von hinten ein Mann an und es ist nicht Simon.

»Max Cosgrove. Der Junge, der Kriegshelden ins Gesicht schießt. Ich glaube, du kommst jetzt mal mit mir mit.«

Ich wirble herum und blicke direkt in Furzeys Gesicht. Sein graues Haar ist verfilzt und er hat einen Fleck auf seiner wutverzerrten rosa Wange. Rinnsale von Schweiß laufen von seinen Schläfen die Falten entlang. Furzeys Gesicht ist so zerfurcht, dass er aussieht wie ein alter Mann, obwohl er höchstens Anfang fünfzig ist. Ich erinnere mich an ihn, und wie ich mich an ihn erinnere. Er war es, der mir aus nächster Nähe ins Gesicht gebrüllt hat. Er hat einen Revolver in einer Tasche an der Hüfte stecken und trägt eine Uniform, aber nichts auf dem Kopf.

»Du scheinst überhaupt nichts zu kapieren, Cosgrove. Ist das dein Auto da im Hof?«

Ich nicke stumm. Sollte ich, könnte ich weglaufen?

»Was machst du hier? Bist du allein?«

»Ich suche Sasha«, stottere ich. »Nur ich.« Ich weiß nicht, was ich sonst sagen sollte.

»Ich suche sie auch«, sagt Furzey und klingt ganz vernünftig. Dabei wirft er mir einen Blick zu, so kurz nur, dass ich ihn kaum wahrnehme, aber ich schwöre, da blitzt pure Bösartigkeit auf. Ich bin total erschrocken. Sein Gesicht hat sich irgendwie verzerrt und dann gleich wieder entspannt. Gruselig.

»Ihre Mutter hat mich hierhergeschickt, um nach ihr zu sehen.«

Ich sage nichts. Ich weiß, dass er lügt, aber ich bin wie erstarrt, durch meinen Kopf schießen dunkle Erinnerungen.

»Ich glaube, du und ich, wir sollten uns mal unterhalten«, sagt der Hauptfeldwebel fast freundschaftlich. Er streckt die Hand aus und packt meinen Arm. Es ist, als würde ich von einem Roboter festgehalten. »Komm mit.« Ich will nicht mit ihm gehen! Ich habe Angst, dass er mir was antut. Ich blicke mich verzweifelt nach Simon um, aber von dem ist nichts zu sehen. Wahrscheinlich hängt er noch am Telefon. Soll ich ihn rufen? Würde ich ihn damit in Gefahr bringen?

»Ich nehme an, du wirst gegen eine Kaution freikommen«, sagt Furzey und schiebt mich über den staubigen Zementboden. »Der Gefreite Hurley ist so weit stabil, allerdings wird er auf einem Auge blind bleiben.« Ich zapple mehr in der Luft, als dass ich gehe. Das ist ein Albtraum, der in Zeitlupe abläuft, ich kann mich weder wehren noch irgendwas ändern. Ich habe das Gefühl, mit steht etwas Fürchterliches bevor.

Furzey führt mich vorbei an einer riesigen Steintränke, in der totes Gras und ein alte, vergammelte Plane liegen. Ich steige über eine kleine Umzäunung mit den Überresten einer Hundehütte und bin dann auf der Wiese neben der Einfahrt.

»Du hast uns ganz schön zum Narren gehalten, Max. Du hast Ressourcen zum Einsatz gebracht, die anderweitig viel besser hätten verwendet werden können. Was hat dich nur dazu bewegt?«

Ich habe solche Angst, dass mir mein Körper kaum gehorcht. Ich muss mich wehren, muss ihm was entgegnen, aber ich kann nicht. Als hätte mich die Bedrohung hypnotisiert. Wir nähern uns einem großen betonierten Rondell, auf dem Schotter liegt. In der Mitte ist ein rundes Gitter mit einem Schloss daran.

»Hier gehen wir unter die Erde«, sagt der Hauptfeldwebel und hebt das Gitter hoch. Er kichert. »Wie bei James Bond, genau so.« Er schiebt mich nach vorn, ich sehe nur Dunkelheit. Mir läuft ein Schauer über den ganzen Körper. Ich stemme mich gegen die Hände des Hauptfeldwebels.

»Viel Vergnügen«, sagt er und stößt mich so heftig nach vorne, dass ich ins Taumeln gerate. Endlich komme ich zur Besinnung. Noch im Fallen packe ich sein Schienbein und er stolpert rückwärts. Aber ich falle, falle auf das Loch zu und mein Kopf taucht schon ins Dunkle, da spüre ich einen enormen Druck an der Kehle. Jemand packt mich von hinten am Kragen und zieht mich hoch.

»Gibt es ein Problem, Hauptfeldwebel?«

Ich liege hustend und japsend auf dem Beton und höre tief unten kleine Steine ins Wasser platschen.

»Leutnant Cosgrove, Second Star Regiment, auf Wochenendurlaub. Hat mein Bruder Sie belästigt, Herr Hauptfeldwebel?« Simon steht mit ausdruckslosem Gesicht neben mir und schiebt mit dem Fuß das Gitter über das Loch. »Ich mach das mal lieber zu, mein Bruder wäre ja fast reingefallen.«

Der Hauptfeldwebel tritt vom Loch zurück. Er blinzelt erstaunt.

»Und wie er mich belästigt hat«, sagt er, sobald er sich gefangen hat. »Er hat mich beinahe mit reingezogen. Dabei wollte ich ihn festhalten, weil er das Gleichgewicht verloren hatte.«

»Nein!«, brülle ich. »Der hat versucht, mich umzubringen! Simon! Der wollte mich da reinschubsen.« Ich rutsche auf dem Hintern weg von ihm. O Gott, Alex hat recht. Furzey steckt hinter allem. Er will alle umbringen, die davon wissen.

»Mein Sohn, du hast das Gleichgewicht verloren«, sagt Furzey. Er wischt sich den Schweiß von der Stirn. »Ich wollte dich retten.«

»Sie haben den Brunnen aufgemacht und wollten mich reinschmeißen!«, schreie ich nun schon fast hysterisch.

»Im Moor wütet ein Feuer«, sagt Furzey, nachdem er einmal durchgeatmet hat. »Ich habe den Befehl, der Feuerwehr alle verfügbaren Wasserquellen zugänglich zu machen. In einer Minute wird ein Hubschrauber hier sein, der Wasser holt.« Er seufzt. »Ich hätte mir das hier gerne erspart.«

»Herr Hauptfeldwebel«, sagt Simon. »Mein Bruder hat mir eine wirre Geschichte über Waffenverstecke und Laserausrüstungen in einem Schuppen und über Schießereien und was weiß ich noch alles erzählt.«

ICH BRINGE IHN UM! Ich starre auf meinen verräterischen Bruder. Wieso merkt er nichts?

»Ich würde Sie gerne bitten, mir zu helfen, die Sache zu klären«, plappert Simon unschuldig weiter. »Der Junge hat die verrückte Idee, Sie wüssten davon und ...«

Furzey nimmt die Hände hoch. »Natürlich weiß ich davon. Das hat mir der Sohn von Wildhüter Jebb gerade erzählt. Ich habe strikten Befehl, die Sache so lange geheim zu halten, bis wir alles gründlich geprüft haben.«

»Er lügt«, schreie ich. Ich stehe auf und der Boden um mich herum wankt. »Er hat eben versucht, mich umzubringen!«

Furzey schnaubt. »Dieser Junge hat in einer vollbesetzten Schule Bombenattrappen gelegt, dieser Junge hat einem Soldaten ins Gesicht geschossen.« Er macht eine Pause. »Und dieser selbe Junge hat seine Freunde im Feuer umkommen lassen. Ich möchte Sie nun freundlich bitten, hier zu verschwinden. Ich habe wirklich keine Zeit für so was. Genießen Sie Ihr Wochenende, Herr Leutnant, und lassen Sie mich meiner Arbeit nachgehen.«

Simon zögert. »Könnte ich ... Könnte ich ...«

Ich stöhne vor Enttäuschung. Trotz allem fällt es Simon schwer, Furzey nicht zu glauben. Das Wort eines Feldwebels ist in Sandhurst Gesetz.

»Könnte ich die Gewehre mal sehen? Ich müsste darüber natürlich Bericht erstatten und ...«

JA!

»Das ist in solchen Fällen nicht üblich«, sagt Furzey. »Und die Waffen sind, ehrlich gesagt, mein geringstes Problem. Im Moor herrscht gerade das totale Inferno. Menschenleben und Landwirtschaftsbetriebe sind in Gefahr.« Er klatscht in die Hände. »Na los, gehen Sie gucken, aber beeilen Sie sich. Ich möchte diesen Ort so schnell wie möglich evakuiert haben.« Er blickt mich an und ich sehe in seinen Augen den Teufel tanzen. »Du kannst es ihm zeigen, aber diesmal solltest du lieber nicht weglaufen.«

»Wo ist Sasha?«, platze ich heraus. »Was haben Sie mit ihr und mit ihrem Kind gemacht?«

Furzey verdreht die Augen. »Ich glaube, sie ist ins Moor gelaufen, was ziemlich dumm ist, unter diesen Umständen.«

Ich blicke voller Schrecken zum Brunnen. Als Simon und Furzey davongehen, bücke ich mich zum Gitter runter. »Sasha!«, rufe ich. »Bist du da unten?«

Furzey wirft nur verärgert die Arme hoch und geht weiter. Nach wenigen Minuten ist er verschwunden.

Simon dreht sich wie beschämt zu mir um. »Max, um Himmels willen. Langsam denke ich, du hast mich den ganzen Tag lang nur angelogen. Vielleicht weißt du ja doch mehr über das Feuer, als du zugibst. Schließlich bist du doch der Bombenleger von der Risings, oder?«

»Simon, du darfst dem Mann nicht trauen ... der hat versucht, mich umzubringen.« Ich rapple mich auf und laufe Simon hinterher, über die Wiese, zum Hauptgebäude. »Ich habe Angst um Sasha. Ich glaube, er hat ihr was getan. Vielleicht ist sie in dem Brunnen da.« Wir überqueren die unteren Wiesen. Furzey ist weg, jedenfalls sehe ich ihn nicht.

»Weißt du, was dein Problem ist?« Simon kämpft sich durchs hohe Gras. »Du hast eine zu ausgeprägte Fantasie.«

»Und du bist ein bescheuerter Jasager. Dass du in der Armee bist, heißt doch nicht, dass du dein Hirn nicht benutzen darfst.« Ich renne meinem Bruder hinterher in das kleine Wäldchen.

»Wenn Furzey dich ausschalten wollte, hätte er dich erschossen. Dann mich. Hat er aber nicht.« Simon stapft durchs Gestrüpp auf den Schuppen zu.

»Dann würde er Spuren hinterlassen«, protestiere ich. »Er müsste eine Erklärung für die verschossenen Patronen haben. Er ist schlau, Simon, denk an den ganzen Scheiß mit dem Hubschrauber und dem Wasser.«

Simon duckt sich und kriecht unter das tief hängende Dach, und ich folge ihm, weil ich zu viel Angst habe, alleine zurückzubleiben.

»Ach du Scheiße!«, stößt er hervor, als er durchs dämmrige Licht ganz hinten in der Ecke die Gewehre liegen sieht. Er bückt sich und hebt eins auf.

»Das ist unglaublich«, sagt er und flucht.

Ein kratzendes Geräusch über unseren Köpfen schreckt uns auf, aber dann sehen wir draußen zwei Raben vorbeifliegen. Simon macht mit seinem Handy mehrere Fotos von den Gewehren. Dann drückt er auf einige Tasten. Ich nehme an, er schickt die Fotos an seine Vorgesetzten.

»OK«, sagt Simon. Er senkt die Stimme. »Jetzt sind wir allein und können offen reden. Ich wollte das nicht sagen, solange er vielleicht noch zuhören konnte. Als du dein Stelldichein mit Furzey hattest, habe ich mit meinem Führungsoffizier gesprochen, okay? Ich habe ihm erzählt, was hier vorgeht. Er hat noch nie was von diesen Waffen gehört. Er sagt, die Militärpolizei ist auf dem Weg hierher. Ich habe keine Ahnung, welche Rolle Furzey spielt. Kann sein, er ist unschuldig. Ich weiß allerdings sehr genau, dass er als Kompaniefeldwebel militärische Ausrüstungen leichter stehlen kann als andere, aber wissen tun wir es nicht. Ich möchte, dass du einfach mitspielst, ja?«

Guck einer an, der schlaue Hund. Simon IST doch auf der richtigen Spur. Er hat tatsächlich GEHANDELT. Warum macht er sich dann nicht mehr Sorgen um Sasha?

»Simon, was ist mit Sasha? Und ihrem Kind?« Ich muss immerzu an den Brunnen denken.

Simon schüttelt den Kopf. »Pass auf, ich muss jetzt zurück und noch mal mit Furzey reden. Er benimmt sich merkwürdig und ich will ein Auge auf ihn haben. Er ist wahrscheinlich unschuldig. Aber wenn nicht ...«

Mich schauert es. »Ist er nicht«, sage ich und denke an den dunklen Brunnen. »Natürlich ist er das nicht.«

»Wenn wir Sasha nicht mehr helfen können, dann müssen wir ganz schnell weg hier …«

»Aber …«

»Pass schön auf, ja, Max? Hilfe ist unterwegs.«

Ich gehe hinter meinem Bruder über das welke Gras und die bloße Erde zum Ausgang aus dem Schuppen. Plötzlich habe ich ein Bild vor mir, da sind wir beide acht und zwölf. Wir verlassen gerade den Hühnerstall meiner Großeltern, Simon in grünen Shorts vorneweg, und wie immer ist er es, der die Eier trägt.

Simon bückt sich, um rauszugehen.

»VORSICHT!«, schreit eine Stimme und ich weiß, es ist Sasha. Da ist sie, hinter einem Baum, vielleicht sechs Meter entfernt. »AUF DEM DACH.« Sie zeigt nach oben.

Über uns auf dem Dach steht ein Mann mit einer Sturmhaube über dem Kopf. Er hat einen Revolver in der Hand und zielt auf Simon. Ich denke keinen Moment nach, sondern stürze mich auf Simon, reiße ihn zu Boden und spüre plötzlich, wie mir ein fürchterlicher, beißender Schmerz durchs Bein schießt.

»Zurück!«, ruft Simon und zieht mich in den Schuppen hinein. »Wo hat's dich getroffen?«

»Am Bein«, japse ich. Der Schmerz wirbelt in mir herum, ein unglaublicher Schmerz. Heiß, gemein, höllisch.

Wir hören ein Poltern auf dem Dach, Moos, Staub und Holzstückchen rieseln auf uns herunter.

So einen Schmerz hatte ich noch nie. Simon hebt mein Bein hoch und legt es auf einen zerbrochenen Plastikkanister. Er rollt mein Hosenbein hoch. Wir horchen auf die Geräusche über uns und Simon drückt seine Hand auf die Wunde.

»Ist nur ein Kratzer«, flüstert er und legt den Finger über die Lippen. Ich will aufschreien, aber durch den Schmerz hindurch höre ich eine Stimme in meinem Kopf sagen: SASHA LEBT. Simon nimmt seine Hand weg und wischt sie sich an seinen Shorts ab. Er fasst nach meiner Hand und drückt sie auf die Wunde.

»Bleib so«, sagte er so leise, dass ich ihn kaum hören kann. »Werd bloß nicht ohnmächtig.«

Ich schaue hilflos zu, wie Simon ein rostiges Stück Blech heranzieht und es vorsichtig über mich an die Wand lehnt, sodass ich eine Art Schutzschild habe. Dann stellt er sich mit dem Rücken an die hintere Wand des Schuppens.

»DIE POLIZEI IST UNTERWEGS«, brüllt er. »HÖREN SIE UM HIMMELS WILLEN AUF!« Das Dach knackt und biegt sich unter dem Gewicht des Schützen, der sich auf Simon zubewegt. Ich kann nur zugucken, voller Angst und Schrecken. Der Schuppen könnte jeden Moment über uns zusammenbrechen.

Simon kriecht an der Wand entlang zu mir und schlüpft unter das Blech. Da schlägt ein zweiter Schuss durch ein Loch im Dach.

»Alles okay?«, haucht Simon, aber ich kann nur das Gesicht verziehen. Simon tippt mir auf die Schulter. Seine Augen flitzen überall herum. Er erinnert mich an eine Katze, die jede Bewegung, jeden Laut wahrnimmt. Er ist schlau, er hat einen alten Autositz gefunden und ihn sich zum Schutz über Kopf und Schultern gestülpt. Ich zucke zusammen, als Simon meine Schnürsenkel – ich meine, Levis Schnürsenkel – herauszieht. Was hat er vor?

»Wir holen ihn runter«, flüstert Simon. »Du musst deinen Arsch nach draußen bewegen. Nimm deinen Schild mit. Okay?« Ich schüttle den Kopf. Das ist nicht okay! Ich kann mich nicht rühren, und schon ohne mich zu bewegen, kann ich den Schmerz kaum ertragen.

»Hier sind wir lebendige Zielscheiben«, haucht Simon. »Los, beweg dich.«

Das ist eine Seite von Simon, die ich kaum kenne. Sachte lasse ich mein Bein runter und keuche dabei vor Schmerz. Ich rolle aus meiner Deckung aufs Helle zu und strecke die Hände hoch, um den Schild zu halten, den Simon zu mir herunterlässt. Dann rolle ich mich auf den Bauch und robbe direkt unter den Dachvorsprung. Simon packt mit beiden Händen einen der Hauptpfosten in der Mitte des Schuppens. Der steht sowieso schon reichlich schräg. Simon fängt an, kräftig zu schütteln. Alles wackelt und ächzt. Simon rüttelt mit seinem ganzen Körper am Pfosten, das Gebäude scheint sich immer weiter nach innen zu beugen. Vom Dach sind hektische Bewegungen zu hören, von den knackenden Balken rieselt Dreck herunter.

Wie ein Löwenmann brüllt und drückt Simon mit der Schulter gegen den Pfosten und endlich wölbt sich das Dach nach innen. Splitternd und krachend bricht der ganze hintere Teil des Schuppens zusammen. Ich werfe mich nach draußen, Simon hechtet hinter mir her. Ich blicke zwischen den Bäumen durch zum Himmel hoch, doch da hat Simon schon wieder den schützenden Schild über mich gelegt. Dann hören wir lautes Klopfen und Rufen. Ich zwinge mich, mich aufzusetzen, und blicke auf den Schutthaufen, der einst ein Schuppen war. Das Dach liegt am Boden, die Luft ist voller Staub.

»Simon?«, flüstere ich. »Simon?« Keine Antwort, ich höre nur einen Mann stöhnen. Ich kann nichts sehen, daher robbe ich ein Stück weg von den Trümmern. Dann taucht zwischen den Balken und den zerborstenen Brettern eine Gestalt auf.

»Hier, nimm das an dich.« Simon nimmt die Patronen aus der Waffe und lupft sie zu mir rüber. »Furzey klemmt unter einem Balken«, sagt er. »Ich habe ihm die Hände gefesselt.« Als Nächstes wirft er mir das Telefon zu. »Ruf noch mal die Polizei an, ja? Sag, sie sollen sich beeilen.«

Er klettert über die Trümmer und ist verschwunden.

»Psst.« Das war hinter den Bäumen. Ich sehe, wie Sasha ihren Kopf hebt, ihre Haare sind ganz verwuschelt.

»Du lebst!«, sage ich. »Bloß deine Haare sehen scheiße aus.«

»Ich habe mich in der alten Tränke im Hof versteckt«, flüstert sie. »Kann ich rauskommen?«

»Ich glaub schon«, antworte ich. »Kannst du bitte die Polizei anrufen?«

»Das habe ich schon vor zwanzig Minuten getan«, sagt Sasha. »Die sind gleich hier.«

»Wo ist dein Kind?«

»Das hab ich nicht mit.« Sie verzieht das Gesicht. »Glaubst du, ich bin blöd?«

»Ich habe eine Puppe gefunden«, flüstere ich.

»Die muss mir aus der Tasche gefallen sein«, sagt Sasha.

Sirenen heulen durch das Tal und wir zucken beide zusammen.

FERNSEHEN

Im Krankenhaus war es so stickig heiß wie mitten im Feuer. Alex' Kehle war völlig ausgedörrt. Er setzte sich im Bett auf und griff nach einem Plastikbecher mit lauwarmem Wasser. Ihm lief der Schweiß runter, er war wie betäubt und sein Kopf schmerzte. Am Morgen hatte er nach Hause gewollt, aber er sollte noch vierundzwanzig Stunden unter Beobachtung bleiben, denn er hatte wohl doch zu viel Rauch eingeatmet. Saul lag im Bett nebenan. Im Moment war er aber in einem anderen Raum, wo er von seinem Führungsoffizier befragt wurde. Danach sollte er entlassen werden. Baz hatte eine hässliche Verbrennung am Bein. Er lag in einem Einzelzimmer und hatte eine Wache vor der Tür.

Auch Levis Mutter war im Krankenhaus. Als sie erfuhr, dass man Levi im brennenden Moor vermisste, musste sie mit Medikamenten beruhigt werden. Alex hatte selbst das Gefühl, er könnte jeden Moment durchdrehen. Wie könnte er das alles je aus dem Kopf bekommen? Sicher, er hatte überlebt. Aber wie sollte er weiterleben, wenn Levi aller Wahrscheinlichkeit nach im Feuer umgekommen war? Levi war seit gestern Nachmittag, als er vor den Flammen geflohen war, nicht mehr gesehen worden. Alex durfte nicht mal daran denken. Wenn er das tat, würde er vielleicht anfangen zu schreien und nicht mehr aufhören können.

Sein Dad, Sasha, Sashas Mutter Jill und Sammy-Joe, der eigentlich gar nicht mit reingedurft hätte, saßen auf Stühlen am Fußende von Alex' Bett. Alle hatten die Augen auf den Fernseher gerichtet. Alex hatte darauf bestanden, den Apparat laufen zu lassen. In den Lokalnachrichten waren Live-Aufnahmen vom Hubschrauber zu sehen, der immer noch das schwarz verbrannte Moor absuchte.

»Wenn ich gewusst hätte, dass es so schlimm ist, wäre ich nie dorthin gefahren«, sagte Sasha leise. »Das reinste Inferno. O Levi.« Sie barg ihr Gesicht am Hals von Sammy-Joe, ihre Schultern bebten vor Kummer.

Am Tag zuvor hatte sie die zweitausend Fasane mit Wasser versorgt und war dann zum Strangeways-Hof gefahren.

»Ich konnte nicht einfach nichts tun«, sagte sie. »Ich konnte nicht einfach zu Hause sitzen. Ich wusste, dass der Strangeways-Hof weit weg vom Feuer war, und ich wusste, dass dort alles angefangen hatte. Ich dachte, einer von euch würde es vielleicht schaffen, dorthin zurückzukommen. Ich rief meine Mum an und sagte ihr, wo ich hinfahre.« Sasha war in eine Decke gehüllt und zitterte trotz der Hitze.

Es war beängstigend, wie unverfroren Hauptfeldwebel Furzey vorgegangen war. Sashas Mum sagte, Furzey habe bei ihr vor der Tür gestanden, habe nach Sasha gefragt und sie habe ihm gesagt, wo ihre Tochter war, ohne zu ahnen, in welche Gefahr sie diese damit brachte. Der Hauptfeldwebel behauptete, er sei für die Evakuierung des Moors verantwortlich und wolle sich persönlich davon überzeugen, dass Sasha in Sicherheit war.

Sasha erzählte weiter. Beim Sprechen hielt sie Sammy-Joe fest im Arm.

»Ich war auf dem Strangeways-Hof und guckte mich um, da sah ich den Hauptfeldwebel kommen. Ich wollte gerade zu ihm gehen und mit ihm reden, da entdeckte er mein Auto und guckte ausgesprochen verwirrt. Er ließ sein Fenster runter und rief: ›WO BIST DU?‹, und das machte mir richtig Angst. Ich wusste nicht, was ich tun sollte. Ich zeigte mich und er sah mich und sagte: ›WO IST SASHA? SIE SOLL HIER IRGENDWO SEIN.‹ Er sah seltsam aus, verschwitzt und wütend, und seine Augen waren wie tot. Er machte Anstalten, aus seinem Wagen auszusteigen. Ich wollte ihm nicht sagen, dass ich eigentlich Sasha heiße und nicht Kate, solche Angst hatte ich. Ich war so fertig, dass ich bloß murmelte: ›Ich geh und hol sie, sie ist hier irgendwo‹, und bin weggerannt und habe mich vor ihm verborgen. Dann habe ich deine Nachricht bekommen, Alex. Richtig verstanden habe ich sie nicht, aber ich habe mich trotzdem im Trog unter einer stinkenden alten Plane versteckt.«

Alex schluckte. Er mochte sich nicht ausmalen, was hätte geschehen können. Was Furzey vielleicht mit Sasha gemacht hätte. Alex war total zappelig. Es war so heiß hier! Er wäre gerne über den Flur zu Max gegangen, der auf der nächsten Station lag, aber das durfte er nicht, denn Max war gerade die Kugel aus dem Bein operiert worden.

»Gott sei Dank ist alles gut«, wiederholte Tim, der am Fenster saß. Mehr hatte er in den letzten vierundzwanzig Stunden nicht gesagt.

»Es ist nicht alles gut«, sagte Alex. »Wir haben Levi noch nicht gefunden.«

Er bemerkte, dass Saul zurück war. Er stand am anderen Ende des Krankenzimmers und sprach mit einem Offizier. Dann kam er zu Alex.

Das Handgelenk mit der Brandwunde war verbunden und sein Hals voller kleiner Blasen, die die umherfliegenden Funken hinterlassen hatten. Sein sonst so glatt rasiertes Gesicht war stoppelig und er trug Sporthosen mit einem T-Shirt drüber. Eine seiner dunklen Augenbrauen war beinahe abgesengt.

»Unglaublich«, sagte er. Er setzte sich auf sein Bett, das neben dem von Alex stand. Ohne sich um die anderen zu kümmern, begann er zu reden.

Viel könne er nicht sagen, meinte er, denn eine genaue Untersuchung stehe noch aus, aber so viel könne er ihnen schon mitteilen: Hauptfeldwebel Furzey hatte offenbar bereits seit über zwanzig Jahren Waffen und Ausrüstungsgegenstände abgezweigt. Als Kompaniefeldwebel hatte er Zugang zu allen Depots und das hatte er weidlich ausgenutzt. Es waren zwar noch nicht alle Einzelheiten geklärt, aber er hatte Dokumente und Inventarlisten gefälscht und die gestohlenen Ausrüstungsgegenstände und Waffen wohl an diverse Gruppen und Zellen verkauft. An dieser Stelle guckte Saul sehr grimmig.

»Ich kann nicht glauben, dass ein Soldat so was macht«, sagte er.

»Was für Zellen?« fragte Alex.

»Es gibt immer Leute, die Waffen kaufen wollen«, sagte Saul mit blassem Gesicht. Mehr war aus ihm nicht herauszubekommen.

Der größte Teil der Waffen im Sumpf stammte tatsächlich aus dem Falklandkrieg. Saul vermutete, dass Furzey, der damals dabei war, seinen Status als Kompaniefeldwebel genutzt haben mochte, um sich die Waffen unter den Nagel zu reißen und sie illegal übers Meer zu transportieren, vermutlich in Munitionskisten, die in einer Herkules-Maschine zurückgeflogen wurden.

»Das sind alles Vermutungen«, sagte Saul. »Aber so etwa könnte es gewesen sein.«

Er sagte weiter, anscheinend habe Furzey, als er die Waffen dann hierhatte, einen Teil sofort verkauft und den Rest versteckt. Alles deute darauf hin, dass die Gewehre erst kürzlich auf den Strangeways-Hof gebracht worden waren, weil ein anderer Ort zu unsicher geworden war.

»Und was ist mit den Lasersystemen?«

Saul holte tief Luft, offenkundig erschüttert. Er blickte auf die Leute ringsum. Alex verstand den Wink, stieg aus dem Bett und ließ sich von Saul ein Stück zur Seite führen.

»Wir sollten im Moment nicht allzu viel sagen«, sagte er leise. »Aber ja, abgesehen von den SA80-Sturmgewehren gibt es außerdem noch eine Menge sehr hoch entwickelter Geräte.« Er hielt inne. »Die sind Millionen wert. Ihr Jungs habt da was entdeckt, was viel weitreichender ist als ein paar ausgemusterte Gewehre.«

Er berührte die Verbrennungen an seinem Hals und senkte den Kopf. »Das den eigenen Leuten antun«, flüsterte er. »Das verstößt gegen alles.«

Alex wusste nicht, was er sagen sollte. Er merkte, dass alle still geworden waren und auf den Fernseher über seinem Bett starrten. Er tippte dem Obergefreiten auf den Arm und ging zurück zu den anderen.

Die TV-Moderatorin war blond und spitznasig und trug ein blaues Kleid. »Das Feuer ist inzwischen unter Kontrolle, aber das Betreten des Moores ist untersagt, bis auch das letzte Glimmen gelöscht wurde. Da auf einer Müllhalde in der Nähe von Hammerton zwölf leere Benzinkanister gefunden wurden, wird das Moor jetzt von der Spurensicherung durchkämmt.«

Sie wandte sich an ihren Kollegen, einen pummeligen dunkelhaarigen Mann.

»Bill, was wissen wir über diese Kanister? Beweisen sie, dass hinter diesem furchtbaren Feuer ein Brandstifter steckt?«

»Genau das scheint es zu bedeuten, Michelle. Wir haben erfahren, dass die Polizei einen leitenden Angehörigen unserer Streitkräfte inhaftiert hat.«

Alex sah die Hubschrauberbilder vom verbrannten Moor und rieb sich die Augen.

»Ach, Levi«, sagte Sasha und brach wieder in Tränen aus. Sammy-Joe blickte sie neugierig an und wand sich von ihrem Schoß. Bevor ihn jemand daran hindern konnte, hatte er ein paar Blumen aus der Vase gezogen und hielt sie ihr hin. Ein Lächeln huschte über ihr tränenverschmiertes Gesicht.

Jetzt kreiste der Hubschrauber über dem Cocks Hügel. Er ging tief runter, dann machte er kehrt. Die Kamera blieb an etwas hängen, das auf einem flachen Stein zu sehen war.

»Was ist das?«, japsten Alex und die Moderatorin in einem Atemzug. Der Helikopter drehte um und flog zurück.

Auf dem Stein, inmitten von Ruß und Asche, saß eine

einsame Gestalt. Der Kamera zoomte auf das Gesicht. Ein Junge guckte hoch und grinste und winkte vorsichtig schüchtern mit der Hand. Er war barfuß.

»Wer ist das?«, stieß die Moderatorin hervor.

Der Junge stand auf und winkte mit beiden Händen.

ANFÄNGE

Ich packe meinen Koffer noch einmal, ich will alles so klein und ordentlich zusammenlegen wie möglich. Es ist zehn Uhr morgens. In einer Stunde sitze ich im Zug. Als ich vor sechs Monaten verkündete, was ich vorhatte, brach Mutter in Tränen aus und sagte: »Gott sei Dank.« Vater biss die Zähne so fest zusammen, dass ein Hauch von Rosa in seinem Gesicht erblühte. So gab er seiner Freude Ausdruck.

»Deine erste vernünftige Idee seit Jahren«, hat er gesagt. Er besann sich. »Abgesehen von einer.«

Das war nicht so richtig schmeichelhaft, aber ich habe es schon vor Jahren aufgegeben, diesen Leuten gefallen zu wollen. Nein, ich tue das für mich. In mir steckt etwas, so was wie ein kleiner Teufel, den ich nicht abschalten kann, und dort, wo ich jetzt hinwill, ist kein Platz für Teufel – jedenfalls nicht für die Sorte, die in mir steckt.

Achtzehn Monate sind seit dem Brand im Moor vergangen und seitdem ist alles anders geworden. Ich wurde im Zuge der Ermittlungen befragt, die immer noch andauern. Furzeys Schiebereien und die Brandstiftung sind noch nicht vollständig aufgeklärt. Die anderen – Alex, Sasha und Levi – haben sich auf den Hintern gesetzt und ihren Abschluss gemacht, aber ich konnte nicht zurück auf die Schule. Selbst nachdem der Richter entschieden hatte, dass der Schuss auf Riley ein Unfall war, wollte mich die Schule nicht mehr haben. Auch wenn mir mein angeblich tapferer Einsatz für Sasha ein paar Pluspunkte eingebracht hatte. Trotzdem: Riley hat sein Auge verloren. Er wurde aus der Armee entlassen. Ich weiß nicht, was er jetzt macht, aber ich hoffe, ich werde ihm nie begegnen. Ich glaube, ich habe sein Leben zerstört. Das wird immer auf mir lasten.

Nachdem die Fachoberschule mich aussortiert hatte, hat Levi seine Mutter gebeten, ein gutes Wort für mich einzulegen (dafür brauchte es allerhand Überzeugungskraft), und ich durfte im Supermarkt arbeiten, auf einer vollen Stelle, ein ganzes Jahr lang. Ich habe es mehr oder weniger geschafft, nicht weiter aufzufallen, habe Gemüse aufgebaut und Geld gescheffelt. (Außerdem habe ich ein paar abgedrehte Raps geschrieben.) Aber jetzt ist wirklich Zeit zu gehen. Ich spüre, dass sich Max, der Böse, wieder regt, und der muss im Zaum gehalten werden.

Ich gucke auf die Uhr. Um 10.05 Uhr sitzt Levi vielleicht schon im Seminar oder brutzelt sich in der Küche vom Studentenwohnheim ein Levi-Frühstück. Ich nehme an, dass er jede Menge neue Freunde hat. Er geht auf die Lincoln Universität, weil er in der Nähe seines Vaters sein möchte.

Levi hat gesagt, er habe sich, als das Feuer kam, vor lauter Angst in den Boden eingebuddelt. Er lag in einer flachen Kuhle am Hang des Hügels und wollte sich aus Steinen einen Schutzraum bauen.

»Dir ist schon klar, dass du dir in Wirklichkeit einen Ofen gebaut hast?«, unterbrach ihn Sasha.

Levi zuckte die Achseln. »Ich war am Ende.«

Als er das sagte, kam ich mir vor wie ein Wurm. Ich konnte ihm nicht in die Augen gucken.

Beim Zusammensuchen der Steine entdeckte Levi eine Öffnung im Hang. Er langte hinein und merkte, dass die Öffnung breiter und tiefer wurde. Er wühlte in der Erde, und plötzlich brach der Hang ein und ein Strom eiskalten Wassers strömte hinaus, der Levi bis zur Hüfte durchnässte. Als das Wasser davongeflossen war, hatte Levi den gemauerten Eingang eines alten Stollens vor sich. Er kroch hinein und merkte nach ein paar Minuten, dass er nicht allein war.

»Außer mir war noch ein Hase da«, sagte Levi. »Etwa sechs Stunden saßen wir zusammen da und guckten uns an. Er hatte wachsame Augen und große Ohren und kräftige Beine. Ich habe noch nie einen so großen Hasen gesehen. Und ein Krach war da drinnen! Wir krochen tief in den Stollen hinein, so weit es ging. Über mir hörte ich das Feuer prasseln. Ich habe Angst um euch gehabt. Ich meine, wie wahrscheinlich war es, dass ich diesen Stollen gefunden habe? Was war mit euch?«

Da mussten alle lächeln. Levi, allein in der Wildnis, dehydriert, hungrig, mittendrin in einem Flächenbrand, ohne Schuhe an den Füßen, machte sich Sorgen um die anderen.

»Als ich wieder rauskam, war der Boden noch so heiß, dass ich nicht darauf gehen konnte«, sagte Levi. »Nachdem das Feuer aus war, hatte ich viel mehr Angst, muss ich sagen. Ich dachte, niemand wird mich suchen. Warum auch? Mann, hab ich mich gefreut, als ich den Hubschrauber sah.«

Alle sagten, es sei ein Wunder gewesen.

Vier Uhr nachmittags. Ich gucke aus dem Fenster des Zuges. In der Ferne sehe ich eine lilafarbene Moorlandschaft, aber es ist nicht Dartmoor, sondern es sind die Yorkshire-Moore, meine neue Heimat.

Alex arbeitet, wie zu erwarten war, mit seinem Vater in der Geflügelzucht. Tim wollte gerne, dass er an die Uni geht, aber Alex hat abgelehnt. Ich sehe ihn vor mir, wie er in einer Senke in dem verdammten Moor liegt, das Zielfernrohr am Auge, aber nicht um zu töten, sondern um die kleinen Vögel zu beobachten, die in den Dachrinnen vom Strangeways-Hof herumhüpfen. War schon komisch, wie Sasha und Alex nach dem Feuer förmlich aufeinander zu flogen, ohne dass das groß beredet worden wäre. Es gab keine Formalitäten, nichts haben sie offiziell gemacht. Aber nachdem alles vorbei war, verbrachten sie einfach immer mehr Zeit miteinander. Jetzt arbeitet Sasha mit Alex zusammen, hilft während der Jagdsaison, kocht Eintöpfe für die Jäger und die Treiber. Sie sagt, wenn Sammy ein bisschen größer ist, wird sie sich vielleicht was anderes suchen, aber noch macht es ihr Freude, jeden Tag hoch ins Moor zu fahren und mit Alex zusammen zu sein, gemeinsam mit ihrem Kind. Es würde mich nicht überraschen, wenn die beiden es eines Tages schafften, den Strangeways-Hof zurückzukaufen. Ich kann mir gut vorstellen, wie Sasha und Alex gemeinsam einen Bauernhof bewirtschaften. Eines Tages wird dort, wo heute Soldaten ihre Munition verballern und für den Krieg üben, Speck schmurgeln.

Die im Sumpf versteckten Waffen waren Millionen wert. Es lagerten dort Handgranaten, Granatwerfer, Waffen aller Art, sorgfältig in Öltücher und Plastik verpackt. Furzey hatte sie in größter Eile dort verstecken müssen, weil der abgelegene Außenposten in Bodmin, wo er seine Geschäfte bis dahin abgewickelt hatte, verkauft worden war. Alle Waffen waren gestohlen und geschmuggelt. Ein langjähriges, schmutziges, geheimes Geschäft direkt unter den Augen der militärischen Führung. Hauptfeldwebel Furzey, vermutlich der Dreh- und Angelpunkt eines gewaltigen kriminellen Netzwerkes, wird unter aufwendigen Sicherheitsvorkehrungen in einem Militärgefängnis festgehalten.

Jahrelang hatte er seine Kameraden hintergangen. Die Waffen, die mit seiner Hilfe an illegale Gruppen und Terrororganisationen verkauft wurden, sind möglicherweise gegen seine eigenen Männer eingesetzt worden. Ich kann mir vorstellen, dass er's schwer hat im Gefängnis.

Ich ziehe am Gurt meines Koffers. Werde ich das hier überleben? Wie soll ich die sechzehn Wochen durchstehen, wenn die anderen herausfinden, wer ich bin, was ich getan habe? Werden sie dem Richter glauben?

Dads Reaktion hat mich total umgehauen. Er sagte, er sei froh, dass ich überlebt hätte, und als er erfuhr, dass ich die Kugel, die für Simon gedacht war, auf mich genommen habe, hat er geweint (!). Das allein war schon ein Schocker, aber dann hat Mutter mich tatsächlich umarmt. Nicht zu fassen! Einen Moment lang waren wir eine ganz normale Familie und das Ganze war eher peinlich.

Eine Stunde später halte ich krampfhaft meinen Koffer fest und gehe über den Parkplatz. Ich folge anderen Jungs, einige haben ihre Eltern dabei (ich meine natürlich nicht). Ich betrete ein niedriges graues Gebäude und warte, bis ich dran bin. Das Ganze fühlt sich an wie ein Traum – ob er gut oder schlecht endet, wird man sehen.

Der Mann am Schreibtisch blickt zu mir hoch. »Name?«

»Max Cosgrove.«

Ich warte, aber es passiert nichts Schlimmes.

Der Mann reicht mir ein Blatt Papier. »Ich brauche Ihre Unterschrift. Hier, bitte.«

Bevor ich es mir anders überlegen kann, schreibe ich meinen Namen auf die gepunktete Linie.

»Willkommen bei der Armee«, sagt der Mann.

DANKSAGUNG

Ich danke

ACIO Tauton für die Beantwortung meiner sehr merkwürdigen Fragen über das Leben in der Armee
David Welch
Sheila Braine
Anna Solemani und allen anderen des begabten und wunderbaren Teams von Marion Lloyd Books.

Alle Fehler bezüglich der Armee habe ich zum größten Teil selbst zu verantworten.
(Ich fürchte, der Terminus »militärische Präzision« trifft auf diese Seiten nicht zu ...)

Help for Heroes ist eine Wohltätigkeitsorganisation für diejenigen, die in den gegenwärtigen Einsätzen Großbritanniens verwundet wurden:
www.helpforheroes.org.uk